# 草莽《そうもう》無頼なり《ぶらいなり》

上

福田善之

朝日新聞出版

# 草莽《そうもう》無頼なり　上／目次

# 草莽《そうもう》無頼なり　下／目次

# 草莽《そうもう》無頼なり　上

# 物語のはじめに

予感は、まるでなかった。

熱く燃えているものが、後頭部に叩きつけられた。

――こうしたものだな。

と、慎太郎は思う。なぜか、自分が落ちついているような気がする。

身体は、反射的に敏速に動いた。大刀は、手元にない。脇差を抜いた。

そのとき、対座していた龍馬が、床の間の大刀をとろうと身をひねり、その肩先にすかさず刺客の刀が走ったのを、見たような気がする。

慎太郎は、脇差を抜いた。が、その手を刀に叩かれた。

組み付くほかはない、と、彼は敏捷に跳ね上がったつもりである。が、その両足を、火のように熱いものが薙《な》いだ。


尻を、また熱いものが叩いた。慎太郎は意識を戻した。もう一撃。

彼は、動かない。死んだふりを決めこもうとしていた。

「もうよい、もうよい」

声が聞こえた。

——やつら、何人か?……二人まではたしかだ。俺は、顔を見た……

慎太郎の意識が、また朦朧としている。


慶応三年（一八六七）十一月十五日、午後九時頃。

京の四条河原町上ル醬油商近江屋新助方二階。


龍馬の声が聞こえる。

「石川」と、慎太郎を変名で呼ぶ。「手は利くか、おンし……」

彼は行灯を提げて、次の間の六畳へにじって行く。階段口から人を呼ぶつもりらしい。

慎太郎は身を起そうとした。辛うじて左手だけに力が入る。

龍馬の声が、またかすかに聞こえる。そして、どさりと倒れた音がした。

慎太郎は、左手一本で這いずりながら、龍馬と逆に、河原町通りと反対の、西側の物干台に出ようとしていた。——何をしようとしていたのか?

そして、屋根瓦の上に転がり落ちた。雲が垂れ込めて、星のない空の下に。

# 乱雲篇

# 出郷

## 1

――おれは頭が悪い。

と、慎太郎は思っている。

しかし、世間は、そうは思わない。

のちに、討幕派の志士たちの間でも、〈中岡は切れる〉と、評判になったし、〈七卿〉の筆頭三条実美に頼られ、薩長の変革派首脳や、やがて土佐の上士たちにも、一目おかれる存在になったことは、よく知られている。

坂本龍馬も、慎太郎の判断力に、信頼をおいていた。

しかし、慎太郎自身は、自分を〈切れる〉などとは、まるで思っていなかったようだ。

――おれは鈍だ。だから、人の何倍も手間ひまがかかる。

そう思いこんでいる。

幼いときから村の住職や、医者のもとで、学んだ。

坊主と医者が、村童たちの教師であったことは、この時代の農村でふつうのことだろう。

中岡家は、代々庄屋をつとめている家柄である。

土佐では、山内家支配以前の領主、長宗我部家の遺臣が郷士で、支配者山内家の家臣は上士。この截然たる区分は、藩祖山内一豊が、関ヶ原の勲功で、遠州掛川六万石から、土佐二十四万石に移封されていらい、幕末まで厳として変ることがなかった。

上士と郷士の身分差別とそれによる確執は、例をあげればきりがない。

四国に覇をとなえていた長宗我部家は、関ヶ原で大坂方にくみし、そして亡んだ。その遺臣は、四国の各所に潜伏した。そこへ勝利者として乗りこんだのが山内家だが、だからこの両者の間には、被征服者と征服者、被侵略者と侵略者に似た関係があったといわれ、そして、それが二百年余もつづいた。

幕末、結成された土佐勤王党は、そのほとんどが郷士である。党主武市半平太は、郷士からとり立てられた白札という身分で、藩政にかかわる道が閉ざされていたわけではないが、なおさまざまの屈辱的な差別があった。

上士は、ほとんどが保守家であり、佐幕（徳川幕府を支持する）派だった。

幕末において諸藩内部の尊王派と佐幕派の対立は、おおむね軽格の武士対上級武士という対立関係とかさなっているが、土佐藩の場合は、それが祖先を異にする郷士対上士の関係で、ひときわ深刻だった。したがって、慎太郎や龍馬をはじめとする幕末史に活躍した人物たちは、ほとんど脱藩者である。

薩摩や長州とは、そこがちがう。

むろん薩でも長でも、脱藩は大罪だが、脱藩者を藩吏がとらえても、それだけで極刑を課するということはすくなかった。

慎太郎も龍馬も脱藩したが、そのさい、罪が親族におよびはしないかと、かなりおそれている。〈罪九族ニ及ブ〉ことが、ありかねなかったからである。

慎太郎の生れた頃の中岡家は、郷士でもない。

郷士の多くが長宗我部の末裔なら、その長宗我部に逐《お》われた豪族の一つ、北川家と縁がある。

慎太郎の祖父にあたる中岡要七は、文政七年（一八二四）以来、北川郷の大庄屋で、無事に十三年役職をつとめながら、天保七年（一八三六）六月、六十五歳のときに、同じ北川郷柏木に住む郷士北川助七郎に殺害された。両者には姻戚関係があった。

殺害事件の結果、北川家は郷士の身分を剝奪され、中岡家も大庄屋断絶となった。が、郷民の要請によって、要七の長子小伝次が、同年九月、新規大庄屋に任命された。

その二年後、天保九年（一八三八）四月に、小伝次に初めての男子が生れる。これが慎太郎、幼名は福太郎。父小伝次は五十八歳。

小伝次は、嘉永二年（一八四九）に、次女京の夫に同族の中岡源平を迎え、養子とした。源平は三十四歳。このとき慎太郎は十二歳。なお、年齢はすべて数え年。

慎太郎は、十四歳のとき、生母（田島氏）を失った。

幼少時の彼を訓育したのは、村の青松寺の住職と漢方医の島村岱作。

学業の成績はよかった。負けず嫌いの凝り性だから、むきになって学びもする。人の何倍も努力を傾けて、それを人に知られたがらない。

母の死んだ年、島村塾で漢籍の代講をするほどになった。あるいは、その栄誉を得たとき、長く病んでいた母が死んだ。

〈庄屋の倅は、頭がいい〉

当然、うわさになる。

――俺は、鈍だ。それは俺自身が一番、知っちゅう。

慎太郎は、そう思っている。

それは、のち武市半平太の道場に入って、剣術の修行をしたときにも、同じだった。

天稟の剣、などではない。ただ、猛烈に稽古をする。打たれても打たれてもむかって行く。容易に、他の者に場をゆずろうとしない。

家にいても、早朝も夜ふけも、木刀を振っている。

華麗な竹刀《しない》さばきを身につけようなどとはしていない。肉を斬られれば骨を断たんとする、といえば体裁はいいが、強引な度胸剣法に属する。

いつもいそがしい道場主の武市半平太が、あるとき、ふらりと道場に姿を見せ、実弟の田内恵吉《たのうちえきち》に言った。

「あいつ、役に立つ」

しゃくった顎のさきに、慎太郎が床板を踏み鳴らして稽古をしている。

武市半平太は、早くから江戸に出て、桃井春蔵の道場に入門、その塾頭をつとめ、安政三年（一八五六）には、高知の新町田淵に自分の道場を開いていた。田野の郡校に剣術指南で出張したこともあり、そのさい、慎太郎は、はじめて半平太に会った。

以来、心酔して新町田淵道場に入門し、文久二年（一八六二）には、寄宿生だったこともある。

田内恵吉は、兄の半平太に似て、背が高い。だが、兄が恰幅のよい堂々たる偉丈夫であるのに対して、いかにもほっそりとしている。

剣は華麗だ。が、体は丈夫ではない。

半平太が、開いたばかりの自分の道場で、熱心に打ち合う土佐軽輩の子弟たちのうちから、慎太郎を認めて弟にその意を洩らしたのは、蒲柳の質の恵吉に、こういう丈夫そうな男がついているといい、と思ったのかもしれない。

あるいは、武市半平太は、のちに岡田以蔵をそうしたように、このころの慎太郎を、やがて暗殺要員として役立ちそうな員数の一人、としか見ていなかったのかもしれない。

あいつ、役に立つ、と武市が、慎太郎のことを言ったとき、

「そうですか」

と、田内恵吉は、気がなさそうに答えただけだった。実は、前から、気になっていた。

慎太郎は、眼の光がつよい。

いそがしい兄の代りをつとめることもある恵吉を、慎太郎は、多勢の門下生のなかから、じっと弓を射るときのような眼で見つめていることがある。

〈癖だろう〉とは思いながら、ときどき気になって、恵吉も強く見返す。

視線が合う。

と、そのときになって慎太郎は、自分が相手を無遠慮に見つめすぎていたことに気がつくのらしい。また、こういう眼の持ちぬしの常として、

〈おンし、ときおり、目付きが悪いぜよ〉

というたぐいの忠告を受けつつ育っているのにちがいない。

慎太郎は、一瞬、すまなさそうな顔になって、にっと歯を見せて笑う。その笑顔が、いかにも邪気がない。それでいて、身分も上なら、先輩でもあり師匠格でもある恵吉が、そのとき妙に気《け》

圧《お》されるものを覚える。

学業のほうは、十歳のとき、島村塾に学ぶかたわら、田野に設けられた郡校に入学している。十五歳になって、高知城下江の口の間崎滄浪《そうろう》塾に入る。滄浪、通称哲馬は、江戸に遊学して安積艮斎《ごんさい》の塾頭となり、山岡鉄太郎や清河八郎と親交があった。高知の私塾では、吉村寅太郎はじめ錚々たる人物を門下生に持っていた。

武市を知ったのは十七歳。安政元年（一八五四）。武市は、九歳年長の二十六歳。

武市の道場は、最盛期には門弟数百を超えた。やがて文久元年（一八六一）に、土佐勤王党が結成されるが、その基はこの武市道場にある。

慎太郎は、武市道場に入りびたった。ただの剣術道場ではない。門弟のほかにも、いつも居候がいて、酒を飲み、時勢を慷慨し、気焔をあげている。

あまり、北川郷柏木の家へ帰らなくなった。父の小伝次は、当然、心配する。

小伝次にとって、慎太郎は晩年の子である。上に三人、いずれも娘。

長女の縫《ぬい》は、川島総次に嫁し、次女の京の夫に、同族の中岡卓左衛門の子源平を迎えて、これを養子とした。そのとき慎太郎はまだ十二歳。

三女のかつ、すなわち慎太郎のすぐ上の姉は、北川武平次の妻となった。

小伝次としては、大庄屋としての吏務は、養子の源平に継がせるつもりだったらしい。

北川郷は北川村ほか十三ヵ村。広い山間地帯で、阿波との国境に竹屋敷番所がある。村役人としての仕事は、なかなか楽ではなかったようだ。

北川郷大庄屋として、小伝次の所得額は、二十五石一斗三升六勺。

話は飛ぶようだが、慎太郎に、慶応二年（一八六六）四月二十六日付、家郷の父兄への手紙があり、そこで彼は、これからは応分の金銭上の援助がいつでも出来るから、という意味のことを書いている。

そのころ、慎太郎が運命をともにした高杉ら長州の「正義派」政権も確立し、薩長連合も成り、ようやく彼のふところ具合も楽になってきたらしいことがうかがえる。と同時に、大庄屋とはいえ、中岡家の生計が苦しかったことも想像できる。

話を戻して、中岡小伝次が、慎太郎に、はじめ何を期待していたものか、よくわからない。十四歳で師の代行をする程度の「神童」だが、心労のみ多い貧しい山村の村役人で息子を終らせたくない思いはあったかもしれない。

ところが、時勢のせいとはいえ、息子が過激になりそうな気配である。そこで彼は、ともあれ慎太郎を高知城下から引きはなそうとした。いつの世にも、都会はあぶない。

安政四年（一八五七）、小伝次は、自分が病気のため息子の光次に大庄屋見習として吏務を勤めさせたい旨上申し、認められた。光次とは、慎太郎のこのころの名である。

やむなく、慎太郎は、以後四年ほどを、大庄屋見習として繁務につくことになる。

この年、慎太郎は数えの二十歳。今日の数えかたなら十九歳。

## 2

ある年、飢饉があった。

北川郷のうち、小島・和田・平鍋の三村が、とくに酷かった。戸数あわせて九十一、五百人足らずの人口だ。大庄屋見習の村役人として、慎太郎は奔走して、薩摩芋五百貫を手配したが、とても足らない。

村人たちは、慎太郎たちに、声をしぼって陳情する。

――俺たちは、木の根っこを齧っても生きようが、女房たちに乳が出ない。赤子たちのために、来年蒔く穀物の種子まですりつぶして汁《しる》にしてしまった。明日はもう、どうしたらいいか。お願いです、なんとか、どうにかして、助けて。

父の小伝次は、すでに七十代の半ば、老境である。義兄の源平は慎重な性格で、沈痛に腕を組むばかり。若い慎太郎は、居ても立ってもいられない。ついに、裏口から飛び出した。

源平が追って来た。光次よ、と当時の慎太郎の名を呼んで、言う。お前は、もう十分に働いた。義務を果たした。わしら役人には、出来ることの限りちゅうもんがある。もう、ええ。

慎太郎は振り切って走る。おい、どこへ行く？　と源平。慎太郎はひと言、非常の場合に備えた貯蔵米の官倉のありかを呟く。源平は色を失う。

おンし、郷の官倉は藩の命令によってしか開く事は出来ん。村役人にどうこう出来るものでないぜよ。わしらの権限の外ぞ。

知っちゅう、と言い捨てて、慎太郎は足を早める。

待て、分《ぶん》をおかせば、大罪ぞ、知っとろうが？――と、源平の声がなお追いすがって来たが、四十代半ばの彼の足では、とうてい及ばない。

慎太郎が走りぬけて行く道で、赤子が泣いている。乳の出ない乳房にすがりついて、ひきつけるように泣き叫んでいる。

つぎに慎太郎を追って来たのは、新井竹次郎。慎太郎より一つ若い。大庄屋を助ける総老《そうどしより》の新井家に養子に入ったばかり。実は、村役人になりたがらない竹次郎を、慎太郎が説得して承知させた、という経緯《いきさつ》がある。

お前《ま》ン、官倉を開いて飢饉を救う気かや、と竹次郎。

慎太郎は頷く。官倉の貯蔵米は、こがなときのためにこそある、違うか？

竹次郎は言う。お前《ま》ン、俺が大志があるキニ村役人は御免じゃちゅうたとき、志《こころざし》の義は僕といえども未だ廃するを得ず、ちゅうたな？

慎太郎が足を止めて、頷く。ああ、そがい言うた、まっこと。

竹次郎は畳みかける。あのとき、お互い大志を抱くもの同士、役所仕事を繰合せて、半季ぐらいは遊学も出来るようにしようと、そう言わざったか？

慎太郎は、うなだれて、素直に頷《うなず》く。ああ、言うた。

竹次郎は、かさにかかったように、言う。それなら、こがな無茶をしよったら、大志が遂げられんごとなるぜよ。違うか？

慎太郎は、答えない。

新井竹次郎が止めを刺すように、なあ、いわば、大事の前の小事——

そのとき、慎太郎の目がひかった。大きな目だ。

彼は言った。のう、竹次郎……俺にゃ、そういう考え方が出来ん……いや、わからん……なにが大事で、なにが小事か……俺は、鈍じゃキニ……

道端で話に夢中になっていた二人が気づくと、村人たちが、取囲むように近づいていた。中には赤ん坊を抱いた女の姿もある。

「なんだ、なんだ、おンし達ゃ」

竹次郎が叱りつけるように言うと、人びとは道端にべったり座り込み、手をついた。

「どうか……どうか、お助けを……わしら、若旦さんがたのほか、頼る当ては、もう……」

頭を地にすりつける。赤児が力のない泣き声を立てた。

竹次郎が苛立って、吠えるように、

「あのなあ、俺たちにも、出来ることと出来んことちゅうもんが、あるキニ……」

そのとき、慎太郎が、発作的に、としか言えない感じで、叫ぶように言った。

「きっと……明日までに、なんとか……まっこと」


その日、慎太郎はひとり、高知のお城下へ走った。

北川郷の三つの村の危急を救うには、非常用の藩の米倉を開くしかない。それには藩の許可がいる。しかし正規の手続きを踏んで許可が下りるのを待っていては、あと何人の赤児が死ぬことになるか。

そもそも非常用の官倉なのだから、それが非常の間にあわないというのは、おかしい。しかし、それが役所というものである。

——ご家老に直訴しよう。

それが精一杯の思案で、慎太郎は、国老の桐間蔵人の屋敷を訪ねた。

もうとっぷり日が暮れていて、桐間家の家来たちは、田舎の村役人など相手にしない。

「明日にせい」

主人に取次ごうともしてくれない。熱弁を振るおうにも、相手がいない。

――どうしよう。

途方に暮れた。明日、桐間蔵人に会えたにしても、すぐ許可がおりるという保証があるわけでは、さらさらない。

頭をしぼっても、それ以上の知恵が出ない。

彼は、門前に座り込んでしまった。

そうなると頑固だ。いくら中間《ちゅうげん》や郎党が追い立てても、例の目で睨み返す。

道を隔てて大きな杉の木があった。その根方に座り込んで、動こうとしない。

泣き疲れて、かぼそい声で喘《あえ》いでいる赤児の顔が、瞼の裏に浮かんで消えない。


「あんた、なにしよるん」

少女が、ふいに目の前に立っている。小柄だが、十二、三にはなっているか。鼻がつんと反《そ》り返って、小生意気な印象を与える。

姿勢も崩さず夜を徹するつもりが、連日のかさなる疲労で、つい、うとうとしかけていたのかもしれない。慎太郎はすこし狼狽した。

「うむ……待っちゅう」

と、とりあえず答えた。

「このお屋敷の人、寝ちゃったよ、もう」と、少女。

「そうか」としか、相槌の打ちようもない。

「眠ってるよ、みんな、ぐっすり」

「うむ。それでもええ」と、無愛想に答える。

「そう。でも、大事な用があるんじゃないの、急ぎの」

「なに？」

何故知っている、と思いかけたが、考えてみれば、よほどの用事がないかぎり、家老の門前近く座り込む者がいるわけはない。

「そうじゃ。明朝、できるだけ早うお目にかかりとうてな、ご家老さまに」

「ふうん」

まっすぐ見つめてくる黒目がちの眼が、可愛い、というよりは、美しかった。

しかし、お城下とはいえ、こんな時刻に少女の一人歩きは異様だ。時の鐘は、すでに真夜中を告げた。

「おかしな人ね、あんた」

と、少女はふいに大人のような口をきく。

つりこまれるように、慎太郎は相手をする。

「自分じゃ、そうも思っとらん」

「でも、そうだよ」

「そうかのう」

「そうだってば」

そんな、意味のない言葉を交わしているのが、楽しかった。

「疲れてるね。眠れば、すこし」と、少女。

「そんな事はないぜよ」

「だいじょぶ。起こしたげるから」

「いや、わしゃ眠らんことについちゃ、自信があるキニ」

「意地っぱり……何ていうんだっけ、この辺じゃ……あ、いごっそう？」

そんな会話が眠り薬のように作用したか、慎太郎は、この数日の疲労もあり、例のないことに――また、うとうとしたようだった。


膝をつつかれて、眼を見開いた。なにか、固い木製のものに触れられた気がした。

目の前にいるのは、さっきの娘――と思ったが、その姿が、ひどく縮まっている。

おなじ身なりだが、これはわずか一尺（約33センチ）ほどの身の丈だ。まだ、夜明け前だ。

その小さな娘の声が、耳のすぐ傍で聞こえたようだ。

「起きな……出てくるよ、ご家老さんが」

慎太郎が、朦朧とした目をしばたたくと、門の脇の小さな潜り戸が軋んで、開こうとしている。

「しっかりね……諦めないで」

その声とともに、小さな娘の姿は、しゅうっと音を立てて、舞い上がって行く。

そして、杉のあつく茂って重なる枝の中に、吸い込まれた。

潜り戸が開いて、初老の武士が姿を見せた。


国老桐間蔵人は、早起きだ。いつも早朝に庭や近辺を散策する。が、この日は、いつになく早く目覚めた。誰かに揺り起こされたような感覚だが、目覚めてみると、屋敷はしんと静まり返っている。

しかし、空の底は明るい。床を蹴って起きた。

眠っている郎党を、起こすまでのこともない。一人で、門の潜り戸を開いた。

するると、ぎろりと大きな目に迎えられた。


話を聞いて、蔵人は動かされた。

弁じはじめると、慎太郎は、くどい。その執拗さに負けたのかもしれない。

「もうよい」

「しかし」

「もうよい、というておる」

不機嫌に言い放った。が、そのあと、

「例にないことだが」

と、念を押しながら、非常の措置を認めた。

慎太郎は狂喜した。

「では、これからすぐに立ち帰って」

「待て待て、蔵の鍵は、蔵役人が――その、然るべきものが、所持いたしおる……さよう、今日明日には、連絡が」

慎太郎が、噛みつくように言う。

「お許しを、お許しさえ、いただければ」

「なんじゃ?」

「錠前を、叩き壊して開けます、われらが」

「馬鹿を申せ、そのようなこと」

「錠前の破損については、長く開けざったため、錆びついて使用に耐えざるにつき、交換を、ということに」

桐間蔵人が穴のあくほど慎太郎をみつめた。

「お主、考えちょるのじゃな、思いのほかに」

そして彼は、まことに例のないことに、慎太郎の言葉を容れた。


官倉は開かれた。

「お前《ま》ン、凄いことをやったたな」

褒めてくれるのは、新井竹次郎ばかりではない。

村人のなかには、手をあわせて慎太郎を拝むものもいる。彼は、こういうのがもっとも苦手だ。仏頂面で、虫でも払うように手を振る。

「なに、わしの手柄じゃないキニ」

この男は、実際にそんな気がしている。

集まる村人たちのなかに、あの少女の顔を見た、と思った。あわてて人をかきわける。が、いない。

すると、耳のすぐ傍で囁くように、彼女の声が聞こえた、温かく、弾む息づかいとともに。

「よかったね……また、会おうね……待ってて、覚えていて」

「待て、何者じゃ、どこの。いったい、お前《ま》ン、どこに……」

童女のような笑い声が遠ざかる。慎太郎は、声を追って走る。

その笑い声は風にまぎれて消えて行きながら、こう言っていたようだった。

「あたいの名は、おふう……」

時勢は急激に変化する。

一八五〇年代の終りに、大老井伊直弼が辣腕をふるって、懸案の諸問題を一気に、強引に解決した。諸外国と修好通商条約を結び、将軍継嗣を、紀州の慶福《よしとみ》（家茂《いえもち》）とした。家茂ときに十三歳。これが安政五年（一八五八）。

当然、尊王攘夷派から反抗の声があがる。対するに直弼は大弾圧をもって報いる。橋本左内・頼三樹三郎、そして吉田松陰が死罪となった。「安政の大獄」で、五〇年代最後の年、安政六年のこと。

一八六〇年代は、桜田門外の変で幕があく。井伊大老が暗殺された。暗殺者たちは、水戸脱藩の浪士たちに、薩摩からただ一人、有村次左衛門。

この危機に、かねて企てられていた公武合体、すなわち幕府と朝廷の握手のシンボルとして、孝明天皇の妹、和宮が将軍家茂に嫁することが決定する。万延元年（一八六〇）である。

一八六一年、万延二年、二月改元して文久元年。

このころ、武市半平太の活躍がめざましい。

江戸で、薩摩の樺山三円、長州の久坂玄瑞と密約を交わしている。それぞれ藩論を尊王攘夷とさだめ、翌文久二年春に、各藩主に兵をひきいて上京せしめようというもの。

三藩協力して京を抑え、公卿を動かして外国嫌いの孝明天皇の勅旨を受ければ、幕府の専断を抑え、潮流を変えることが出来る、と半平太は考えている。

この時期に、観念としてはともかく、現実的に幕府を倒すことができるとは、まだほとんど誰も考えていない。なお幕府の力はあまりに強大と見るのが、常識だった。

八月、半平太は檄を飛ばして、土佐勤王党の結成を呼びかける。九月、土佐に帰った半平太をむかえて、百九十名が盟約に連署した。他にほぼ百名が同心を表明したといわれる。大勢力になった。

慎太郎が、長姉夫婦の家に呼ばれ、酒を飲んでいると、姉をこまごまと手伝っている娘が、眼についた。

瘦せぎすで、眼が細い。しかし鼻筋が通っていて、すこし受け口なのが、なんとなく女っぽい魅力になっている。

やがて、その娘が、給仕にでて来た。慎太郎は、娘に軽口を叩けるような青年ではない。

「あの娘は、ええ」

娘が台所に去ったあと、義兄の川島総次が言う。

「誰です」

「領家村の、利岡の娘じゃ、お兼《かね》さんという。年は十九」

慎太郎の顔をのぞきこむように見たが、べつに反応がない。

「ほう」

と、言っただけだ。あとは黙々と盃を口に運んでいる。

やがて、まるで別のことを言った。

「近いうちに、また高知へ出て来ようと思うちょります」

「武市道場か」

それには答えず、

「役場の仕事は、竹次郎とうまく繰合せをつけましたきに」

「ふむ」

川島総次は、溜息をついた。

「あの娘なら、待っちょるぜよ。きっと」

実は、このとき慎太郎はすでに、土佐勤王党の密盟に連署している。それをこの義兄にも話していない。

そして、ふと、あの少女のことを思いだしていた。

——おふう、といったな、たしか。

3

文久二年（一八六二）の四月、土佐勤王党は、参政吉田東洋を暗殺する。

東洋は、そのころ土佐藩政の実権を一手に握っている。学問が深く、経済にもあかるい。性格も剛毅で、一藩の首相としてはこの上ないような人物だった。年は四十七。

けっして保守家ではない。時勢の動きにも敏感で、このむずかしい時代に対応するには、まず土佐一藩の富国と強兵につとめなければならない、と考えている。そのためには思い切った革新的な政策もとっている。

それが、因循固陋な守旧派の重臣たちの恨みを買っている。また、兵備を強化し産業をおこすためには、当然、金がいる。やむなく、増税策をとった。だから庶民の間でも評判がよくない。

前年の九月に土佐へ帰った武市半平太は、藩論を尊攘に固めるべく、まず東洋を説いた。

が、東洋は相手にしない。

当藩は、薩や長などとはお国柄がちがう、と言う。

藩祖以来、ということを土佐の上士はしばしば口にする。藩祖山内一豊が、東照神君の格別のお引立てをうけて、掛川六万石から土佐二十四万石の大大名になった。徳川家には大恩がある。

その上、前藩主山内容堂は将軍継嗣問題や安政の大獄の関連で、隠居謹慎中。幕府をはばからねばならない事情が、土佐藩にはある。

現藩主土佐守豊範は、まだ若い。文久二年に、十七歳である。万事、江戸品川の別邸に謹慎中の容堂の意向がものをいうのだが、その容堂が、絶対の信頼を吉田東洋に寄せている。

——吉田に、辞めてもらうしかない。

と、半平太は判断せざるを得ない。

そのために、東洋の革新性を嫌う守旧派とも、結託を策した。

しかし、藩庁には吉田派が多い。東洋党で固まっているといってもよかった。このころ近習目付の後藤象二郎は、東洋の甥に当る。

そうこうするうちに、時が経ってゆく。

薩摩の島津久光は、すでに率兵上京の準備を終え、長州も、世子《せいし》の毛利定広が江戸帰りに入京する予定だという。

半平太は、あせった。

そして、ついに東洋を暗殺した。

手を下したのは那須信吾、安岡嘉助、大石団蔵の三人。彼等はそのまま城下を出て、脱藩した。

そのとき、慎太郎は新町田淵の武市道場に寄宿している。

また、新井竹次郎らと仕事のやりくりがついたのだろう。最初の話のように、他国遊学までは、とても暇も金もない。交替に、せいぜい高知城下に出て、しばしの休暇を、同志の若者たちと起居する。それで憂さを晴らして、やがてまた村役人の煩務にもどる。

東洋暗殺の件で、若い連中は、熱に浮かされたようになっている。

日課は、午前が剣術、午後が槍術。

そして夜は、酒をあおって激論を交わす。が、もうそれだけでは、若者たちの気が済まない。

〈もはや、行動のときぞ〉

誰を斬れ、いや、かれを斬ってしまえ、という話になる。

下横目という、いわば下級警官に、井上佐市郎というものがいて、東洋殺しの下手人探索をしつこくつづけている。

「光次よ、俺は、あれを斬ろうと思うちょる」

同志の足軽、依岡権吉が、まだ光次と名乗っている慎太郎に言う。

「おンし、手を貸してくれんかよ」

慎太郎も、あっさり答えた。

「おお、楽なことよ」

おやすい御用だ、という意味である。

依岡の後年の回想録によると、結局殺しては後の始末が面倒だとあって、腰の立たないようにしてやろう、と一決、棍棒を持ってそっと道場をぬけだした。

依岡と慎太郎は、井上佐市郎の自宅近くに張りこんだ。城下の片側街で、小さな溝をへだてて道路、そのさきは畠だ。夜になると人通りもほとんどない。

南国のことで、もう蚊が出ている。殺すつもりがない、となると、おかしなもので、さして緊張感がない。二人は、蚊を追いながら、井上を待った。

こちらに殺意がなくても、相手が抜いて来たらどうする、という問題がある。

井上は多少腕に自信があるという。当然、抜くだろう。すると、こっちの武器が棍棒とはいえ、必死に渡りあえば、打ちどころによっては死に至らしめることになるかもしれない。

そう考えてくると、急に、のどが乾きだした。同時に、ばかばかしいような気もしだした。

――佐市郎と、おれの命が釣り合いになるのか。

「光次よ」

依岡が声をかけて来た。

「おそいのう、奴ァ」

その晩、結局井上は姿を見せない。

なんとなく意地で、翌晩も、翌々晩も二人は出かけた。しかし、一向に井上は自分の家に戻ってくる気配がない。

毎晩、酒をあおってから出かけるので、蚊がぶんぶん寄ってくる。

「やめよう」

依岡に声をかけた。

依岡も、仏頂面でうなずいた。

「蚊が、たまらんきにのう」

どのみち、井上佐市郎の命は、そのさき長くはなかった。同年八月、大坂で、やはり勤王党の、のちに「人斬り」とよばれることになる岡田以蔵が、彼を絞め殺している。

吉田東洋が仆れて、藩庁の人事は一新した。吉田派は去ったが、新重役の顔ぶれは、多く頑迷な守旧派である。かろうじて、大監察に小南五郎右衛門と平井善之丞が、勤王党系から入った。

それでも、いちおう保守派と勤王党の連立内閣だといえるだろう。身分の低い武市はむろん入閣しない。が、隠然たる黒幕である。

ともあれ六月末、藩主土佐守は江戸参観のため土佐を発した。大監察の小南も、そして武市以下勤王党の有志も、かなりの人数が供に加わった。文字通りの大名行列だ。華やかに、かつ、のろくさく、延々と蛇のように長く街道を行く。

慎太郎は、行かない。

彼は、行列に加えられるような身分ではない。それに、北川郷の役場は、彼を待っている。

## 4

柏木の家には、ちかごろ、お兼がよく出入りするようになった。

土佐郡領家村利岡彦次の長女、兼。天保十四年（一八四三）生れ。領家村は、中岡家の祖が発したところだ。遠いが、縁つづきになっている。

このころのことで、十九といえば、嫁《かた》づくには遅いほうである。武家の社会では、とくに早いのが一般で、十四、五で話がきまる。

が、農村地帯では、それほどでもない。とはいえ利岡の家では、そろそろあせりはじめている。

このころ、土佐の田舎でも、諸式（物価）の値上がりがはなはだしい。江戸では、万延元年（一八六〇）から翌文久元年にかけて、米・味噌・醤油・灯油などの日用必需品の値が、実に五割高になった。その影響は、土佐にもおよんでいる。

〈江戸の公方さまが、毛唐どもとつきあうきに〉

それが、単純な常識になっていた。

利岡家にしてみれば、庄屋同士の縁組で、しかも長女である、粗末な支度もできない。諸式高くなる一方だし、早く片づけたい。

*

〈攘夷〉というものと、物価と。

この時期、世論は、圧倒的に攘夷である。〈夷ヲ攘《う》ツ〉。それが単純な外国ぎらい、ないし恐怖から発しているものもある。京都朝廷の公卿たちは、それが多かった。孝明天皇もまた、そのようであった。

一般の庶民にとっては、それが諸式の値上がりという問題から、身にひびいてくる。

一八六〇年から六一年の一年で、生活必需物資が五割高騰したといった。

六〇年は、白米一石につき、銀一四六・五匁《もんめ》。六一年には、二二一・一匁。七四・六匁の増。

今日のわれわれは、米一石といっても、どの位の量か、実感でつかみがたいが、昔の日本人は、だいたいにおいて一人が一年に一石の米を食うとしたものだそうである。なお、今日の統計では、約半石になるという。半米食人種になったわけである。

すると、一年に米一石ぶんの収入があれば「米の飯」だけは食えるということになる。米・味噌・醬油というから、つぎに味噌はどうか。六〇年が一貫につき三・五匁。六一年には五匁に上がった。醬油は、一石につき九五・一匁から一五〇・三匁。

いっぽう収入のほうを見ると、大工の手間賃は一人につき、銀二・九匁。左官は三匁。畳屋は二・七匁。これは数年間定着していて、変動がない。上がったのはやっと元治元年（一八六四）。つまり、江戸の職人たちについてみると、収入が変らず、物価が一・五倍になった。

一八五八年（安政五）と、一八六二年（文久二）とをくらべると、五八年には一年に食う米が銀一二六匁だから、一日手間賃三匁をかせぐ左官屋は一年に四十二日働けば、米代だけは稼ぎだせることになる。それが六二年には、七十四日間働かなければならない。

左官や大工は、三百六十五日間働けるものではない。それをふくんで概算すると、収入に対する米代（米だけであって、食費全体ではない）の支出の割合が、三年前には六分の一程度であり、文久には三・五分の一ということになる。むろん、庶民でも米だけでは暮せない。

これが、安政条約による開港の結果と見られた。

それが事実でもあったのだから、しかたがない。すなわち、庶民感情が圧倒的に攘夷に傾いていたのは、長年の鎖国による保守的心情とか、無知による意識の遅れとかのせいばかりではない。

たとえば吉田松陰。

彼は攘夷派である。しかし単純な鎖国攘夷論ではない。国禁をおかして米艦に乗り組もうとまでした。

むしろ、遠大の計としては、国を開き諸国と相交わり、進んで万国を航海しなければならないと説く。しかし、日本の現状はどうか。このままで先進欧米諸国と対等の条約を結ぶことは、対等という名の従属に終る結果になりはしないか、と松陰は考えた。

たがいに対等に相撲をとろう、という話になったとする。相手は、何十貫という巨大で、経験も豊かなプロである、大関である。こっちは、たかだか十何貫の、それも相撲ははじめてという素人である。

ところが大関のほうは、君も裸、おれも裸、平等じゃないか、さあ土俵に上りたまえ、さあやろう、とせき立てる。なにがしかのハンディキャップをつけるのは、平等・対等の原則に反する、と主張する。

これが安政の日米通商条約だといえないことはない。〈対等〉の通商が、ほとんど一方的に大関の得になり素人の損になったことは、よく知られている。赤児の手をねじるような勝負だった。この〈平等〉という名の不平等な条約の改正のために、日本人はのちのちまで苦労した。明治の自由民権運動の主要なスローガンの一つが条約改正だった。

たぶん、幕府の役人たちにも、そのあたりがまるで見ぬけないということはなかったはずである。しかし、幕府は、欧米の列強の武力による脅喝に屈した。

松陰の意見はちがっていた。

「墨夷《ぼくい》、戦を以て吾を怖れしむるは虚なり」

彼の思想は、松下村塾の門弟たちによって、引きつがれる。

＊

文久二年、慎太郎は、まだ単純な攘夷論をどれほども出ていない。

すでに数えの二十五歳。この時代では、どんな意味でも、もう若僧ではない。

しかし、自分はこれまで何をしたか。三村の飢饉のさい、家老桐間蔵人の門前に、ただ座りこんだだけではないか。

――至誠天に通ず、だ。

まだ慎太郎には、それ以上の行動原理がない。

あの、わずかな受け唇《くち》が、男を誘っているようで、あれに噛みついてやりたい、と思わないでもない。

訊《き》かれると、困る。

「おンし……お兼どのを、好いちょらんのかよ」

むろん、もう女を知っている。

高知城下の娼家にはじめて登楼したときは、当然ながら、酔っていた。

「あんた、下帯を脱《と》らにゃ」

女が言うまで、気がつかなかった。

急に、自分が無防備で、たよりないもののようになった。

みちびかれて、女のなかにはいった。余裕があるわけはない、ただ、

――うむ。

と、慎太郎はおもった。なにが〈うむ〉であるか、自分にもわからない。

「これ、お前《ま》ン、早う腰つかわにゃ、夜の明けるきに」

女の手が、威勢よく慎太郎の尻を叩く。

そのとき、声が聞こえたような気がした。

〈また会おうね……〉

あのときの少女の声だ。――ふん、子供じゃないか。

〈待ってて……覚えていて〉

――なにを待てちゅうんじゃ、大人になるのを、か。阿呆な。

「これ、早う……早うせい、あんちゃん、ああ、ああ」

よがり声が職業上のものだという類の知識はある。勤王党の若者も、若者だ。道場に合宿して、天下国家をのみ論じているわけにはいかない。

慎太郎の耳に、なお、おふうの笑い声が響いている。

なぜ、おぼえちょるのか、俺は、あんな小娘を。

娼家の女が、ひきつけたようになった。彼は狼狽する。そこまでの知識がまだない。

案ずるまでもなく、女が薄目をあけて、ふとい息をつく。

「おんな殺しになるよ、あんちゃん」

5

武市半平太の側から、天下の時勢を見る。

この年、文久二年（一八六二）の四月十六日、薩摩の島津久光は兵を率いて入京、天皇から〈国事周旋〉の朝命を拝し、五月十二日には勅使の大原重徳を補佐して江戸に入り、幕府に政治改革を要求した。

長州も、四月二十八日に世子の毛利長門守定広（元徳）が江戸から帰る途中、京へ入り、〈輦《れん》下《か》警衛〉の命をうけた。七月二日には藩主毛利大膳大夫慶親（敬親）も上京、久光同様〈国事周旋〉の御沙汰を受けている。

薩と長は着々とやっている。土佐がおくれてはならぬ、と、半平太はあせる。しかし、彼のつき従う土佐守の行列は、七月十三日大坂へ入ったところで、流行中の麻疹《はしか》が土佐守や家来たちをとらえ、そこでひと月停止した。

それに、ほんらい土佐守の行列は江戸参観のためであり、京に入るかどうかは、なかなかきまらない。江戸の容堂の意向次第である。

半平太は苦心奔走して、三条家が土佐守の入京を勧誘しているという形をつくり、それを理由に、ついに容堂の了解をとった。身分の低い彼の代りに、小南五郎右衛門が、京と江戸をかけまわった。そのうち土佐守の麻疹もなおり、やっと八月二十五日に京へ入った。

帝の御感ななめならず、土佐守には〈禁闕《きんけつ》警衛・国事周旋〉の勅旨が下った。

半平太はほっとした。いちおうの成功である。

帝の御感、といったが、すべては宮廷の公卿たちがいいように操っていたのではないか、という〈常識〉がある。つねに天子は操られる人形であった、という。しかし、どうもそうばかりではなかったようだ。

孝明帝は、外国嫌いだった。恐怖症だったともいえる。だから、諸外国に手放しで門を開き、帯解きひろげてしまうような幕府を、牽制したい。それは公卿の多数も同じだった。

といっても、安政以前は、要するに日本は徳川将軍の支配である。たしかに朝廷は飾りものに

すぎなかった。それが、外国から武力を背景に強く開国をせまられた幕府は、一日逃れ一寸逃れの責任回避をやっているうち、

〈朝廷の勅許が要る〉

と言いだしてしまったから、これは幕府のほうが、朝廷の権威を認めたことになった。

ハリスとの間に条約を妥結した幕府は、堀田老中が京へ来て勅許を得ようとした。幕府にしてみれば、なに、形式だけのこと、簡単だ、と思っていた。朝廷など、これまで指一つさせなかったではないか。

ところが、いままで諸事ほっておかれた恨みがある。それに、当然ながら世事にうとい。つまり、世間知らず。これが居直ると、始末におえない。幕府にしてみると、なが年飼って来て、その柔順さを愛でてやっていた老犬が、突如吠えたてはじめたような驚きである。

頭ごなしに怒りつけても逆効果、と見て、金で落そう、と堀田老中たちは考えた。公卿は、みな貧乏している。わずかの金でこっちに靡くだろう。

これも当り前の話だが、なが年見向きもされなかったものが、吠えたら、餌をくれた。吠えるほど、餌がふえる。そうなれば、もう相手の足許を見すかしている。

公卿たちは、いくらでも金を吸いこみ、しかし勅許は出なかった。このとき堀田たちが賄賂として使った金は、七千両という。

堀田は、五臓六腑が煮えかえるような思いだったろう。しかし、ついに勅命は〈調印不可〉と出た。

朝廷に出入りする純粋勤王派の学者や詩人、志士たちの影響もあっただろうが、最終的には、孝明帝の気持だったようだ。

孝明帝の感情は、終始〈攘夷〉であった。これは変らないが、対幕府感情になると、複雑になる。基本的には、幕府と事を構える気持がない。〈佐幕〉といっていい。しかし〈佐幕＝開国〉には頑として反対だし、幕府にふくむところがないわけではなく、牽制もしたい。この性格が、のちに京を長州系攘夷派の天下にしたり、また手の裏かえして、長州と尊攘派公卿・浪士たちを京から追うことにもなった。

ともあれ、安政条約に対して、朝廷は首を縦に振らなかった。いっぽうハリスの催促は矢のようで、ここに大老井伊直弼の独断専行がはじまる。幕府は幕府の権によって通商条約に調印した。いったん認めたごときである朝権を、無視した。

そして安政の大獄。京都朝廷は、出しかけた首をたちまち引っこめ、脅えた。

しかし、安政・万延・文久と来て、通商条約の弊害は、眼の前にある。勤王の一手専売のごとくだった水戸藩は、脱藩浪士が桜田門外に井伊大老を斬ったが、その五ヵ月後に、烈公といわれた斉昭が病死し、藩としては弾圧に屈して、昔日の勢がない。

外様の大藩が動きはじめる。まず薩摩、そして長州。

それに土佐が加わらねばならぬ、と、半平太は必死になったのである。半平太は、あくまで土佐一藩を尊攘化して天下のことをなすつもりだった。

こうした西国雄藩の動きを、朝廷は喜んだ。とりあえず〈朝威〉を幕府に対して示すことになるからである。

おっかなびっくりではあった。まだ大獄以来の恐怖は去らない。

文久二年の四月以来、薩・長・土の三藩がそれぞれ朝旨を受けたと書いたが、実は、その間に、大事件がある。

尊攘派志士たちの存在。浪士が多く、〈浮浪〉と呼ばれた。

山形の清河八郎、筑前の平野国臣、久留米の真木和泉らがそれぞれの中核をなしていた。総じて志士たちは、水戸のあと、薩摩に期待した。薩の島津久光が、大兵を率いて上京すると聞いて、それに呼応して義兵をあげようと企てた。

その呼びかけに応じ、あるいは伝え聞いて、全国から続々志士たちが、京坂の地に集合する。坂本龍馬の土佐脱藩も、この〈義挙〉に加わるつもりだった。

薩兵を中心に、志士たちはその先鋒として、命を捨てて闘う、そして一挙に回天の志を遂げる、という計画である。

久光は来た。従う薩兵二千といわれる。しかし、久光は志士たちの期待するようには動かなかった。

そもそも、幕府の許可なくして、大名が京へ入ることはできなかった。ましてや藩兵を連れての入京など、幕府の立場からは到底許し得ない。諸大名は朝廷の臣ではなく、幕府の家来である。久光は、藩主の父であって、彼自身が大名ではない。しかし実質的には薩藩の主《あるじ》である。久光はあえて入京し、兵も入れた。これだけで大事件である。

朝廷は、薩の藩兵駐留を朝旨をもって許した。これも、幕権を無視したことになる。久光は、幕政改革を、幕府にではなく、朝廷に対して進言、朝旨を得て、勅使とともに江戸へのぼろうとする。朝命という大義名分と、薩藩の実力をもって、意を押しとおそうとする。

建言の内容は、安政の大獄に連座した人びとの復権にはじまり、若年の将軍に対して一橋慶喜を後見職に、越前の松平春嶽（慶永）を大老職に、といったものである。慶喜も春嶽も、さきの継嗣問題で謹慎中だった。

一外様《とざま》藩が、朝旨を盾にこれを実現しようとする。幕府にすれば驚天動地である。口惜しい。朝廷も、こわごわではあったが、結局、認めた。事態はいちおう、久光の狙いどおりに進んで行く。

しかし、久光は、ここまでであった。

朝廷にたいする建言の最後に、次のものがある。

一、この已後《い》は、叡慮の趣、浪人等へ相洩れざるよう、御取締り厳重御座あり度く存じ奉候。

一、浪人共の説、みだりに御信用あらせられず候様、存じ奉候事。

さきに安政の大獄で刑死した吉田松陰は、すでにこう書いていた。

「恐れながら、天朝も、幕府、わが藩もいらぬ。ただ六尺の微軀が入用」

松陰の思想は、門下生たちによってさまざまのヴァリエーションをもって展開する。その一人、久坂玄瑞に、坂本龍馬はすでに会っている。

慎太郎が、玄瑞に会う日も近い。

6

久光は、志士たちの志に反し、弾圧を展開した。

志士、浪士たちのかなりの部分が動揺する。しかし、もっとも純粋・激情的な部分は、かわらない。いや、かわることが出来ない。

薩藩が動かなくとも、われわれだけでも蹶起すれば、必ずや続くものが出るのではないか。いや、もし、それもなくともいい。捨て石になろう、いつの日にか、あとに人は続こう。それでいい。

この時期、薩摩の急進的部分は、もっとも激しく純粋だった。純粋な部分が、寺田屋に集った。

薩摩人は、あくまで薩摩人として行動することが多い。国情もある。その培った自然の性格かもしれない。また、意外に重要なのだが、言葉の問題もある。薩摩言葉はもっとも特殊であり、出身を偽りにくい。どこにいても、薩摩人であることを自覚しないわけにはいかない。

あくまで蜂起を決意した部分は、四月二十三日、伏見の寺田屋に会した。薩の有馬新七らのほか、久留米の神官真木和泉や公家中山家の諸大夫《しょだいぶ》田中河内介もいる。

久光の厳命で、有馬らと同じ勤王派「誠忠組」の、奈良原喜八郎らが説得に向かった。蜂起派とは親友の面々である。

説得とはいえ、彼らがどうしてもききいれぬ場合は、臨機の措置をとれ、と命じられている。これは、斬れ、ということだった。

それまですでに、一人死んでいる。有馬らが伏見へ向って大坂の薩摩藩邸を出るとき、君命によって引きとめようとして果せなかった永田佐一郎が、自室で切腹しているのが発見されている。

寺田屋で、奈良原らは有馬たちに、心は俺たちも同じだ、しかしいまは君命を守れ、と説いた。しかし、有馬たちはきかない。

有馬には、もはや同志の志士たちを見捨てることが出来ない。有馬新七にとって、すでに薩摩よりも同志との盟約のほうが上位にある。

では、君命を捨てるか、と奈良原が問いつめた。

「捨てる」

と、有馬。彼は、薩摩を捨てた。

「上意」

奈良原とともに来た道島五郎兵衛が刀をふるった。まず有馬側の田中謙助が仆《たお》れた。

蜂起派の柴山愛次郎は、無抵抗に斬られた。君命は肯《き》けぬ、しかしさからうことなく討たれよう、としたものだろう。薩摩武士の正統的な態度の一つだったろう。

しかし、有馬新七は、はっきりちがっていた。これはまた、この時代の志士の一つの典型だったろう。いま田中を斬った討手の道島と、激しく刀を合わせた。自分の刀が折れるや、道島に抱きついて、彼を寺田屋の板壁に押しつけ、自派の橋口吉之丞に、のちに名高くなった言葉を、さけんだ。

「俺《おい》ごと刺せ、おいごと刺せ」

橋口は、その言葉どおり、有馬と道島の体を串刺しに、板壁まで突きとおした。

この事件のあと、大抵の酷《むご》さに奈良原らが不感症になったとしても、無理がないようにさえ思える。薩摩の左派は、この時期に、十分悲惨さを嘗めてしまった。

寺田屋の変について、西郷は、むろん痛憤している。

「私に王朝の人を殺され候儀、実に遺恨の事に御座候。もうは見物人もこれ有るまじくと相考申候」という手紙がある。

〈王朝の人〉うんぬんについては、事件の事後処理をさしているだろう。寺田屋でとらえた真木和泉らを、薩藩はそれぞれ各自の出身藩に引渡したが、帰るさきのない田中河内介父子らは、船中で惨殺した。

寺田屋事件のおり、長州の久坂玄瑞らは、藩邸にあって、伏見の連中の動きしだいで、呼応して立つ構えだった。おくれてはなるまい、と、武装も整えていたが、事は中止になった。しかし、その動きが、久光を刺激したことも事実である。

おくれて京に着いた土佐の動きが、その年の夏から秋にかけて、はげしい。

〈天誅〉の嵐が吹き荒れた。

七月二十日に、九条家の島田左近が斬殺されたのが皮切りである。

閏《うるう》八月二十日に、本間精一郎。翌々二十二日に、島田と同じ九条家の宇郷玄蕃、二十九日には目明しの文吉。

九月二十三日には、京都奉行与力の渡辺金三郎たちが、近江で斬られた。

慎太郎にとって、機会が訪れた。

江戸で謹慎中の山内容堂が、罪を許され、幕政に参与を命ぜられた。

その容堂の身が危ない、という噂が、土佐に伝わった。

容堂や松平春嶽の進言にもとづく幕政改革の一つとして、参覲交代の制がゆるめられた。大大名は三年に一年、他は三年に一度百日在府でよい、ということになり、江戸住まいの家族たちも帰国を許された。

こうなると、大名相手に生計を立てていた人びとが、飯の食い上げになる。大名行列の往来をあてにしていた沿道の人足たちも、怒りだした。みな、この改革の責任者である春嶽・容堂らを恨んでいるという。

奇貨居《お》くべし。土佐勤王党の在国組が容堂侯の身辺警護を理由にして、江戸派遣を藩庁に願い出た。

藩庁は許さない。しかし、要するにどうしても京・江戸へ出たい連中だ。ついに有志のもの五十人が十月十四日、藩庁への上書歎願を願いすてにして、翌未明に高知をあとにした。

理由が理由である。藩庁も厳罰に処するわけにも行かず、おくればせに許可の令を出した。

これを「五十人組」という。

その中に、慎太郎がいる。彼は、たまたま高知にいた。

そこへ、京から半平太の実弟、田内恵吉が帰って来て、この話になった。

「おンし、どうする」

「行く」

簡単に答えて、そのまま家に帰らない。父にも、義兄たちにも、知らせない。

ただ、借金があった。村木虎二郎という男に、八両借りていた。期限は十月。律儀な男だから、もちろん返すつもりで、もう金は出来ていたのだが、さて、これを戻してしまうと、なんとしても旅費がない。やむなく、それを抱いたまま、出た。

道中、手紙を書いた。

「俄《にわか》に江戸表にて甚以て恐るべき事件これあり、有志之者共已《や》むを得ず即刻出立」

ついては帰国まで金を待ってほしい。しかし、くれぐれも父兄の者には黙っていて下さい、と。

しかし、手紙をうけとった村木虎二郎は、すぐに、慎太郎の次姉の夫であり、中岡家の養子である源平に連絡した。

金のことはかまわない、心配無用である、しかし、

「誠に以て御忠節御勇気感じ奉り候事に御座候へども、小伝次様はじめ奉り御一同、当分御対顔

ならせられざる御儀につき、御心中嘸《さぞ》々と察し奉り候」

村木の書簡を受けとった中岡源平は、川島総次のところへ行った。総次は、慎太郎の長姉の夫である。

「ふむ」

総次も、苦い顔をしてみせるしかない。

手紙を巻きおさめながら、ちらとお兼のほうを、見た。

お兼も、慎太郎出奔の噂をきいて、川島の家へやって来ている。

「ま、わしらじゃって、のう、まっこと……」

言いさして、しかし総次は、ちがうことをいった。

「待っちょるほかはないぜよ、のうし」

お兼の表情は、ほとんど動かない。ただ、ふっくらとした下唇が、かすかに揺れた。白い歯が、それを嚙もうとしたのかもしれない、と、総次は思った。

土佐から江戸へは三百里。

かつて龍馬も、そして先輩、同志たちの多くが越えた険しい山道を、慎太郎も越えて行く。

文久二年十月、幕末の疾風怒濤のなかへ、中岡慎太郎の、あまりにも遅い登場である。二十四歳、当時の数えかたでは二十五歳。

# 五十人組

## 1

暴力部隊だった。という通説が、土佐「五十人組」については、ある。

島津久光が薩兵を京都に駐留させたことで、京都取締りの所司代は、面目がつぶれた。つづいて長州、おくれて土佐。京は、諸藩の士や兵、さらに浪士たちであふれかえることになった。

しかし、この時期の所司代は、実に無力だった。まだ、かの新撰組の時代ではない。

尊攘派の〈有志〉と称するものが、堂々と予告殺人をやった。狙われたのは、まず安政の大獄の、幕府側関係者である。

まず島田左近。彼は九条関白家の諸大夫で、安政の大獄には長野主膳と連絡して活躍したし、和宮降嫁についても働いた。

〈有志〉は、立て札や落し文によって暗殺を予告し、それが風聞とまでなっていた。人びとは島田がいつ斬られるか、あるいは逃げるか、と見つめていたといっていい。

すでに、幕府は久光らの圧迫で、安政の大獄関係の大赦を行っていた。従って島田たちを公然と保護する勢力というものが、この時期にはない。彼らは途方に暮れていただろう。

七月二十日、左近は妾の家から、〈三名の帯刀のもの〉に裸のまま三条河原へ連れ出されて、首と胴をわかたれた。行水を使っていたところだったという。

自宅から五、六万両にのぼる現金や証文が発見された。思うがままに権力をふるっていたころの賄賂の金という。生活も豪奢を極めたらしく、京わらんべは〈今太閤〉と呼んでいた。

下手人は、薩の「人斬り」田中新兵衛らである。

島田の主である九条関白邸の門柱には、「首は当分預け置くものなり」と書いた紙が貼られていた。

関白九条尚忠は、条約勅許問題のおり、朝廷内に唯一人の佐幕派で、井伊大老の信頼があった。和宮問題も幕府側に立って周旋している。もっとも、この六月、彼は関白を辞した。

和宮降嫁問題だけにかかわった公卿たちも威嚇された。岩倉具視らが、このとき職を辞した。岩倉はのちに慎太郎と深い縁が生じる。

閏八月二十二日に斬られた宇郷玄蕃頭は、島田と同じ九条家の同職、内職に金貸しをやって、極めて裕福だった。

同月二十九日、〈猿《ましら》〉と仇名された目明し文吉は、絞殺された上、晒されたが、彼は島田左近の手先として働いたばかりでなく、その金をあずかって小金貸しをやっていたらしい。

「右金子借用の者は決して返済に及ばず」

という文章が、彼の死体の側に立てられていた板札に書かれてあった。

つぎに、やはり大獄で活躍した京都東西御番所組の与力、渡辺金三郎・森孫六・大河原十蔵・上田助之丞の四人は、京にいては危ないので、召還されて江戸へ向かう途中、近江の石部宿に投宿した。慎重に四軒の宿に分宿したのだが、たちまち三十人ばかりの武士が風のようにそれぞれの宿を襲撃、全員殺された。ところが、その死体から、渡辺の胴巻に百八十両、上田は百五十両、大河原百三十五両、森百二十両、ほかに江戸為替金千三百両が発見されたのが話題になった。当然、賄賂の金だと風説はいう。

長野主膳は、彦根藩に呼び戻され、斬罪に処された。井伊直弼に重用された彼が、直弼の子の当代藩主に死罪にされた。

かつて直弼の愛人であり、のち主膳の妾であった村山かず江（たか女）が、十一月十五日朝、三条河原で、裸身を青竹に縛られ、生晒《いきざらし》にされた。旧暦十一月、京の河原は寒い。もう霜がおりていたろう。

特殊な例がある。本間精一郎である。

本間は越後の生れ、攘夷の志士としてかなり有名だったが、軽佻で人望がない。寺田屋事件のときも、一挙に加わる筈だったが、同志に排斥された。そのあと、岩倉具視ら和宮降嫁に関係した公卿と女官〈四奸二嬪〉を追い落す運動をしていた。

その彼の首が、閏八月二十一日、四条河原に晒された。佞弁《ねいべん》をもって薩長土三藩を讒訴した、うんぬんが、理由である。

嫌われものだったにしても、尊攘派の志士である。この時期では、彼の死を意外と見る人が多かったようだ。

どうも、武市半平太の仕事らしい。

前にものべたように、島津久光はすでに五月、勅使大原重徳をおし立てて江戸へ上ったが、半平太は、第二の勅使派遣を、朝廷に建言した。幕府に対して攘夷を督促するためである。幕府はすでに和宮降嫁のさい、ひきかえに十年後には攘夷をすると、外国嫌いの孝明帝に約束している。それを早くさせようというわけだ。

この建言は、朝廷に嘉納された。が、勅使第二号を誰にするかが問題である。候補者として、青蓮院宮と山内豊範があげられていた。当然、武市としては、豊範の勅使を実現して、朝廷の信任をめぐって競いあっている薩長を、土佐が一歩リードしたい。ところが青蓮院宮も有力で、彼にあつく信任されていたのが本間精一郎である。志士たちには嫌われても、公卿の一部には信頼されて、なかなか影響力がある人物だった。

そこで、半平太は、岡田以蔵らを使った。閏八月十九日の彼の日記に、

「以（以蔵のこと）来る。田中新兵衛来り、明夜を約し帰る」

とあるのが、本間暗殺の打ち合せの記録だといわれている。

四人の与力襲撃殺害は、薩長土三藩からそれぞれ人数が出た。薩は田中新兵衛以下二名。土佐からは岡田以蔵のほか、堀内賢之進・弘瀬健太・清岡治之助・平井収二郎・山本喜三之進ら十二名。土佐勤王党のなかでも知られた顔ぶれ。さらに長州からは、久坂玄瑞・寺島忠三郎以下十名。久坂と寺島は、松陰の門下生。大獄に仆れた師の復仇という意味があったのだろう。

なかなかの大一座である。

目明し文吉のときも、この場合も、相談は武市半平太の宿でしたという。

むろん、半平太は現場に姿を見せたりはしない。だが、総じて、この時期の〈天誅〉のかなりの部分が、半平太のリードで行われたことは、たしかである。

土佐の面々には、志士としての活躍が、この〈天誅〉行動への参加から始まった人びとが多い。

いま、慎太郎は土佐から京への道をいそいでいる。彼を待っている運命も、おなじだった。「五十人組」は、半平太が土佐へ送った実弟田内恵吉らの掛声によって成立している。半平太は、自分の手足になる部隊を増員したかったのである。

半平太は、田内恵吉につづいて帰国する浜田守之丞に、青蓮院宮からもらった菊の花と菓子を託した。浜田が、これを勤王党残留派にわかつ。興奮はますますたかまる、という仕組である。

五十人組の総頭は、上士の馬廻《うままわり》役宮川助五郎。この人物は、のちに慎太郎と龍馬が近江屋で襲われるとき、多少の因縁をもつ。

ほかに上士は、小姓組の一瀬《かつせ》源兵衛。深尾弘人家来の田所嶹太郎《しゅうたろう》（壮輔）だけ。あとは郷士・庄屋・用人・足軽、その他軽格のものばかりである。

全員を五、六人ずつの九班にわけ、それぞれ伍長をおいた。三番隊に、例の依岡権吉の名が見える。依岡は足軽。

四番隊長に河野万寿弥、のちの敏鎌《とがま》。足軽だが、早くから江戸で安井息軒に学んだ秀才で、弘化元年（一八四四）の生れ。このとき十九歳。

六番隊伍長が田内恵吉。ここに池田屋騒動で死ぬ望月亀弥太の名がある。

そして七番隊の伍長が、慎太郎である。

## 2

土佐を出たのが十月十四日、二十五日に京に入った。十一日間かかった。

着いた夜は、在京の同志たち相会して、当然、土佐人のことで、飲みくるう。

「武市さんは」

「江戸じゃ。もう着くころじゃろう」

在京組の頭株、平井収二郎が答えた。彼は天保六年（一八五五）、龍馬と同年の生れ。実妹の平井加尾《かほ》は三条家に仕え、勤王の烈女かつ美人で名高く、龍馬の〈初恋の人〉としても知られているが、このとき兄と入れかわるように土佐に戻っていた。

例の第二の勅使問題が、正使を三条実美、副勅使に姉小路公知と定まって、十月一日に京を発している。土佐守豊範は、その〈前駆〉を拝命、一日さきに江戸へ向かった。もちろん半平太の働きである。

半平太と勤王党の多くは、勅使護衛として、三条実美たちに扈従して、この時、まだ旅を続けている。

五十人組の面々は、明けて二十六日、まず打揃って御所を拝する。そのあと京都見物、先輩に引率されてぞろぞろ都大路を行く。

――これが、王城の地。

みな、きょろきょろしている。まるで修学旅行だが、事実、半平太の狙いは、やがて土佐一国を率いるはずの自分の、手足となって国許《くにもと》で働くべき連中に、一人でも多く修学旅行をさせておきたい、ということもあっただろう。

翌二十七日には、もう離京して、東へ向かう。五十人組出国の目的が、容堂侯警固となっている以上、まずは江戸にいそがなければならない。

慎太郎にとって初めての京は、わずか一日だけの滞在で終るはずだった。ところが、一行が大津まで来ると、同志の千屋菊次郎が追いかけて来た。

「豊後岡藩主の中川修理大夫をぶち斬る話が出ちょる。引っ返せ」

うわっ、と一同が昂奮する。早く、何かしたくてたまらない。江戸に報告のため、曾和伝左衛門と千屋金策の二人だけを、そのまま東下させ、ほかは全員、宙をとぶようにして京へ戻った。

これは、大した事件にならない。

中川修理大夫は、幕府から寺社奉行にするという命をうけて、国許から江戸にむかう途中、もう大坂まで来ていた。

その家臣に小河弥右衛門という勤王家がいて、事情は略すが、その一派十七人が藩主の命で幽閉されている。それに対して、朝廷から、罪を許すよう御沙汰があったが、修理大夫は無視した。

この修理大夫を、京に入れて謝罪させようと、長州の桂小五郎らが考えた。違勅の罪だという。もしきかなければ、薩長土三藩の武力で、彼らの通行を遮断する手筈になった。

土佐は住吉陣営から兵七十人。「五十人組」はその応援部隊である。

修理大夫は武力に怖れ、十一月一日に家臣たちを入京させて謝罪、五日には朝廷もそれを認め、事は解決した。

つまりいかに当時の京都で、薩長土の尊攘派が権威をふるっていたかの例証の一つになる事件である。

しかし、いざ出陣、功をあげばや、と昂奮しきっている連中は、おさまらない。

修理大夫が勅免をえようが何だろうが、大津で要撃して首をあげよう、と言いだすのがいる。

薩摩・長州におくれて登場した土佐じたいに、あせりがある。武市が指導した連続テロが、その一つの表現だろう。

そのなかで、さらにまた遅れて舞台に登場したのが「五十人組」である。気負っている。

平井収二郎は、国から出てきたばかりで状況感覚もにぶいだろうこの連中を、はじめは刺激する役だった。が、こんどは、おさめるのに大汗をかいた。

おくれてきた連中ほど、たやすく激高し、泣き、ついには鯉口を切ってつめ寄る。うっかりすると、平井も斬られかねない。なにせ、人斬り包丁が腰にある。

慎太郎は、すこし、ちがう。

事が胸に落ちるについて、多少の時間がいる。それは、激論の場で、沈思、とみえる。その時点なりの、せい一ぱいの判断がつくと、決意をもって発言する。

〈中岡は、冷静果断〉

すこしずつ、その評判が立っている。

慎太郎は、中川修理大夫問責事件の最中、十一月一日に、村田忠三郎らと伏見へ行き、翌二日夜、村田および河野万寿弥とともに、京へ帰って来た。

伏見で、死体が一つ、発見された。土佐藩の警吏、広田章次である。「五十人組」メンバーによる最初の暗殺だった。

警吏のなかにも勤王党がいる。同藩の軽輩同士、顔をたがいに見知っていた。さきに、慎太郎たちも狙い、大坂で岡田以蔵に絞め殺された井上佐市郎は、軽格ながら吉田東洋に恩を感じていて、東洋殺しの下手人探索も執拗だった。広田の場合、どのようだったたか、わからない。

ただ、まず〈天誅〉をやる必要があったのではないか、「五十人組」の手による〈天誅〉を。

おびき出されて来た広田に、村田が間合いをつめて、刀柄に手をかけた。そばに河野がいる。

顔色を変えて、広田は逃げかけた。その退路を、慎太郎が扼《やく》した。

ずい、と出ただけである。

広田が、凍りついたような顔になった。口を二、三度動かしたが、声にならない。

慎太郎の強い眼が、広田を見据えている。相手とかかわりがないかのように、ゆっくりと刀を抜きはじめる。思いきり腰を割って、ずん、と打ちこむことだけを、慎太郎は考えている。自分の動きが、ひどく緩慢なものだと彼にも思えている。

広田は、慎太郎の刀身が鞘を脱しきる以前に、ようやく山鳥のような声をあげた。村田のほうへ走った。

村田は、とうに抜いている。その白刃に自分から抱きついていくような形に、広田がなっている。刃が、骨にぶち当る鈍い音がした。二度、三度。

慎太郎は、呆然と見ている。自分とまるで関係のない出来事のような気がする。


「広田は、まるで蛙じゃったのう」

と、あとで村田が言う。三人は京都に戻って来ている。

「大蛇の前の蛙よ。中岡の眼に射すくめられよった」

中岡には気があるわい、と、言う。

——人斬りは嫌だな。

と、慎太郎のほうは、実は思っている。

——俺には、向かない。しかし、やるとなれば、出来るかもしれない。

そうも思う。この夜の収穫といっていいかもしれない。

——差しちがえる覚悟でやればいいのだ。たぶん、それでいい。

「どうした？　光次さんよ」

河野万寿弥が、慎太郎の顔をのぞきこんでいる。

いわれて、慎太郎は、自分が黙りこくっていたことに気づく。

「ちっとばあ、頭が痛い」

「そりゃいかん、薬があるぜよ」

「いや、ええ……」

たしかに、かすみがかかったような感じが、頭の中にある。

なにかが、割り切れていない。

3

やがて慎太郎たちは江戸へむかった。おりから英国軍艦が兵庫に来航するという噂があって、河野万寿弥・望月亀弥太・依岡権吉・千屋虎之助ら十二人は京に残った。

さきに、千屋金策と曾和伝左衛門が江戸に先行したが、それにつづいて田内恵吉・檜垣清治・今橋権助の三人も、十月二十八日には京を発っていた。

この田内・檜垣たちが、道中で事件をおこした。

坂本瀬平（清平）という男がいた。これが「五十人組」に加わりたくて、追って土佐を出た。

瀬平は須崎の郡府で剣術の導役をやったことがある。腕が立つ。しかし、粗暴なたちで、酒乱だ。この時代の酒乱は兇器を腰に帯している。当然、皆に敬遠され、心は勤王党なのだが、仲間に入れてもらえない。

吉田東洋暗殺事件のとき、瀬平は刺客を、つまり勤王党の那須信吾たちを、それとは知らず、追跡したことがある。これも、勤王党一同が彼を許さない理由になっている。

しかし、彼にしてみれば、同志に敬遠されているから、事情がわからない。かりにも藩の参政が、何者とも知れぬ暴漢に襲われた、という事件である。坂本瀬平がその刺客を追ったのは、あまりにも当然かもしれない。頭も単純である。

東洋の首が晒されたときの立札の文章には、東洋の私行を難ずる言句しかない。起草者の河野万寿弥は、勤王党にかかる嫌疑を外《そ》らすために、政治国事に関してはいっさい触れなかった。単純な瀬平は、だから当分、勤王党の仕業とは知らなかった。

「五十人組」に参加を熱望したのも、簡単な原理にもとづいている。尊王攘夷、結構だ、容堂侯の警護、至極当然の忠義だ、だから、俺も行きたい。

京で、一同に追いついた。やあやあ、俺も来たぜよ、と、屈託がない。

「これからァ、一味同心じゃきにのうし、よろしう頼むわい」

さァ一杯行こう、となる。

一同が露骨にいやな顔をした。ここはもはや国元ではない。尊攘派の制圧する京だ。われらはすでに天下の向背を決すべき国士だ。気分が昂揚しているから、愛想などいわない。――嫌な奴にも、時に笑顔を見せねばならぬのは、ご城下でのことだ。

人間の出来ている千屋菊次郎が、彼を近所の料理屋へ連れだし、酒をのませながら、言葉をつくして、なだめた。すでにして怒気を発している瀬平も、やや気分を直して、

「明朝京を出発じゃな、よし」

一人、街へさまよい出て行った。菊次郎の言葉をきいているうちに、京の女が皆自分を待って

いるような気分になって来たのかもしれない。

翌日、寝すごした。もう陽が高い。

「なぜ時刻に起さん」

怒っても、酒癖のせいで、女にもあまり親身になってもらえない。

ともあれ街道をいそぐ。「五十人組」の連中が、例の「修理大夫問責」で大津から引返したことを彼は知らない。そのまま瀬平は江戸へ東海道を下る。

どの宿で聞いても、五十名にものぼる土佐っぽが通ったという情報がない。菊次郎にだまされたか、と、いらいらしはじめた。

もう島田の宿まで来て、茶屋で休んでいると、前を通っていた三人に見覚えがある。

いそいで飛びだした。

「おい、檜垣じゃないか」

ふり向いた三人の顔が、困惑する。

「おお、田内も……今橋の権もいっしょか。よかった、とうとう逢えた」


そこで起きた事件を、慎太郎たちはむろん知らない。

「五十人組」本隊が江戸に入ったのは、文久二年(一八六二)、十一月十六日。

その日、江戸は朝からの雪。

鍛冶橋の土佐藩邸に着いたときは、もうすっかり暮れている。

彼等は容堂侯警護の目的を掲げてやって来たのだが、むろんその時間になって、容堂が謁見を許したりはしない。そればかりか、応接に出て来た藩の役人の態度が、いかにも冷たかった。

屯所として築地の藩中屋敷を指定され、提灯のあかりを頼りに、すべりやすい足を踏みしめながら、また歩く。南国育ちの彼等には京も、江戸も、ひどく寒いと思われた。

鍛冶橋から築地だから、たいした距離ではない。が、妙に疲れが出ている。

たどり着いた彼らを迎えて、とびだして来た同志たちの顔も、どこか暗いような気がした。

「田内さんはどうした」

彼や檜垣清治の顔がない。

一室で謹慎している、という。


雄弁ではない田内恵吉が、ぽつりぽつりと慎太郎に話した。

島田宿で坂本瀬平と行き会った田内ら三人は、その夜小田原で同宿した。

その晩は、まあよかった。意外に、京で会ったときのような威勢が、くじけている。

ただ、多少酒がまわりだすと、

「元吉どのの暗殺、あれだけはわからん」

それだけをくどく言う。元吉とは吉田東洋の通称である。

「殺さんでも、ほかに方法のなかったがか」

情況を詳細に説明しても、こういう人物の場合、通じない。半分も相手の話を聞く習慣がない。

「そうかのう、そうじゃろうかのう、わしにゃそうは思えんきに」

で、話が最初にもどって行く。

判断は、最初からきまっているのである。話をして、それが変るということはない。では、話しても無駄、ということになるが、瀬平は話が好きなのである。おれはいま、国事を談じている、と思っている。

ついに、田内恵吉が、ぽつりと、しかし強いものを秘めた語勢で、言った。

「斬らにゃ、時勢が進まん」

すると、瀬平が、急におとなしくなった。

やがて、こういう。

「わしゃ、武市先生を好いちょるんで。……先生は、頭がええきに。わしら、頭のええ人を信じて、一身をまかせて、それで行くしかなかろうが。わしゃ、この旅の間、そればァ考えよった……恵吉君、お前《ま》ン、武市先生の弟御じゃきに、よろしう頼まァ」

慎太郎は、思う。

坂本瀬平とは、たとえば対座して、その話を延々と聞くことが、相当の苦痛である、という型の人物だった。かならず話が長びき、そのために費している時間が、いちじるしい無駄ではないか、という気持に相手の若者を誘ってしまう人間だった。

しかし、自分と瀬平とに、果たしてどれほどの差があるか。

慎太郎は、自分がどれだけか坂本瀬平であるような気がしながら、田内恵吉の話を聞いている。

その翌朝、恵吉ら三人は、瀬平に黙って早く宿を出た。が、一色の松並木で追いつかれてしまった。

瀬平の眼がすわっている。

彼は、三人の中から檜垣清治だけをつかまえて、はなれた松の木の根かたで、口論をはじめた。

粗暴な男によくあることで、根が小心らしく、彼には半平太の実弟である恵吉が苦手であり、今橋権助とはつきあいが浅い。身分も白札の檜垣清治だけが、憤懣をぶつけやすい相手である。恵吉が遠くから見ていると、瀬平が檜垣の肩を突き、よろめいた檜垣が、刀の柄に手をかけた。檜垣は、あとになっても、藩庁の調べでも、そのときの詳細をついに語らなかったが、入京以来の急に自分たちが重要人物になったような気負いが、彼を気短かにさせていたのかもしれない。また、瀬平のようなタイプには、多少幼児的なところがあり、自分の気の許せる人間に対して、かえっていじめっ子のような態度をとることがある。

そのようなことが相乗して働いたのだろう。檜垣清治は、抜いてしまった。自分でも意外なことで、ぶるぶる震えている。恐怖からではないが、怒りだけでもない。自分が寸刻前まで思いもしなかったことをしている意外さに対して、わなないている。

瀬平は、腕自慢だ。怒りにわれを忘れていても、自然に体が動く。抜き合わせて、誘った。恵吉と今橋権助がかけつけたとき、檜垣が真向から斬りかけ、瀬平の刀は一閃して、檜垣の右腕を傷つけている。

恵吉も抜いた。今橋は手槍で、瀬平をおそった。

恵吉にとって、白昼夢のようだった。はじめての真剣の斬り合いで、気がついたときには、足許に倒れている坂本瀬平の息がなかった。

「おれは、自分が斬られてもええきに、ただ腰を割って、思い切り振りおろすことだけを考えちょった。……それだけじゃ」

道場では、華麗な竹刀さばきの持主だった恵吉が、そう言った。

そして、慎太郎を、ちらっと見たその眼が、赤く濁っている。病身なのに、最前からひっきりなしに茶碗酒を口に運んでいる。

慎太郎は、また、頭にかすみがかかったようになった、と感じている。

田内ら三人は、江戸についてすぐ藩役人にいっさいを申し立てた。やがて彼らは国元追返しとなる。

病弱な田内恵吉は、のち「土佐勤王党の獄」のおり、苛酷な拷問に耐えることが出来ず、兄半平太に与えられていた毒を仰いで、死んだ。

## 4

慎太郎にとって初めての江戸の夜は明けたが、容堂から謁見差許すとの声はかかって来ない。

一番さきに江戸に入っている千屋金策たちも、まだ容堂に会っていない。

慎太郎はもちろんのこと、「五十人組」の多くは、容堂の顔を見たことがない。この機会にこそ、お目見得が許されるだろう、と考えていた。

しかし、実はそれどころではない情勢で、容堂の機嫌はきわめて悪い。

容堂は、吉田東洋暗殺の黒幕が武市半平太だと知っている。だから、半平太はじめ勤王党を、心の底では許していない。しかし、将軍継嗣問題で隠居謹慎処分をうけた自分が、罪を解かれて再び幕政に参画しうるようになったのは、朝廷を通じた尊攘派の圧力である。彼は十月二十八日、三条・姉小路両勅使が江戸の伝奏屋敷に入ったその日、幕府の政務参与に任じられている。

その前日、息子の土佐守豊範は、長州藩世子毛利定広とともに勅使前駆として入京している。

さらに武市は、姉小路副使の侍衛として、柳川左門と称し、衣冠束帯し、長棒駕籠に揺られながら悠然と乗りこんで来た。

容堂の心境は複雑である。自分の出番が、またまわって来たのはありがたい、が、それを用意した狂言作者は、小面《こづら》憎い。そこへさらに、武市の子分たちが多勢押しかけて来た。

すべて武市の書いた筋書きだ、と容堂は思っている。武市の身分は白札だが、容堂は郷士や軽格のたぐいを人とは思っていない。が、十七歳の若い息子は、彼らに踊らされている。上士のなかでも、小南五郎右衛門などは、大監察の要職だが、武市の使い走りのようなことまでして働いている。

容堂の本心は佐幕だし、自分の発言力が幕府に対して増すのはいいが、下士軽輩どもの出しゃばりは、感情が許さない。

さらに「五十人組」については、いろいろな事件が耳に入っている。

慎太郎たちが京にいたとき、藩のある上士と、街で行き会った。軽輩たちが、本能的に道を譲り、丁重に礼をする。それを前から京に出ている勤王党の同志が、叱咤した。

「ここはお城下ではないぜよ」

なるほど、と、一同はにわかに胸を張る気持になる。尊攘派の制圧する京で、たとえば長州の志士たちが、かなりの程度、上士軽輩の別なく交わり、行動をともにしている。それにまなびたい土佐勤王党が、すこしずつ上士に対する態度を大きくしている。

前からの連中は、それをやはりどれだけか注意深くやっていた。が、あとから来たものにとっては、当然の既得権益のようになる。

群をなしてのし歩く。同藩の上士に出会っても、こちらから先には礼をしない。

そういう目にあわされた上士の怒りが、江戸の容堂に伝えられている。

さらに、下級とはいえ藩の役人が、二人死んでいる。井上佐市郎の死は「五十人組」上京以前だが、そんな区別は容堂に関心がない。そして、坂本瀬平の死。

〈見境いのつかない狂犬どもだ〉

その多数が江戸へ来た。上士たちは、恐怖した。

容堂が、側用人の乾退助を呼んだ。

乾は、のちの板垣退助。天保八年（一八三七）生れ。むろん上士である。

「対策を立てましょう」

乾は、上士の中で、腕の立つものをえらんで組織した。自衛のための暴力部隊である。これが「五十人組」の行動を監視する。

「五十人組」に対して、みだりに市中を出歩くな、と達しがある。中屋敷から出て行くものがあると、いつのまにか乾の部下たちが尾行して、監視している。

当然、「五十人組」は憤然とするが、彼らは、これが容堂の命に出たとは、けっして思わない。そういう精神構造になっている。

容堂侯は英明だが、君側に奸物たちがいて、われらと侯の間を引きさいている、となる。君側の奸を払え、と声があがる。

「退助を斬ろう」

慎太郎が、断を下すように、言った。

「その前に、武市さんに相談しよう」

という声も多いが、武市は両勅使につききりで、対幕府折衝にいそがしく、顔を出さない。

ひとり、中屋敷の裏門をぬけだした。

しばらく行くと、果して、武士が二人、つけてくる。

露地へ切れた。あわてて武士たちが走ってくる。

しかし、慎太郎は足が速い。あっさりまいてしまった。

さて、鍛冶橋藩邸を張る。

人の出入りが多く、なにやらあわただしい感じがある。さっき自分をつけていた二人も戻って来て、ちょうど門前で中から出て来たものと鉢合せになり、二言三言ことばを交すと、あわてふためいて門内に走りこんだ。

やがて、退助が出て来た。

――まずい。

と、慎太郎が思ったのは、勤王党系の重臣小南五郎右衛門と彼が肩を並べているからである。

つづいて、三十人ばかり、藩士が出て来て、あとを追う。

――どこへ行くのか。

とにかく、つけてみることにした。

おどろいたことに、彼等の足は、築地の中屋敷にむかい、その中に入っていった。

「これより、長州藩と一戦する」

と、「五十人組」の面々を前に、乾退助が弁じている。

長州の重臣周布《すふ》政之助に、容堂侯に対する侮言があり、わが藩に周布を引渡せと要求したが、長州は言を左右にして応じない。

「こうなったら、桜田の長州藩邸に斬りこむだけじゃ、おンしたちも土佐人なら、われらと行をともにするか」

むろん、する、と「五十人組」。相手が藩内でなく、外だ。喜色がみなぎっている。

――上士に負けぬ働きを見せてやる。

ところで、慎太郎は、何くわぬ顔で裏門から戻り、一同のうしろのほうに、顔を見せていた。冷静にみていれば、要するにこれで、上士対「五十人組」の険悪な対立は、ひとまず外《そ》らされることがわかる。

このころ、土佐と長州は、上層部にも交流の機会があった。土佐藩主山内豊範が、長州藩主毛利慶親の養女喜久姫を、妻に迎える話がきまって、この時江戸には、豊範の養父容堂と、慶親の世子定広がいる。

あるとき、定広が容堂を招き、その酒席で、久坂玄瑞が詩を吟じた。玄瑞は医者の息子で身分が低いが、定広は彼等松門の若者たちを愛し、こういう席にも陪席を許している。

よく引かれている話だが、そのとき、玄瑞は僧月性《げっしょう》の詩を吟じた。

われ方外に居り猶《なお》切歯す
廟堂の諸老なんぞ遅疑する
そして、玄瑞はまっすぐに容堂を指して、

「公もまた廟堂の一老公なり」

と言い捨てて席を立った。一瞬に白けた座は、周布政之助と中村九郎が別の詩を吟じだして、辛うじて救った。

また、べつのとき、酒の好きな容堂は、酩酊の上だろうが、瓢箪をひょいと逆さにして、大きくふくれ上がったほうを上にすると、

「長州は、これじゃ」と、言った。下級のものが上になって藩を引きずっている、という意味である。

長州は、ついさきごろまで公武合体策だった。

長井雅楽《うた》という重臣が「航海遠略策」というものを立てた。朝幕一体となって諸問題を解決し、国力を増強、その上で諸外国にたいしては、こちらから進んで交易に乗りだして行くべきだという。「守るは攻めるの勢これ有り候てよく守る」という積極的な開国論である。一時は長州の藩論として、これを採り、朝武の間を周旋することになった。文久元年のこと。

当時、攘夷でなければ不評だったことは、前にのべた。したがって、この時期、長州の評判が下落した。

機嫌の悪い長州藩主慶親に、久坂玄瑞たちは烈しく運動して、長井の失脚をたくらんだ。運動は功を奏し、文久二年六月の御前会議で藩論は一変、即時攘夷が方針となった。長井は失脚、帰国謹慎を命じられ、翌年には切腹。四十四歳であった。

この時の犠牲者に、来原良蔵《くるはら》がいる。

来原は、長井雅楽の甥である。同時に、松門一派の桂小五郎の妹を妻にしていた。文政十二年（一八二九）生れだから、武市と同年で、天保四年（一八三三）生れの桂より四歳の年長だが、義弟ということになる。

けっしておろかな男ではなかった。松陰や周布と親しく、近代兵学を学び、ことに洋式調練にすぐれていた。中間の伊藤俊輔は、彼に引立てられて、早くから京や江戸へ出ることができた。来原は長井の「航海遠略策」が藩論であったとき、一心にその実現のために働いた。が、藩論は一変した。叔父は失脚、義兄の桂は、政務座役に昇進。

彼は自刃した。短い遺書が、残された。

「私儀かねて尊王攘夷の志、不行届よりして、従来忠義と相考え候事すべて不忠義と相成」

〈従来忠義〉とは航海遠略策のことを指す。

「自らあやまり、人をあやまるの罪、遁《のが》るるところなく、割腹仕り候」

彼の思想経歴から見て、長井の策に全面的に同意だったかどうかはわからない。むろん叔父だから従ったのではない。

彼は、藩の方針に忠実だった。藩論だから、それに誠実をつくした。

それが変って「従来忠義と相考え候事すべて不忠義」となり、彼には「自らあやまり、人をあやまるの罪」を回復する方法がみつからなかったのだろう。

伊藤俊輔は、彼の自刃にかけつけたときの模様を、あとで同志に語った。

〈長い刀で、あねェに見事に腹を切られた仁は、見たことがない。咽喉は短刀で突いて、その短刀が折れんばかりに曲って、畳に突立ててあった〉

この時代の、無数の憤死の一つだろう。三十四歳。

藩論の転換によって、長州は人気を復したかといえば、昨日の公武合体・朝幕一致が、今日の即時攘夷、あてにならない、と、さらに評判が悪い。

ところで、「寺田屋事件」や幕政改革建言の内容で、島津久光はその本質をあらわにした。彼は性格的にも〈反・激派〉であり〈反・討幕〉すなわち公武合体論だった。

が、偶発事が起きて、薩藩の人気は、またあがる。文久二年八月二十一日、久光が江戸から帰国の途中、横浜近くの生麦村で、行列の供先を騎馬の英人四人が横切った。供廻りの奈良原喜左衛門らが斬りかけ、英人リチャードソンが絶命、二人が重傷。生麦事件である。

これが、薩藩が率先攘夷を行ったことになった。薩摩株は急上昇。

長州は、あせる。

## 5

長州尊攘派志士団のリーダー格だった久坂玄瑞の場合、薩摩やその他の藩に対する競争・対抗意識でのみ動くということはない。彼は、師松陰の志をうけて、すでにこの年、文久二年正月、萩を訪れた坂本龍馬に、武市半平太あて書簡を托し、そこでこう書いている。

「諸侯恃《たの》むに足らず、公卿恃むに足らず、草莽志士糾合の外にはとても策これなき事と私共同志申合せ居り候事に御座候」

さきに紹介した師松陰の最後に近い文章とくらべると、一つ、ぬけている。松陰は〈天朝〉もいらぬ、と安政六年（一八五九）に書いた。が、いまはさきへ進もう。久坂の武市あて書簡はつづけて、いう。

「失敬ながら、尊藩も弊藩も、滅亡しても大義なれば苦しからず」

この書簡を受けた半平太は、その点に関してはついに同調しなかった。龍馬は、その武市にあきたらず、脱藩した。が、龍馬の路線が久坂に近いというわけではない。この長い物語のうちに、青年たちの形づくるさまざまの流れが、あるいは分流しあるいは激突して、意外な相貌を見せてゆく。

久坂の根本的な思想は、右の書簡に代表されているということができるだろう。しかし、彼は師松陰のように純粋な思想的革命家でだけあることはできない。

彼の抱懐する革命戦略のイメージを、かりに《全国志士の横断的結合》路線とよんでおくが、その「横断的結合」組織を形成するためにも、藩というものに蓄えられた巨大な力の支持が、あるいはその利用が、必要だった。

平たくいって、金がいる。長州藩は富裕だった。それが藩をあげて尊攘に徹するとなれば、理想はともかく現実に、その力があればこそ組織は成りやすい。また全国の志士・浪士たちにしても、それを期待するところがあった。

つまり、いかなる意味でも、長州は人気を回復しなければならなかった。

そこへ、上海から高杉晋作が帰って来た。

その年閏八月のことだが、伊藤俊輔が、自刃した来原良蔵の鬢髪を家族に届けるため、江戸から萩へ向う途中、東海道の遠州あたりで、行きちがった駕籠のなかに、晋作がいた。

駕籠の垂れをあげて、長い顔を秋風に吹かせながら、揺られていた。

俊輔とは、わずかな立ち話である。

その時、晋作は言った。

「江戸は、攘夷か」

「もちろんであります」

俊輔が、つづけて、

「高杉さん、上海の話を聞かせてほしい、と、言うと、晋作は薄笑いを浮かべて、

「攘夷なぞできやせんぞ、俊輔」

と、言った。眼が妙に光った。

若い頃の伊藤俊輔のいいところは、わからないことを急いでわかろうと、あせることがないことだった。質問も反論もせず、漠然と、利口か馬鹿かわからない微笑をうかべて、次のことばを待っている。

晋作は、ふりかえると、少し離れて休んでいる駕籠かきに手を上げた。

「俊輔」

駕籠が近づいてくる間に、晋作は言った。

「狂挙をやろう」

俊輔には、わからない。

ただ〈狂〉とは松陰の好きな言葉だった。

「軽挙妄動。早く江戸へ戻って来い、おぬしも」

高杉晋作、天保十年（一八三九）生れ、俊輔は同十二年生れ。

「異人を叩っ斬ろう」

と、晋作が言いだした。

所は品川遊郭の遊女屋「土蔵相模《どぞうさがみ》」。ここで晋作は流連（居つづけ）の客になっている。ほかに同じ状態なのが、志道聞多《しじもんた》（のち井上馨）、長嶺（のち渡辺）内蔵太《くらた》、大和弥八郎（国之助）。さらに久坂玄瑞や寺島忠三郎、有吉熊次郎、品川弥二郎ら、松門の面々を中心に、江戸にいる長州藩の元気のいいのが、顔を揃えては、気焔をあげていた。

晋作は、上海で簡単な英語を仕入れている。

「横浜の外国公使どもが、奴らの暦でいう、さんでいちゅうて休日に」

「その日には遊山に行く。つぎのさんでいは十一月十三日」

久坂の反対があり、激論となったが、ともかく話がきまった。

やがて、この事件について、慎太郎は久坂玄瑞の口からきくことになる。

十二日に、一党は神奈川の下田屋に集合、一泊して、翌日外国公使襲撃という手筈である。

総員十三名、名をあげておく、高杉・久坂・志道・長嶺内蔵太・大和弥八郎・寺島忠三郎・有吉熊次郎・品川弥二郎・白井小助・赤根幹之丞（武人）・堀真五郎・山尾庸三・松島剛蔵。

最後の松島剛蔵は文政八年（一八二五）生れ。このとき三十八歳。若者とはいいがたいが、気が若かったのだろうということで、やはり一括して〈若者たち〉と呼んでおこう。

十三日の明けがた、彼らは宿を幕兵に囲まれていることに気づいた。情報が漏れている。

やがて、江戸に来ている勅使三条実美・姉小路公知の使者として、松延六郎という人物が、面会を求めて来た。

晋作が代表して会う。

松延はいう。いま勅使二卿が、幕府に即時攘夷を決意させるため江戸に在る。ここで暴発されては事態が紛糾するのみならず、諸君の如き有為の士を失う結果になる。国家のため甚だ残念である。しばらく義憤をしのばれたい。これ二卿の使者として私をここへ送られた所以である。うんぬん。

晋作は、かしこまった姿勢で、じっと聴いていた。すると、志道聞多がうしろから大きな声で怒鳴る。

「晋作、聴くな。きくな晋作」

晋作は、もっともらしく頭を下げた。

「委細、拝承つかまつった」

こういう芝居めいたことが、うまい男だった。

使者は帰る。一同はおさまらない。しかし、計画が洩れた以上、外国公使たちも外出を取り止めているにちがいない。

ひとまず退く、ということになった。

しかし、宿の表も裏も、幕兵が固めている。

「皆、刀を抜け」

晋作の言葉に、若い品川などは眼を吊り上げる。

「斬り死にでありますな？　ようし」

「馬鹿」

刀を頭上にかざし、声をあげて一斉にとびだせばいい、囲みさえ突破すればいいのだ、と晋作。

「なにも、小役人なんぞ斬ることたぁねえ」

江戸に遊学していたころから色街が好きで、遊冶郎《ゆうやろう》を気どったりすることがある。もっとも、

「あとで、問題になるけぇの」

と、すぐに国ことばの地が出る。

十三人、抜き身をさげて、どかどかっと階下へ降りた。のぞきこんでいた役人が、あわてて逃げだした。

白刃をふりかぶって、うおっと獣のような喚声をあげ、一団となって飛びだすと、虚をつかれた幕兵の囲みがどっと崩れた。そのなかを十三人、まっしぐらに駈けぬける。

命令が厳重でなかったのか、追ってくる兵もない。一同、ひとまず斎藤弥九郎の別荘に行こうと足をいそがせた。神道無念流の斎藤は、桂小五郎がその道場の塾頭をつとめていたことがあり、長州の志士と仲がよかった。

どれほども行かないうちに、騎馬の武士二人、砂煙を立てて駈けて来た。藩の山県半蔵と寺内外記である。

「君命である」と、彼等は言う。

世子の定広公が、晋作たちの暴挙をとどめるべく、お出ましになった、蒲田の梅屋敷で待っておられる、神妙について来い。

「え、若殿が」

一同も、さすがに色めく。よし、世子公の御前でわれらの精神を申しのべ、いさぎよく腹をかっ切ろう、などというものもいる。

「待て、待て」

つくづく馬鹿だなあお前、という顔を、晋作という男は遠慮なく、する。

「腹なんぞ、いつでも切れる」

梅屋敷に、霜が白くおりている。

定広は、能弁ではない。が、一生懸命である。

「余は、まだ若い」

お前たちがここで命を失ったら、余はどうなる。使命は重いが、才はすくない。お前たちが援《たす》けてくれねば、この難局を切りぬけては行けぬ。

それを、涙をこぼしながら、説く。

若者たちも、当然、泣く。

が、自分も泣きながら、側の仲間の尻をついて、囁くやつがいた。

「もっと泣け、もっと泣け」

これは、晋作ではない。

晋作ひとり、昂然と頭をもたげている。泣かない。

定広は、一同に酒を飲ませ、一足先に藩邸へ帰る。そのあと、重役周布政之助が、若者とともに大杯で酒をあおる。

多少、酒癖の悪いところがある。

「高杉」

じろりと晋作を睨む。

「貴様、すべてはこうなる、と読んでおったのじゃないか」

晋作は答えず、睨み返した。

いったい、どこから情報が洩れたか。

定広のところへ、この報は二箇所から届いた。三条・姉小路両勅使と、山内容堂と。

では、誰がその二者に知らせたか。

勅使たちはともかく、容堂がこの情報を得たのが、おかしかった。

勅使たちも、この時点では暴発をとめるにきまっている。しかし、ともかく三条・姉小路は、とくに長州に近い、いわば同志である。

容堂となると、かつて久坂が詩吟で「なんぞ遅疑する」と露骨にあてつけたほど、とにかく長州尊攘派志士たちには評判が悪かった。佐幕か攘夷か態度が曖昧だ、ということである。

その容堂が、何故知ったか。

周布は、大杯を傾けながら、ぶつぶついっている。

「勅使の二卿も事を真剣に案じられた。やがて叡慮にも達するじゃろう。……また幕府も青くなった」

周布は、晋作と玄瑞を交互に、じろじろ見ている。

「若殿も、貴様たちの志を嘉《よみ》され攘夷の決意をあらためて語られた。……おとがめも、軽くて済むだろう」

たしかに、誰にも傷がつかず、効果があがっている、といえた。

むろん、危険な綱渡りである。しかし、結果からすれば、見事な冒険だったともいえる。

――こいつらが、仕組んだことだ。

周布は、妙に腹が立っている。

〈これは、池田屋事件の長州版になる〉と、思ったものが多かったのは、不思議ではない。むしろ、それが自然な見かたというものだろう。

長州の若殿、定広も、瞬時にそれを思った。だから、情報を耳にするや、余人にまかせず、いきなり馬を引かせて、桜田藩邸を飛びだした。ほとんど一騎駈けだった。必死になって家老や役人が、跡を追ったが、なかなか追いつかなかったほどだという。これは、のちにさしたる事蹟もないこの若殿にとって、見事な行動だった。

高杉晋作は、この定広の小姓役だったことがある。性格も、よくわかっている。

やはり、この事件に関しては、晋作と玄瑞が臭い。

この挙を同志で決するとき、晋作と玄瑞が大議論をかわして、晋作は抜刀、あわやという騒ぎになっている。

二人の連繋行動くさい。

これには異論もあるが、通じたのは武市半平太だろう。この時期、半平太は玄瑞と終始往来をしていた。

さて、かなり酔って、もう夕暮れ近く、一同は梅屋敷を出た。

見ると、四人の武士が、こっちを見張るようにして、いる。土佐藩士だと定紋入りの提灯でわかった。彼等は、容堂の命で、どんな事が起こるか知れぬから、そのときは定広を助けろ、といわれて来たらしい。

しかし、四人ばかりで、どう助けるつもりだったか、すこし疑わしくもある。

周布は、急に、猛烈な癇癪が起きて来たらしい。土州人が、長州版寺田屋騒動を期待して見物に来た、と思えたのかもしれない。

彼は騎馬である。宗十郎頭巾を冠っていた。無遠慮に土佐藩士のところへ馬を近づけて来た。

「これは土州のかたがた、御足労、御苦労に存ずる。残念ながら騒動もこれなく、無事、一件の落着」

そのようなことを、言った。針がふくまれている。

「わが藩はいまや、攘夷の心に上下一致」

多少酒癖が悪い、と書いた。しかし周布の場合、ほかの例に照らしても、ときに、酒癖が悪いという定評を利用して、言いたいことを言う、と見られるふしもある。

が、この時は、言いすぎた。

「容堂侯は幕議に参画、朝廷にも御奉公。御上手、結構。ただ、これは申し上げてくだされい。尊王攘夷をちゃらかしなさるな」

土佐の四人は、小笠原唯八・山地忠七・林亀吉・諏訪助左衛門。すでに鯉口を切っているものもいる。

その時、晋作が飛びだした。

「待たれい」

もう抜きはなっている。

「他藩の方がたの手は借りん。周布政之助の不敬、容赦ならぬ、拙者、成敗」

「待て、晋作」

玄瑞が晋作を抱きとめる。

晋作、ふりはなして、刀を一閃、周布の馬の尻を、うすく斬った。

馬は、竿立ちになり、駈け去る。周布が馬術に堪能なことを、晋作は知っている。

周布の姿は、たちまち夕闇に消えた。

晋作、刀をぬぐって、おさめる。

「御免」

十三人、さっと土佐の上士四人の前を立ち去って行く。

## 6

報告を得て、容堂は激怒した。

〈咄《とつ》汝等、君辱《はずかし》められ臣死するの義を知らずや。何ぞ周布をその場に討果たして参らざる〉

と言ったという。四人も忽ち、

〈仰せにゃ及ぶべきと、刀の目釘を食いしめて〉

翌十四日早朝、桜田の長藩邸へ押しかけた。よし加勢する、という仲間も当然いて、ただならぬ雲行きになる。

彼等に先立って小南五郎右衛門が長藩邸へ行って、予告をした。乾退助も来た。

とにかく当事者の四人だけが中に入って、周布に会いたいという。

それを聞くと、周布は、よし会う、と言いだした。周囲の中村九郎らが一生懸命とめる。

奥にいる世子定広の耳にも入る。

「余が会おう」

気軽に小笠原たちを招じ入れた。

「容堂侯に対する不敬の段、誠にもって恐れいる。ついては、余が周布を手討ちにいたそう」

そういう話になると、土佐の上士は、ちょっと詰まる。長藩の若殿の手を煩わしたとあって、いいものかどうか。それが、容堂侯の意に添《そ》うだろうか。

「ひとまず、ひとまず主人に伺いを立てましてのち、御返答を」

で、いったん引きさがった。

すると、定広は、彼らが門を出るや否や、また、馬を引きだす。まっすぐに鍛冶橋の土佐藩邸へ。むろん、小笠原たちを追い越している。

定広は、容堂に会った。

周布を、いかなる厳罰にいたしましょうや、と、定広は言う。

「それは、貴藩の事よ」

「しかし」

定広は、土・長両藩の友好関係を損じてはならぬ、と、現在単純に信じこんでいる。容堂には、すこし、愚直にも思える。

容堂は、かねて定広を小僧っ子あつかいにしているのだが、この場合、懐にとびこんで来た相手を素っ気なく退けるわけにもいかない。

「なに、わしの腹立ちなどは、どうでもいい事さ」

容堂は、江戸住まいのほうが長い。ついでながら、江戸時代は参観交代のせいもあって、大名やその家族は、国言葉を使うことがすくない。

「ま、あまりの厳罰は、よくなかろう」

それで、定広は帰った。

しかし、土佐の家中は鎮静しない。どうあっても周布の首をとらねば、と、沸騰している。

こんどは、長州のほうも怒りだした。若殿の腰が、土佐に対して低すぎる、というものもある。

「周布さんの言ったちゅこと、べつに間違うちょらんけ、のう」

しかるに、高杉の奴は、土佐人にむかって周布を成敗するなどと言ったそうだ、あいつがいちばん怪《け》しからん、という話になりはじめた。

「どうでも首がほしいちゅうなら、高杉と久坂の首を渡しゃええが」

江戸にいる藩士八十名ばかりが、その論になった。

「勝手にふざけちょれ」

晋作は藩邸へなど帰らない。相変わらず女郎屋を、下宿のようにしている。

長州藩士のなかでは、晋作や玄瑞の人気も、こんなものである。藩論、即時攘夷に一決、といっても、毛利譜代の臣たちの感覚が、変るものではない。

長州が外国公使を斬ろうとしたそうだ、と評判が立っている。それは結構だが、あの連中、行きすぎては困る、と、多数が考えている。藩士一般の感覚では、要するに晋作は、御直目付高杉小忠太殿の伜の暴れもの、まだ部屋住みの書生だし、玄瑞は医者坊主の家の小才子である。

だが、晋作はともかく、玄瑞の評価は、藩の外で、高い。藩士であると浪士であるとを問わず、全国攘夷派志士たちが交流している一種の社会がある。そこで久坂玄瑞は、もはや理論的指導者の一人といっていい。

久坂を殺すようなことがあっては、と、武市も、土佐上士の勤王重役、小南五郎右衛門らも、あわてだした。いろいろあって、とうとう越前の松平春嶽が仲に入り、周布は免職の上、国元追返しの処分。ただし、内実は麻田公輔と名を変えて、前同様藩務をとる。高杉らは、当分藩邸に謹慎。そんなことで、片がついた。

乾退助が「五十人組」にも呼びかけて長州の藩邸に斬りこむと呼号したのは、事件のけりが、つく直前、一番こじれたときのことだった。

——高杉という男に、会ってみたい。

慎太郎は、そう考えた。

田所壮輔（嶹太郎）と同道して、武市に相談すると、ちょっと考えて、

「久坂のほうが、ええじゃろう」

半平太にとっては、晋作という男が、どうもよくわからなかったらしい。この種の人間を、彼は苦手としたといっていいかもしれない。土佐では、坂本龍馬がそうだった。

〈土佐にあだたぬ奴〉

と、龍馬の脱藩について半平太が言ったという話が、よく知られている。

また、晋作のほうの責任もある。彼は、妙に人見知りなところがあった。他藩の、というより、要するに、未知の人間にたいして、自分からすすんでつきあおうとはしない。久坂とは、対照的である。

このころの晋作の心境を伝える手紙がのこっている。彼は、自藩の現状に対しても罵言を放って、藩論攘夷に一変といえども、やることは相変らず〈御周旋御周旋〉ではないか、と言う。いわゆる〈志士〉たちについても、〈多き中には、自分の名を他国人などに知られたきため、言わいでもよき事もかけ廻り、虚言を吐きちらし〉〈往かいでもよき公卿がたへ、陪臣の身分を忘れまかり出〉〈少年白面の書生にいたるまで、虚言を吐くことのみを習い、実行実心と云うものは地を払い候こと、目もあてられぬ次第に御座候〉

この種の言辞が、〈志士〉たちを刺激しなかったとはいえない。

晋作は〈御周旋〉という言葉がきらいだった。このころの〈周旋〉とは、語の本義どおり、かけまわって事をまとめたりこわしたりの〈政治運動〉でもあるが、玄瑞たちのしていたことは、今日の語感でいうと、オルグする、つめてオルグる、というやつに近いかもしれない。晋作は、ひっくるめてそれを好まない。

武市や久坂が、京でテロを〈実行〉したのはすでに書いたが、この時期の江戸で、主な仕事は〈御周旋〉たらざるをえない。

久坂はけっして晋作の悪口をいわない。しかし、武市は、やはり久坂や桂をこそ、長藩において頼むに足る人物と見ている。

「久坂ちゅうお人は、老人じゃないですか」

「馬鹿が」

武市が苦笑して、

「たしか、十一年生れというた」

「文政ですか」

文政十一年なら、武市の一つ上である。老人とはいえない。武市は、このとき三十四。

「天保じゃ」

「天保」

——それでは、二つ下だ、俺より。

この時期活躍した志士のほとんどは、天保生れである。

坂本龍馬が六年、慎太郎が九年の生れ。

松下村塾系でみると、桂小五郎が四年。佐世八十郎（前原一誠）が五年。

つづいて入江杉蔵（九一《くいち》）八年。山県狂介（有朋）九年。

そのつぎに、高杉晋作、十年。久坂玄瑞、十一年、が位置する。

吉田稔麿《としまろ》と伊藤俊輔が十二年組。十三年は、入江の弟、野村和作（靖）。

寺島（作間）忠三郎・有吉熊次郎・品川弥二郎が、十四年組である。

松門ではないが、志道（井上）聞多は六年で龍馬と同じ。

天保の前が文政で、文政十三年が十二月に改元して天保元年になる。天保生れ組から見ると、ちょうど、昭和のものが大正生れを見る感じになる。

文政十二年が武市半平太であり、翌十三年、すなわち天保元年が、吉田松陰だ。薩の大久保一蔵（利通）がそれと同年。

西郷隆盛が、文政十年で、討幕方では図ぬけて年長ということになる。

幕臣の勝海舟は文政六年生れ。

天保十四年より下となると、弘化・嘉永とつづくが、これまで登場した人物のうち、河野万寿弥が天保十五年、すなわち、弘化元年の生れだ。後出する新撰組の沖田総司も同年。

癸丑《きちゅう》の年、嘉永六年、ペリー浦賀来航から維新までが幕末の動乱史とすると、十九世紀、すなわち一八〇〇年代の、五三年から、六八年までのことである。七〇年を直前にして、いわゆる「御一新」が成った。

いま、この物語がたたずんでいるのは、六二年の師走も近いころである。

天保元年が、一八三〇年だ。九年、すなわち三八年生れの慎太郎は、二十五歳。

さて、慎太郎は、二十三歳の天才的オルガナイザー、久坂玄瑞に会うことになる。

# 土蔵相模

## 1

江戸の女郎屋は、はじめてだった。

そもそも「五十人組」は、土佐を出るとき、四ヵ条の約定を交わしている。〈暴に近き挙動これなき様〉というたぐいのものだが、その中に、

〈一、好色者勿論、戯《たわむれ》にも遊妓等に近付《ちかづき》まじき事〉と、いうのがある。

このたぐいの盟約書には、かならずあるといっていい条項だが、むろん、血気の若者にとって、これは、つらい。長旅のあいだ、四六時中大義に昂奮ばかりしているわけには行かない。宿場ごとに、誘う女がいる。

たえかねて、夜になるとこっそりぬけだしている仲間もいる、と、慎太郎もきいている。が、彼は、そういうことをしない。

この「土蔵相模」へ、慎太郎とともに、武市半平太に連れられて来た田所壮輔も、また剛情我慢のほうである。

さきほど、三人で夜の江戸を歩いていて、田所壮輔が武市に行先をただすと、半平太は聞き馴れない名を言った。ききかえすと、長州人がよく出入りする品川の遊女屋の名だという。

「女郎屋」

壮輔は、道に立ちどまってしまった。

武市は、困ったような顔をして、慎太郎のほうを見た。

壮輔も、慎太郎に、噛みつくような顔で言う。

「中岡、盟約の第三条じゃ、戯れにも遊妓等に」

慎太郎は、困った。

武市は、若者たち同志がどう結着をつけるか、興味をもったらしく、黙っている。

やがて、慎太郎は、冗談のように言った。

「戯れに行くわけじゃないきに、ええじゃろう」

で、いま三人は、「土蔵相模」の一室にいる。

むせかえるような脂粉の香のなかを通りぬけて来た。さんざめく弦歌の響きがある。壮輔は、全身に力がはいって、むしろ蒼ざめている。

「武市さんは、こういうところへ、よう来るのですか」

〈周旋〉に力を入れている半平太は、うなずかざるを得ない。もっとも、品川へは、長州人との会合以外に、あまり来ない。江戸は、やはり吉原である。

「そ、それで」

女と寝るのか、と壮輔はききたいらしい。武市は、国元で愛妻家の評判が高い。

武市が何も答えないうちに、襖があいた。

「久坂玄瑞であります」

兵隊言葉として知られる「あります」は、長州弁にもとづいている。

玄瑞は、色白で、大柄だ。眉が太く秀でていて、眼が大きく、鼻梁がたかい。一見して好青年である。

志士として新入りにすぎない慎太郎と壮輔が、固い礼をすると、同じく鄭重に礼を返し、さて、かすかに微笑をうかべながら、まっすぐこっちを見る。

微笑には、人なつこいものがある。視線は、礼を失しない程度に、しかし見るものは見のがさない感じがある。

――なるほど。

慎太郎は感心した。土佐にはいない型の人間である。しいて似ているといえば武市だが、彼は慎太郎にとって、一つ上の世代であり、まず剣豪で、師であるという印象がつよい。

久坂には、豪という感じがない。雄《ゆう》といっても、そぐわないかもしれない。やわらかく、しかし、つよいものがある。

――青竹のような。

と、慎太郎は連想して、それもこの男をいい当てた形容ではない気がしている。諸国の志士たちを着実に組織しているこの男が、いわゆる志士という型から、かなり遠い。

――何だ、優男《やさ》ではないか。

と、田所壮輔は、すこし落胆している。

酒になって間もなく、わっと女たちが入って来た。

壮輔が、とび上がらんばかりになって、

「寄るな、寄るなっ」

「あら、怖い」

女は、こういう侍にも馴れているらしく、平気ですり寄ってくる。

壮輔が本気で女をはねとばしそうなので、武市が、すこし強い声を出した。

「田所、場所をかんがえろ」

たしなめたが、壮輔は、眼をつりあげ、全身を岩にしている。

慎太郎も、あまり平気ではない。なにぶん、あまりに長く、女にふれていない。とりあえず、盃を伏せ、吸物椀の蓋に酌《つ》がせた。

「ま、土佐の人は、ね、やっぱり」

一気に呑み干して、つぎを酌がせる。

――手が震えたら、恥じゃ。

「久坂君」

武市が、苦笑しながら、久坂に眼で頼んだ。玄瑞もうなずいて、それでも恥をかかせまいという配慮だろう、やがて、いい頃合で、

「お前たち、ここはええ」

と、女たちを去らせた。

慎太郎は、女に触れられていたあたりが、燃えているような気がする。

「郷国《くに》を出ると、離れるに従って、次第に女が美しく見えるでありましょう」

そんな話を玄瑞がしはじめた。

「そうかのう」

武市は、あまり思い当らないらしい。

「まっこと」

と、慎太郎がうけた。事実、そういう気がしていた。たしかに、街道ですれちがう女房も、茶店の小娘も、宿の女中まで、みな美しく見えだす。それも、ある日から、急にそうなる。

それを、京に近づくからだと思っていた。

「僕も、はじめはそねェ思いました」

〈僕〉も〈君〉も、当時の志士言葉である。

玄瑞は、いや実際多少はそれもあるかもしれないが、と続けて、

「しかし、何度か往復しちょるうち、突然わかったです。こりゃ、禁欲のせいじゃ、て」

「あ……そうか」

慎太郎は、村で、精を放たない日がつづいていて、お兼に会うと、くらくらするほど美しく見えることがあるのに、気づいていた。そのまま、吸い寄せられるように、なる。

彼は、自分が赫《あか》くなっている、と気づく。が、実は、色が黒いので人にはあまりわからないはずである。

急におかしくなって、慎太郎は笑った。

玄瑞も、破顔した。

武市まで、にやにやしているが、壮輔は、仏頂面だ。馬鹿にされたような気がしたらしい。

玄瑞は、機敏に、話題をまっすぐ今日の政治のことにした。

この年の六月から八月、東下した第一の勅使、大原重徳は、幕府と交渉するさい、問題が微妙

になると、よく席を立って、室を出た。隣室に、薩摩藩士が控えていて、指示をうけるのである。いま江戸に来ている第二の勅使、三条実美、姉小路公知にたいして、同じ役を武市と久坂はつとめている。土佐・長州が勅使護衛の朝命を受けているのだから、合法的である。

第二の勅使は、すでに十一月二十七日、江戸城に入り、攘夷督促の勅書を渡している。そのおり、幕府は、政事総裁職松平春嶽（慶永）はじめ、老中たちが揃って玄関式台に控え、将軍家茂も玄関上縁に立って出迎えた。これは、臣礼をつくしたことである。

勅使のほうも、三条実美、天保八年（一八三七）生れ、このとき二十六歳、姉小路は二十四歳。青年血気の攘夷家である。入城のさい、乗った輿をそのまま玄関に進ませるよう、断乎として衛士に訓令したという。衛士には、武市も岡田以蔵も加わっていた。

幕府の内部は混乱していて、勅旨を押返すような強い姿勢には出ない。朝廷に対しては攘夷をするといい、諸外国に対しては、そんな気持がない。井伊直弼が条約に調印したときは、〈いったん開国、やがて攘夷〉という気持があったようだが、この時期の幕府の主な部分は、とても戦って諸外国に勝てるものではないと、つまり攘夷不可能と、承知している。しかし、朝廷に対しては、ずるずると押されている。若い勅使たちは、攘夷をするなら、それを天下に布告せよと迫っているのである。

十二月はじめの形勢は、幕府が勅諚を奉承し、来春の将軍上洛を約束することになりそうである。いうまでもなく、武市や久坂の勝利である。

二人の話を聴いている慎太郎と壮輔は、むろん、昂奮している。

武市と久坂の話が、信州松代《まつしろ》に蟄居している佐久間象山のことになった。かつて久坂たちの師吉田松陰が米艦に乗り組もうとしたのをそそのかした罪で、この野心的な学者は、九年間引きこもっていた。それが、容堂や毛利慶親の努力で、ようやく赦免になるという。

「象山先生を、わが藩にお招きしたいと考えちょるのだが」

武市が言う。

壮輔が、眼を光らせた。不満らしい。

象山は、札つきの西洋好きで、開国論者である。それを土佐が招きたいという。

容堂の意向だろうが、その実現を、刀にかけてもはばまねばならないのが勤王党の立場であるはずである。慎太郎も、そう思っている。

「それは、わが藩もです」

久坂が武市に、答えた。

——長州もか。

「実はすでに、松代へ先生を説得に行く人間も、だいたい、きまっちょります」

「ほう、それは」

わが藩も、人選をいそがねば、という顔に武市がなって、

「どなたです、それは」

「僕」

慎太郎は、おどろいた。思わず口を出して、

「開国論者でしょう、佐久間象山は」

「ええ」

「久坂さんは、攘夷ですな」

玄瑞は、微笑して、

「そうです」

「しかし、招聘の使者に立つ、藩命なら――と、いわれるですか」

「中岡」

と、側から武市が言いかけるのに、かぶせるように田所壮輔が、怒気に満ちた声を発した。

「長州人こそ、二股膏薬じゃ」

周布政之助が容堂を罵った事件が頭にあるらしい。

武市が、きびしい声を出した。

「田所、佐久間先生は西洋砲術の権威じゃ」

壮輔が、負けずに突っかかる。

「む、無節操漢の大筒《おおづつ》より、直《なお》き心の一剣じゃと、わ、わしは」

「それはやはり」

と、玄瑞が、激するということを知らないかのような声音を、わずかに高めて、

「直き心の大砲が、一番でありましょう」

爽やかな風が吹いたようである。

玄瑞がつづける。

「わが師、松陰先生は、象山先生を師である、海内無双の人物である、というちょられました。わが藩の高杉も、先年、松代に先生を訪ねちょります」

――高杉も。

「やつは、上海へ行って、帰って来よったところです」

「ほう、あばれ牛どのが」

と、武市が、

「いちど、話をうかがいたいものじゃな、上海の」

慎太郎には、わからない。

ただ、松陰という人物にも、興味をおぼえた。松陰はすでに安政の大獄で刑死している。

「どうです、両君」

え？　と見ると、玄瑞の眼が、こっちをひたと見ている。

「松代へ、いっしょに行きませんか、僕と」


ふいに、さわがしくなった。

女たちの口論らしい。金切声を立てている。そこに、男の声もまじっている。

その声におぼえがあるらしく、玄瑞の眉がすこし動いた。

「何かな」

と、武市が言うのに、

「喧嘩でしょう、女郎同士の」

答えたが、聞耳を立てている。

廊下の先で、つかみ合いになったらしい、どたばたと音がする。

「もしや、役人」

壮輔が刀をひっつかんで腰を浮かせるが、遊廓では通常、江戸の役人がいきなり暴力的に出ることはない。

「失礼」

玄瑞が出ていった。

騒ぎが、激しくなっている。

「この、泥棒猫」

「何だい、そんなら男の首に縄つけときゃいいんだ」

などという女のかん高い声の中に、しきりになだめている男の声がまじる。一瞬、しずまると見えると、またわっと格闘になるらしい。

慎太郎も、好奇心は人並みにつよい。

「ちっくと」

武市にいうと、壮輔に眼くばせして、部屋を出た。

長い廊下の先の、階段口で、華やかなものがもつれあっている。動きが、緩慢なものに見えるが、それだけ深刻なつかみ合いのようで、周囲の武士も、手が出ない、というより、面白がっているふしもある。店の男衆は、ただうろうろするばかりで、廊下の左右の障子からは、皆、人が顔をのぞかせている。

やがて、長い悲鳴が女の一方からあがって、どっと足元に崩れ落ちる。

「よし、勝負あった」

見物の中から声がすると、さっと若い侍たちが中へ入って引きわける。

要領を心得た感じである。勝ったほうの女が、一人の侍をにらみつけている。丸顔のその男が、武士らしくもなく、その遊女に、ぺこぺこ頭を下げて、引きずられるようにして奥の部屋に消えて行く。

「あれは、志道聞多じゃ、長州の」

いつの間にか、慎太郎たちの後に半平太が来ていて、教えた。

「それから、ほれ、あっちは伊藤俊輔」

慎太郎よりも色黒の、武骨な感じの若者が、しきりに負けたほうの女を、なぐさめている。女がまた、その若者に体をもたせて泣きじゃくっていて、彼のほうもその背を、丹念に撫でさすっている。悪く馴れた感じで、その指先が上へ下へと動く。

壮輔が、舌打ちのような音を立てた。


部屋へ戻ると、もう久坂がいて、独酌していた。

「どうも、おかしなものをお見せしました」

そんなことを、眼が笑っていて、言う。

すると、がらりと障子が開いた。

慎太郎が、ちょうど振り向く位置になっていて、見ると、さっきの見物の中から号令といっていいような声をかけた男だ。

切れ長の眼が、つよい。顔が長いのが特徴で、蒼白い顔に、うすくあばたがある。

客と見て、すぐ立ち去ろうとするのを、

「晋」

と、玄瑞が声をかけた。

「ちょうどええ、紹介しよう、こちらは土佐五十人組の」

と、慎太郎と壮輔の名を正確に言った。

長い顔の男は、武市とは面識があるらしく、ちょっと目礼したが、慎太郎たちの礼には、うなずいたとも見えない。

立ったままである。ぶっきらぼうに、ただ、

「高杉晋作」

と、言った。

「あっちはどうした、お里のやつ、おさまったか。お柳は」

久坂が問いかけるので、晋作もしかたなくうしろ手に障子をしめて、座った。

要するに、お里というのが、この店で志道聞多の馴染みであるらしい。さっき勝って、意気揚々と引きあげたほうである。聞多は、手まめな男で、どの土地でも、女に惚れられる。

それが、まめがすぎて、同じ店のお柳という女に、手を出した、のか、女のほうから持ちかけたか、ともかく、それがさっきの騒ぎの原因である、という。

「お柳のほうはどねェじゃ。だいぶやられよったが、怪我は」

「なに、俊輔のやつが、心得とる。二人して床に入ったろう、もう」

おかしくもないような顔で、晋作が言う。この男は、初対面のものが座にいたりすると、ひどく素っ気ない。

溜まった憤懣を爆発させるように、壮輔がいった。

「長州人は、いろ狂いか」

武市と久坂が、何かいいかけたが、その機先を制するように、ずばりと晋作が言った。

「土佐は、五人組ですかいの」

壮輔が、あっけにとられたような顔になった。

五人組、とは、五本の指ですることから、自前で精を放出する行為のことをいう。晋作は、それを、いま紹介された「五十人組」にかけたつもりらしい。

大胆すぎるのと、間がよかったせいもあって、皆、一瞬、声が出ない。

晋作は、いま何を言ったか忘れたかのように、愛想のない顔をしている。

慎太郎は、猛烈におかしくなった。さっきの話のあとだったからかもしれない。どっと、吹き出すように笑いだした。そうなると、止まらない。

すると、晋作が、慎太郎を見やって、にやりとした。

自分では、よく出来た洒落のつもりかもしれない。悪戯小僧のような顔になった。

武市も、久坂も笑っている。

壮輔は、まだ、わかっていない。呆然としている。

## 2

三条実美たち第二の勅使にたいして幕府がずるずると退いたのは、もし勅旨を押し返して攘夷を断れば、西に騒乱が起きると怖れたからのようだ。この時期、幕府にはそれを乗り切る自信がない。

結局、いちおう勅諚に従っておいて、そのさきで何とかしよう、と考えたものらしい。後見職についた一橋慶喜は、かなり頑強に破約攘夷不可能説だったが、ついに妥協せざるを得なかった。賢侯と称えられた越前の松平春嶽なども、はじめ攘夷、一橋慶喜に同じて開国、それからまた攘夷、と三転している。春嶽は政事総裁職である。

橋本左内なきあと春嶽のブレーンになった横井小楠の意見はこうだった。今日の条約は勅許を得ていないし、不完全なものだ。このまま押し通しては天下が一和しないから、これを一度破約する。そして天下の諸侯をあつめて議し、一致を得て、統一の力を得てから、進んで諸外国と交わりを結ぶことにしよう。そのさい、破約に憤る諸外国と一戦の覚悟もなくてはならない。

この案は、重点の置きかたしだいで、かなり異なった印象のものになる。破約と、一戦の覚悟、という点に焦点をおくと、朝廷はもとより、即時攘夷を藩論としている長州の顔も立つだろう、と考えられた。

そして、開国派に対しては、攘夷といっても、何もこちらから持ちかけようというのではなく、向うが無理無体に戦を強いてきた場合、受けて立たざるを得ないではないか、もちろんそんなことにならないよう努力を尽すことの方が先なのだ、うんぬん、という口説きかたがある。春嶽の了解した〈攘夷〉は、この手のものだといっていい。

開国派でも、慶喜は、不完全でも条約は条約であって、破約はなすべきでない、という論だった。開国論の立場に立てば、これは正論にちがいないが、しかし、現実の国内の分裂をどうするか、という問題が、片づかない。するとここで、理論としては、幕府が政権を投げだしてしまえばいい、ということになるし、事実、その話題が春嶽や慶喜の間でのぼったらしいが、所詮この時点では、現実的な問題にはならなかった。

十二月四日、幕府は両勅使を城内に招いて宴会をした。そして翌五日、ついに勅諚を奉承するとの書が、将軍家茂から勅使に渡された。

将軍の署名が「臣　家茂」となっていた。

幕府は、攘夷を約束したわけである。ほかに朝廷に親兵を設置する案件もあったが、これは婉曲に保留した。

そして、明春、将軍が自ら京へ上って、委細申し上げる、とも約束した。

攘夷がきまった、そのために将軍が京へ来る、尊攘派の大勝利だといっていい。

孝明帝の意志が、攘夷はしたい、幕府は抑えたいが、激派はこまる、という性質のもので、その点島津久光と一致していた。

孝明帝および朝廷穏健派は、過激な三条・姉小路が勅使として東下したことに、かなり不安があったようである。激派鎮圧には実績のある久光を頼りとする気持がある。

その久光は、第一勅使とともに東下して成果にいちおう満足だった。ここまででいい、という気持があった。彼は公武合体論である。

ところが、九月に京へ帰ってみると、情勢は急進化している。自分が江戸へ行っていた留守の間に、長州と土佐が朝廷に影響力を持ってしまった。それも下士どもの過激論がリードしている。彼にしてみれば、あんなに注意しておいたのに、朝廷は「匹夫の激論」に動かされ、破約攘夷をやろうという。とんでもないことだ。

さらにけしからぬことに、薩摩藩のなかでも、急進的な分子は、長・土の同類と気脈を通じている。自分の息子である若い藩主も、それに影響されているふしがある。

久光は頭へ来た。多少、自信も失っていたかもしれない。第一の勅使としてともに東下した大原重徳が残念がったが、さっさと久光は国へ帰ってしまった。

十二月七日、三条・姉小路両勅使は、宿所の伝奏屋敷を出て、京へ帰る旅路についた。武市半平太も、従ってともに京へ向う。

慎太郎は、品川まで、半平太を見送った。田所壮輔・千屋菊次郎らも一緒である。五十人組は容堂警護を名としているから、勅使と行動をともにはできない。

別れる前に、小さな料亭に立ち寄って、酒を飲んだ。別宴というよりは、ささやかながら祝宴である。勤王党の志は、順調にとげられつつある、と、誰もが思っている。陽気である。

そこへ、久坂玄瑞が顔を出した。

「やあ」

慎太郎と壮輔に、笑いかけている。壮輔はにがい顔だが、慎太郎は、笑顔を返した。

玄瑞が慎太郎のそばへまっすぐ寄って来て、言う。

「事がうまく運んだようで、よかったですのう」

「まっこと」

と、慎太郎は天下の形勢のことだと思って返事をしたが、ちがうらしい。

「この季節の信州は寒いじゃろうが、しかし、ぼくは雪が好きじゃけえ、愉しみじゃ」

「え、信州」

おや、という顔を、玄瑞がした。

「まだ、何も聞いちょられんですか」

「何も、ちゅうて、何を」

武市が見ていて、慎太郎をまねいた。

「中岡、おンしに話があった」

別室へ連れて行く。

慎太郎に、玄瑞と同行して松代へ行け、と武市はいうのである。すでに、上の許可も降りる手筈になっている、という。

土佐藩は、佐久間象山をほしい。だからこそ、容堂も象山の赦免に運動した。毛利慶親も動いていたことはわかっているし、長州も彼を狙っているのはあきらかだったが、しかし土佐藩としては招聘の使者は年があけてからのつもりだった。なにしろ、幕府の正式の赦免状はまだ江戸を発していない。

ところが、長州は、それに先んじてもう使者を送るという。あわてた土佐藩は、急遽人選して、衣斐《えび》小平と原平四郎の二人を使者にきめた。が、出立にはまだ日がかかる。

そこで、武市が考えた。先夜の土蔵相模での玄瑞の発言を、冗談から駒にして、慎太郎を玄瑞につけてやろう。むろん慎太郎は、正式の藩使となり得るような身分ではない。あとから正式な使者は行くのだが、慎太郎が同行すれば、長州に対する牽制には、すくなくともなるであろう。

その献策が、いれられたわけである。

「しかし、長州の使者が、わが藩のものの同行を許すか」

と、重役の小南五郎右衛門は、そのとき当然の質問を、武市にした。

「はあ。しかし向うから言いだしたことです」

「ふむ。……もっとましな人物を送らんでええかな。中岡よりは、適任がおろう」

「しかし、長州の久坂は、中岡に、一しょに行こう、というのです」

武市は、壮輔のことは抜かしている。

「ふむ。何故じゃろう」

「さあ。多分、気に入ったのでしょう」

「久坂が、中岡を」

小南は、首をひねった。もちろん彼は久坂を知っている。が、慎太郎とはあまりにタイプが対蹠的である。

ともかく、そんな会話があって、慎太郎の松代行きは、きまった。


「すると、私の仕事は、象山が長州の招きをうけるのを妨害することですか」

「べつに、妨げんでもええ」

「では、味方してもええわけですか」

武市が、変な顔をした。

武市半平太は、かりにも土佐の人間が、長州に味方するなどと、夢にも考えていない。

それが、この時代の常識というものである。明治以降の〈日本〉というものに対する意識よりも、よほど強い意識と感情が、この時代の人間には自分の〈藩国〉にたいして、あった。武市も、その例外ではなかっただけである。

慎太郎にしてみても、このとき、本気でそう思っていたわけではない。

が、慎太郎のその後の運命は、彼に土佐を捨てさせることになる。

あとで、話をきいた田所壮輔たちが、断れ、と、慎太郎に言った。

「君命ぜよ」

慎太郎はあっさり答えたが、壮輔はきかない。

「君命じゃとて、拝辞する途はあろうで。辞してなお、容れられざったら、腹を切ればええ」

「腹を」

それでも二股膏薬のそしりを受けるよりはよかろう、と、壮輔は言う。

「おンしがじゃないぜよ、藩ぜよ。土佐がそのそしりを受けるのじゃ。一死もって諫するは臣道じゃ」

——切腹か。

慎太郎は、腹を撫でてみたが、とてもこの事で死ぬ気にはなれない。

「俺は、近頃、ちょくちょく頭が病めるきに、信州へ行くのもええ、と思うちょる」

「中岡」

壮輔が、眼をつりあげた。

「象山に会うて、国賊じゃ思うたら、その場で斬る。それならよかろう」

む、それなら、と、こっちも片がついた。


あす発《た》つ、という十二月十二日の夕刻、玄瑞から手紙がとどいた。

今宵、品川の空を御覧くだされたし、という簡単な文面である。

主文はそれだけだが、あとに「此事屹度《きっと》口外無用、猶此書信御被見後直様《すぐさま》火中之事」と但し書きがあるのが気になった。

その夜、慎太郎は、築地の中屋敷の二階で、海の見える窓から、品川の方向を睨んでいた。

夜ふけになったが、何事もない。とうとう九つがすぎた。午前零時を廻ったことになる。

慎太郎は辛抱がいい。なおも待つ。

八つ（午前二時）もすぎた。さすがにあきらめかけたころ、南西の空の地平線に近い一点に、ぽっとかすかに赤味がさした。

眼を凝らしているうちに、たちまち明るさが増して行く。

——火事だな。

あの方角は、と、慎太郎は考える。玄瑞の手紙と思いあわせて、いま生起している事態をつかもうとしている。

やがて、わかった。

「御殿山じゃ」

御殿山には、目下建築中の壮大な外国公使館がある。英国公使館はすでに建ち、仏国のが、まだ、半途である。

——久坂たちは、公使館焼打ちをやりよった。

仲間は、あの女郎屋にたむろしていた連中にちがいない。女郎の烈しい喧嘩を、面白そうに見ていて、機とみるやさっと引きわけた手ぎわのよさが、目にのこっている。

もう、ここからでも、炎が見える。

慎太郎は、いったん階下に走って、よく寝入っている仲間たちにさけんだ。

「御殿山が燃えちょる。外国公使館が焼けよるぜよ」

そして、自分は屋根にのぼった。風が肌を斬るように冷たい。

夜空が大きく赤く焦げている。この分では、公使館は全焼するにちがいなかった。半鐘も聞こえている。この中屋敷も、壮輔たちが起きて、事態に気づいたのだろう、さわがしくなりはじめている。

——攘夷の炎だ。

慎太郎は、そう思って、自分の感情と昂奮を、さらに昂めようとした。

が、何かが引っかかっている。何だかわからない。

耳が鳴っている。あれは、半鐘の音か、それとも……

あの炎のなかに、いや、おそらくとうに炎からはるかに身をはなして、あの顔の長い男がいるだろう。そして久坂も。やつらは、悠然といま、自分たちの起したことの結果を、澄んだ眼で見つめているだろう。

やつらは、俺に見えないものを見ている。慎太郎は、ほとんど直感で、それを確信した。まだ、おれには見えないものを、やつらは。

下から、壮輔たちが何か叫んでいる。

慎太郎は、屋根の上で動かない。

3

三人の足は、まず水戸へ向かっている。

三人というのは、久坂玄瑞と山県半蔵、そして慎太郎である。

翌朝、すなわち十二月十三日、早く中屋敷を出た慎太郎が約束の場所に行くと、久坂の眼が笑っていて、そばに、謹厳な面持の武士がいた。よほど年輩と見えたが、あとで聞くと、それほどでもなく、文政十二年（一八二九）生れだった。

山県半蔵は、学者として知られ、長州の若殿定広の侍儒、つまり先生である。長州の藩儒は山県太華といって、学識ゆたかだったが、吉田松陰とは、意見があわなかった。山県半蔵は、はじめこの人の養子。のちに家老宍戸親基の養子となって、宍戸璣《たまき》と名乗り、明治の世に子爵となる。

象山招聘の使者としては、半蔵が正使といっていい。しかし、彼は、すべて玄瑞の意見を聞いて行動する。玄瑞も、率直にものを言う。旅の間に、半蔵を教育してしまおうという気持があったのかもしれない。だから、その夜の宿で、

「久坂さん、昨夜の話を」

と、慎太郎がいいだしたとき、玄瑞はちょっと困ったような顔をしたが、上座にいる半蔵を見て、にやりと笑った。夕食の席である。

「山県先生」

「義助、わしも聞きたい」

と、酒を飲まない半蔵が箸を口にはこびながら、言う。義助とは久坂の名で、玄瑞は、彼の医者としての通称である。久坂が医者の子であることは、前にのべた。

「ほう、見ぬかれちょる」と、玄瑞。

「おぬしたちのほかに誰がする、あねェなことを」

「山県先生、これからの話、旅が終ったら、忘れてください。そのほうが、先生のためにも」

「わかっちょる」

「では、話しましょう。いやその前に、お詫びせにゃならんことがありました。先夜、聞多が」

「五十両の件じゃろう」

「その通り」

「わしを、世間知らずじゃと思いよって」

むずかしい顔になったが、食べつづけている。

玄瑞が笑いながら、当然話の見えない慎太郎に、説明をする。

前月の、外国公使館襲撃を企てたときのことである。

結果論はともかく、ほんらいは、当然生還を期し得ない挙だ。ところが、ここに難関があった。高杉・志道らが土蔵相模に流連《いつづけ》していた費用は、志道と長嶺内蔵太・大和弥八郎の三人が、藩から英学修行のためと称して百両もらっていたものから、出ていた。が、連日連夜、大勢の豪遊で、使い果たして二分も残っていない。そればかりか、六十両の借りが溜まっていることがわかった。

「踏み倒すか」

「馬鹿が、長州の連中は借金に困ったあげく暴挙におよんだなどといわれるぞ」

こうなると、藩から調達して来るほか手がない。


「そう考えたところまでは、よい」

と、山県半蔵が口をはさむ。

「そうですか、よいでありますか」

「もとより、借金など作らぬのが、一番よい」

「それは、そうですな」

玄瑞は相手にさからわない。こいつは、春の風のように話す、と、慎太郎は感心している。もっとも「春風《しゆんぷう》」とは高杉晋作のほうの号だが、慎太郎は知らない。晋作は、ついに春風のような男ではなかった。

「わしは、何故率直に、事をうちあけて頼まなかった、というちょる」

それが、半蔵の不機嫌の原因らしい。

「余人は知らず、このわしに、何故」

半蔵は、彼等の代表としてやって来た志道聞多に、五十両をだましとられている。


玄瑞は、話がうまい。人物が眼前に髣髴《ほうふつ》するように語る。

金を藩からせしめようとするのはいいが、さて、誰が行くか、ということになった。

江戸藩邸の財布の紐は、来島《きじま》又兵衛がにぎっていた。鬼来島とよばれる剛勇の士で、のちに禁門の変で真先かけて戦死する熱烈な攘夷家だが、金銭の管理などにも才能があった。がっちりしている。

「鬼は苦手じゃ」

みな、尻込みする。

大和弥八郎に、行け、となった。大和は、のち国之助。六百四十五石の家柄。天保六年生れ。


「で、大和は何というた」

半蔵がまた口をはさむ。

「大義のためなら水火も辞せぬ、と言いよりました」

「ほう」

「では一つ、たのむ、と皆が乗り出しました」

そうじゃろう、というように半蔵がうなずく。

「すると大和のやつ、改まって、おかしなことを」

「何じゃ」

「わしは、水火、というたのじゃ、といいます」

半蔵には、わからない。玄瑞がつづける。

「水や火なら飛びこむ。しかし金策は苦手じゃ、と」

半蔵が、ぷふっと飯を噴きだした。

慎太郎は、腹を抱えて笑っている。


結局、藩邸には志道聞多が行くことになったが、そこで彼等の考えた手は、かなり悪辣である。堅物の来島又兵衛にも、ちかごろ品川に惚れた女が出来ていた。名をおそのという。来島は、こっそりと品川に通っているので、誰にも知られていないと思っていた。が、相手が悪かった。この連中は、情報をつかむのが早い。

聞多が、おそのの筆蹟をどこからか持って来た。案外、仲間の誰かがもらった恋文だったのかもしれない。ひどい金釘流のその字をまねて、又兵衛あての偽の恋文を作ろうという。こうしたことに器用なのが、また妙なことに大和弥八郎で、苦心して、甘い手紙をつくり上げた。むろん、中には金の無心が入っている。

聞多は、藩邸で、来島と周布政之助を並べておいて、この手紙をちらつかせた。

又兵衛は降参して、口止め料をふくめて五十両をとられた。

が、まだ足りない。そこで聞多は、山県半蔵をたずねて、品川の遊郭で晋作が桶伏せの刑にあっている、と言った。

「何じゃ、それは」

半蔵は堅いから何も知らない。桶伏せとは、遊郭で金を払えない客が、見せしめに大きな桶を伏せた中へ入れられてしまうことである。

そのようなことがあってはわが藩の恥、と、半蔵は顔色を変えた。

「いくらいるのじゃ」

半蔵は晋作の父小忠太に信頼されて、まさかの時のためにと、五十両を預っていた。


「ま、そのことはええ」

「会うても、怒らんでやってくれますか、聞多を。山県先生」

玄瑞は、それが話の目的だったらしい。

この男は、仲間でも若いほうなのに、皆の尻ぬぐいをして歩く役割を、いつも受持っていた。外国公使襲撃未遂事件でも、玄瑞が武市半平太に情報を流して、事をおさめるように運んだ。

半蔵も、飯粒を吹きだしてしまったりしたあとでは、怒ってもいられない。

「それより、昨夜の件じゃ」

と、話を戻した。

「言い出し兵衛は、また晋作じゃな」

玄瑞と晋作は、幼馴染である。

玄瑞は、十四歳のとき、母をなくした。

兄の久坂玄機は、二十歳も上だが、すぐれた医者だった。かの緒方洪庵に、適《てき》塾の塾頭にと懇望されたことがある。蘭語にも堪能で、この面では兵学書をはじめ、多数の訳業がある。

その兄は、玄瑞の十五歳のとき、死んだ。一週間もたたないうちに、父も死に、玄瑞は孤児となった。むろん、家督をついでいる。

だから、少年から青年にかけての玄瑞は、必死になって勉学した。

その一方で、晋作は、剣術に夢中だった。玄瑞と知りあったのは、吉松淳三の塾である。二人とも、まだ少年だった。一つ下の玄瑞が秀才で優等生だったのにたいして、晋作は、暴れん坊で、ろくに机に向わない。彼は、剣術使いとして世に出るつもりだったようだ。

その晋作が、急に勉強する気になった。

そのころは、二人とも藩校の明倫館の生徒である。明倫館の教育は無味乾燥だった。

あき足らない玄瑞は、あるきっかけで、松本村にある吉田松陰の松下村塾に、通いだした。やがて、晋作も、玄瑞に連れられて、松本村に顔を出すようになった。

松陰は、この二人を大事にした。

玄瑞に対しては晋作をほめ、晋作に対しては、つねに玄瑞を賞揚した。負けず嫌いの晋作は、わずかの間に、急速に学力を伸長させた。

性格も、気質も、正反対に近い二人だが、しかし、妙に仲がよかった。松陰も、二人のそれぞれに、離れることなかれ、と、さとした。

その松陰は、もう世にいない。

今、二人の意見は、天下を変革する方途に関して、かならずしも一致していない。

話をもどそう。

七日に勅使が京へ向い、土佐藩主が前駆警衛、長州が後衛で、江戸を去った。世子定広もつづいた。

これを、晋作たちは待っていた。殿さまたちがいなくなったからもう一暴れどうだ、と、晋作が言いだして、話があっさりまとまる。目標は御殿山焼打ち。

グループの名は「御盾組」。公使襲撃未遂のときと、たいしてメンバーに変動はない。松島剛蔵と寺島忠三郎が、藩命で江戸を去っていたが、福原乙之進や、伊藤俊輔が加わっている。萩から戻って来て間もない伊藤を、慎太郎は土蔵相模でちらと見ている。

今度の挙には、久坂は反対しなかった。一同を煽り立てたり引締めたりする晋作のやりくちを、微笑をうかべながら黙って見ていた。久坂のほうが年は下でも、兄のようなところがある。

九分通り完成の英国公使館を焼き払うには、焼玉がいるとなって、砲術方の福原乙之進が、志道聞多を助手にして、製作した。桐炭を粉末にして火薬をまぜ、ふのりで炭団《たどん》のように固めた原始的なものである。

それを、十二日の夜、聞多と乙之進が懐中にそれぞれ二箇ずつ入れて、集合場所の土蔵相模へ向った。

聞多が土蔵相模についたときは、定刻にまだ大分早い。出発は九つ半（午前一時）の予定である。どうしてもそれまで飲んで待つことになる。懐中に入れておいては危い。聞多は、馴染みの女、例のお里の部屋の、額のうしろに隠した。

いっぽう福原乙之進は、時刻前に今夜の目標である英国公使館を眺めておきたかったらしい。御殿山に行った。

警衛が厳重で、建築現場の側へは寄れない。見廻りの役人が来た。懐手の福原をうさん臭そうに見る。不審訊問をくらいそうなので、とっさに乙之進は、袴の前をまくって立小便をはじめた。

これがいけなかった。乙之進はかなたの公使館のほうにばかり気をとられていたのだが、尿を放ったのは出来たばかりの辻番所のまん前だった。

怒り狂った役人たちが番所の中から飛び出して来て、かこまれてしまった。懐には焼玉がある。ここで騒ぎは起せない。乙之進はさからわずに番所の中へ入る。

彼は武士だから、辻番所の下役人が、即座に身体検査をすることは出来ない。一人が上役を呼びに走る。

その間に、乙之進は、そっと懐に手を入れて、焼玉がまだ出来たてで柔らかいのを幸い、ぐいと引きちぎって、ぽいと口へ入れた。

火薬は甘いというが、炭が主体では、うまい筈がない。

「すまん、茶を一杯」

「こいつ、うしろを向いて何を食べておる」

「餅だ」

乙之進は、ちぎっては食い、ちぎっては食い、二つの焼玉を、そっくり食べてしまった。

4

久坂の話に、また慎太郎と半蔵が笑う。

玄瑞は芸術芸能的感覚が発達していたようである。彼が高声に詩を吟ずると、満席が聞き惚れた。京の三条大橋の上で放吟すると、両岸の絃声一時に止んだ、という説もある。また、いわゆる「七卿落ち」の際、彼が作った今様《いまよう》「世はかりこもと乱れつつ」は、名高い。彼の才能は、硬軟両様にわたってゆたかだったようだ。

さて、乙之進がようやく役人から解放されて土蔵相模に来たときは、全員が顔を揃えていた。品川弥二郎が、幅二寸ばかりで、長さは両袖に達する白布を、各自の羽織の裏に縫いつけた。裏返しに着て、暗闇での同志討ちを避けるためである。

九つ半、武士が連れ立って歩いていても、遊郭帰りと見られて怪しまれない時刻である。一同、土蔵相模を出て、御殿山へ。

さすがに番所も寝しずまっているが、それでも建物の周辺には、巡視役の提灯が一つ二つ、動いている。それを木の葉がくれに見ながら、足をしのばせ、草叢伝いに公使館に近づく。

堀がある。これはまだ空堀で、多少水が溜まっている程度だから、難なく渡った。するとすぐ前に、大きな丸太の柵である。

これを、柄を短くして懐中におさめて来た小さな鋸で引き切る。小半刻で根本の丸太を二本切り、そこからもぐりこんだ。

ところへ、提灯が来た。提灯には葵の紋がある。晋作が、峰打ちをくわせて失神させた。

そこまではよかった。さあ焼玉だ。ということになって、聞多が懐中に手を入れる。

「ありゃ」

「どねェした、聞多」

「忘れた。お里の部屋の額の裏じゃ。おい、福原、お前のは」

「いうたろう。食べちもうたんじゃ、わしゃ」

慎太郎は、不思議な気持で聞いている。どうしてこの連中は、こんなにあかるいのか。話し手のせいもあるだろう。たしかにそうだ。しかし、それだけではあるまい。

いちおう天下の耳目を集めるだろう大事件を、まるで悪戯のように、いや、事実、その全過程のなかには、悪戯そのものの部分もふくめて、遂行している。

——松下村塾。

それについて、慎太郎はほとんど知らない。ただ、高禄の上士の子弟から、足軽、中間《ちゅうげん》、さらに町人や、博徒の子までが通うことを許されていて、そのなかでは、いっさい上下の差別がなかった、ということだけは、耳にしたことがある。

——ただの話だろう。

そう判断していた。つまり、話半分にきいておこう、と思ったのである。

そのことと、この、松門出身者を中心にした連中のあかるさとは、関係があるのか、それとも、ないのか。


英国公使館とはいえ、完璧に洋風の建築ではなく、日本風の障子も使われている。家中のそれをあつめて四箇所に分かち、火をつけた。木が新しいので、なかなか燃えつかない。ぷすぷすいぶっていたが、一度炎があがると、たちまちぼうっと燃えひろがった。

「駈けるな。悠々と逃げろ」

番所から役人たちも飛びだして来た。すでに炎は夜空を焦がし、風にあおられた火の粉が盛大に飛び散っている。役人番人たちが犯人に気をまわす余裕もないようで、ただ右往左往しているのを横目に見ながら、一同、もぐりこんだ口から順番に脱出し、散った。

玄瑞と晋作は、そのまま芝浦の海月楼に上り、かなたの炎を見やりながら、飲んだ。


「それで、終りか」

「いや、まだあります。晋作と朝方まで飲んでおりますと、伊藤が来て」

聞多が見当らない、と言う。他の者は、大半藩邸に帰ったし、それぞれ行き先がわかっているが、聞多だけが、どこにもいない。

晋作が、ひらめいた。

「土蔵相模じゃないか」

「え、まさか、だって、当然役人どもが押しかけちょるでしょうし」

と、俊輔は言ったが、晋作はそれから土蔵相模へ行ってみた。もう朝だ。

果たして、志道聞多は、お里と床の中にいる。

晋作は、ずかずかと踏みこんで、その枕元に立った。

「晋か、……待て、もうちっと」

聞多が、首をねじまげて晋作を仰ぎみると、言った。

「早うせえ」

晋作は、腕組みをして、あぐらをかく。観戦する態勢である。

「もっと大腰に行け」

聞多の下から、上気した顔のお里が、上眼づかいに睨んだ。

「み、見世物じゃないよ」

「ええ、晋は、友達じゃ」

指令どおり、大きく蒲団が揺れている。晋作がさらにあおる。

「聞多、早打ちじゃ」

お里が、高い声をあげた。


聞多の話では、こうだった。

焼玉を忘れた責任がある。彼はひとり、火の手が全体に廻るのを十分に見届けてから、現場をあとにした。が、こんどは、入って来た口が、どこにあるか、忘れた。

しかたなく、柵を乗りこえた。内側からだと足掛りがある。越えたまではいい。飛びおりた。もう一つ、そそっかし屋が、上塗りをした。下に堀があるのを、忘れていた。

聞多は、泥に埋まってしまった。

もはや現場付近は、深夜とはいえ火事が飯より好きな江戸っ子であふれている。泥だらけの姿を、その人波にまぎれこませた。しかし役人も大勢出張っていて、片端から不審尋問をしている。

聞多は、ようやく高輪の引手茶屋、武蔵屋にとびこんだ。

「ま、そのおすがた、どうなされました」

おかみが怪しむのに、火事見物で来て、消防の手のものに押されて溝へ落ちたといいぬけ、悠然と酒を飲み、衣服を替え、店のものに提灯をつけさせて、堂々と土蔵相模にくりこんだ。

土蔵相模は、しじゅう長州の若侍が出入りすると、かねて目をつけられている。しかし、引手茶屋の若い衆に導かれて大きな顔で入ってくるのが、よもや当夜の放火犯人とは思わない。役人も、黙って彼を通した。

まだ、あとがある。

聞多は、お里の部屋へ来て、額のうしろに手を入れた。ない。

そこへ、お里が炭箱に炭団を入れたのを持って入って来た。

「冷えるわねぇ」

火鉢に、炭団をつごうとする。聞多は、ぎょっとした。もしや。

聞多は、お里の手をぐっとにぎった。おれは、炭団を二つ、あの額のうしろに入れた。お前、もしや。

ええ、見つけたわ。ちゃんと取り出してこの炭箱に入れたわ、手を放して頂戴《ちょうだい》、火鉢につぐから。お、おい、待て。

どっとお里が笑い出した。

「やっぱり、あんたたちね、火事は」

なに？ と、聞多は刀の柄に思わず手をかけた。

すると、お里がきびしい顔になった。こんなことを言ったという。

「私たちはね、いやしい女かもしれないけど、馬鹿じゃないの。一夜添うても他人とは思わないって位のもの。どうしてあんたの為にならないことを、私がすると思う？」

聞多は、つまった。

「額の裏の炭団は、裏の海へ沈めちゃったわ。大方ただの炭団じゃあるまいって思ったもの。……それにしてもね、あんた、命がけの仕事をしようっていうのに、肝心のものを忘れてくようじゃ、心配ね、行く末が」

「しっかりした女子じゃな」

山県半蔵は、感心している。

「しかし、晋作はいうちょりました。俺は、あねェしっかりした女子は好かん、と」

「ほう」

半蔵は上眼づかいに、玄瑞の顔を見た。お前はどうなんだ、と、訊《き》きたかったのかもしれない。

玄瑞は、松陰の末妹を妻にしている。彼は、美男子というほどでないにしても、いい男のほうである。しかし、妻のお文は、不器量だった。

ついでに、晋作は、小豆餅といわれたように、顔に疱瘡のあとがのこっていたし、背も、あまり高くない。残っている彼の具足類から、五尺二寸、十三貫程度と推定されている。もっとも、幕末の日本人の体は小さかったから、中背といっていいだろう。そして、彼の妻の雅《まさ》は、老年になってからの写真で見ても、品がよく、美しい。


玄瑞の話が、いちおう終ったようである。

慎太郎は、ふいに訊いた。

「松陰先生とは、どういうお方じゃったですか」

二人が、黙った。

玄瑞が、この話題に関しては、口を開かない。

半蔵が言った。

「寅次郎は……あれは」

寅次郎とは松陰の名である。

「つまり、まじめすぎたのじゃな」

半蔵と、松陰とは、松陰の叔父玉木文之進の塾での同窓である。仲はいいほうで、松陰も半蔵を同志として見ていた。その半蔵が山県太華の養子となり、やがて松陰が太華と意見を異にしたとき、半蔵は、養父の説を弁護した。松陰にはショックだったらしい。半蔵に対して激怒した。

——融通のきかぬ奴じゃ。

と、半蔵はくさった。が、それで松陰に対する態度を変えることはなかった。のちのちまで、この人は松門の若者たちを庇護している。

5

三人は、水戸へ入った。

その間の動静は、水戸藩士川瀬教文の日記がある。

「十二月十九日、夜、岩間金平、片岡為之介同伴、泉町泉屋文之平方にいたり、長州藩久坂玄瑞、土州藩中岡慎太郎に面会し、時事を論談す」

史料では、ここではじめて慎太郎の名になっている。

山県半蔵の名がないが、彼は、「時事論談」は若いものにまかせて同席しなかったのだろう。

慎太郎は、水戸藩の気風には感銘を受けたらしい。烈公斉昭の遺徳が及んでいる、と見た。しかし、当時すでに水戸藩の内部確執ははげしい。のちの天狗党の悲劇にいたる内紛は、ために急進的部分の情熱を、ますます激化させていたのだろう。

三人は、水戸から関東平野を横ぎり、碓氷峠を経て、信州松代に向かう。旧暦十二月もすでに深く、峠道は雪が凍《い》てつき、その上にまた粉雪が注《そそ》ぐ。すでに感覚のない足が、ともすれば崖道を滑ろうとする。

「松陰先生は」

と、玄瑞が慎太郎に言う。どうしても遅れがちな半蔵が、といっても半蔵もまだ三十代半ばなのだが、若者たちの健脚に追いついてくるのを案じ顔に待ちながらの、会話である。

「われらに、ああせい、こうせいとは、殆ど指図されることがなかった。……つねに、誠心こめて、自分の考えぬいたところのものをすべて披瀝され、取捨は君たちの自由、と言われる」

寒い。こうした場合、待っているほうがつらい。するどい冷えが、次第に上へのぼってくる。

「だが、その誠心が、あまりに熱烈で、こちらは、それに圧倒されてしまうのですな。……天下国家の事にかぎらない。どねェ小さな事についても、先生は情熱を傾けられる」

玄瑞は、妻のお文とのいきさつを、考えていたのかもしれない。彼は、お文をもらうことが嬉しかったとはいえない。すでに家督をつぎ、早く身を固めねばならぬとはいえ、まだ、十八歳だった。しかし、松陰の、そのことに関してもすべてを賭けるようなひたむきな眼を見ると、とても断れるものではなかった。

一しきりやんでいた粉雪が、また吹きはじめる。玄瑞は、小刻みに足踏みをはじめた。慎太郎も、それにならう。

玄瑞は、語りつづける。松陰先生は、十三歳の百姓の子が新たに入門しても、それに対してすでに彼が自分と対等の人物であるかのように、語りかけるのだ。私はこう思うのだが、あなたはこれについてどう考えますか。

それは、松陰にとって、彼の主義主張のゆえであるとか、教育上の技術とかでは、まるでなかった。心から、彼はそういう人間なのである。彼にはそういうとき、真実、相手の十三歳の少年が、自分同様、天下のことを憂う国士であるかのように見えている。

当然、少年のほうは呆気にとられ、ときには、松陰をうさんくさく思う。が、そのなかから、感激に打ち震えるものが出て来る。かつて知らない新しい世界が、自分の前にひらけはじめているらしいことに、狂喜する。

これは松陰が気づいていなかったことだが、別のタイプも、いた。玄瑞は、たとえば伊藤俊輔に、それを感じている。

――こいつは先生を尊敬していない。

そう感じられることがある。伊藤は利発だから、気ぶりにもそれを出すことはない。

玄瑞は、実は、それについて伊藤と話したことがある。いや、別の話をしていて、偶然、そこへおよんだのである。

「しかし、村塾ではすべて平等じゃったろう」

と、何からそこへ行ったのか、これはおぼえていないが、とにかく玄瑞は俊輔にそう言った。

その時、俊輔は、やや複雑な眼の色になって、

「ええ」と言った。

玄瑞は、その眼の動きを、見のがさない。たくみに誘導すると、誰でもがそうだったように、俊輔も玄瑞には、ちらと本心を見せた。

「松本村では、平等です。が、一歩外へ出りゃァ、そうじゃない」

そんなことを言った。つまり、俊輔は、外は酷寒なのにここだけはあたたかい、という村塾の性格に、うさんくさいものを感じとっている。

ここだけは平等、自由、ここだけは義があり情がある。それが、エネルギーの源になる。大方の人間にとってはそうであるものが、俊輔には、ちがうらしい。

〈ここのことは、ここの中だけのことにすぎない〉

俊輔には、そう思える。彼が、松陰の、そして同門の仲間たちの誠心を疑っているというのではない。義の存在を信じない、というのではない。

〈たしかに、義はあるだろう。いや、ある。俺はそう信じる。が、俺の信じないのは、その義が、やがては全世界をおおうであろうということだ。そのたぐいの軽信だ。楽観だ〉

俊輔は、そう思っている。彼は、自分もまた別種の軽信におちいっているのかもしれないことには、気づかない。彼は、幼いときから苦労をして来た。それが悪く自信になっている。

〈義のことは、どうでもいい。要するに、おれの生きて行く世界、そこで俺が伸びていくだろう世界は、かならずしも、いや、おそらくかなり、義のない世界である〉

彼は、そう信じている。

では、松下村塾とは、彼にとって何か。

〈ありがたい〉と、率直に彼は思っている。

自分は幸運だった。義を信じ、それによって生きる人びとの中に、かならずしも義を信じない自分がいる。これがいい。

玄瑞は、俊輔のそういうすべてを見ぬいているわけではない。しかし、感じている。

――あいつは、おれたちを利用する気でいる。

しかし、それもいいじゃないか、と、一方で玄瑞は思う。おれより一つ年下のあいつは、百姓の子に生れ、父親が村役人として雇われ、公米を使い込んで村を逃げた。あいつが六歳のときだったという。苦しい日々だったろう。やがて父が足軽伊藤武兵衛の養子になったため、やっと暮しも落ちついた。あいつは、おれの見ないものを見ている。

しかし、やはり玄瑞は、もう一つ俊輔を好きになれない。俊輔のほうでも、玄瑞には、あまり親しまない。

ただ、晋作には、俊輔は慕い寄っている。晋作は、頭ごなしに俊輔を怒鳴りつける。それがいいらしい、としか思えない。俊輔は、晋作に対しては犬ころのようになる。

あまり晋作が俊輔を怒鳴りつけるので、玄瑞は忠告したことがある。

すると、晋作は言った。

「あいつは、怒鳴られるのが好きなんだ」

玄瑞は、すこし考えてから、さらに言った。

「やはり、いかん」

なぜなら、おぬしは、御直目付の高杉小忠太どのの息子だ。年も上だ。俊輔は、足軽の子で、中間だ。

「玄瑞。おぬし、じゃけえ俺が、俊輔を怒鳴るんじゃと思うちょるのか」

そうではない、と玄瑞は言った。おぬしには別の理由があるかもしれん。しかし、はたから見れば、そうは見えない。大組（上士）の息子が、足軽の子を怒鳴りつける。これは自然だ。そうだろう。おぬしがそうでなく怒鳴っているのであっても、そうであるのと、結果は一致している。そう思われてしまう。しかしてそれは、常識には一致していても、松下村塾においては、非常識だ。じゃけぇ、気をつけろ。

晋作は、すこし黙っていたが、やがてじろりと玄瑞を見て、言った。

「おぬし、おれが栄太郎を怒鳴るのを見たことがあるか」

ない、と、玄瑞は答えた。栄太郎とは吉田稔麿のことである。彼も、足軽の子だ。

「栄太郎は、歳も俊輔と同じじゃ。奴は、俺に対等の口をきく。高杉、などと呼びつけにしよる。が、それを俺が怒ったことがあったか。俺が、禄高や年齢のゆえに、人に頭を下げたり、威張ったりしたことがあるか」

ない、と玄瑞は答えざるを得ない。

「おれは、かりにも吉田松陰の弟子じゃ」

と、晋作は、やや昂奮して言う。

晋作も、情の深いほうだ。松陰が、萩から江戸の伝馬町の牢に移送されたとき、江戸には晋作しかいなかった。晋作は、惨憺たる苦労をして金を作り、松陰の牢獄暮しをすこしでも楽にしようとした。譜代の臣の嫡男でも、部屋住みの身分である。金は自由にならない。晋作は、そのとき金のために、かなり無理を重ねた。

自分に、商売気をはなれて惚れてくれた女から、欺すようにして金を借りたりもしている。女は、気に染まないところに落籍《ひか》されて行った。名を小三《こさん》という女だった。

ともあれ、晋作の調達した金で、松陰は牢内で安気な暮しを得た。彼は、はじめから隠居座を与えられた。いちばんえらいのが牢名主で、畳をうんと重ねた上に坐っている。そのつぎが名主代で、隠居、角役、まだ下にいくつも役がある。松陰は純粋だから、新入りの自分がいきなり隠居座を与えられたのを、賄賂のせいだとは夢にも思わない。

玄瑞に、そのとき松陰は、牢内からこう書き送った。

〈ことのほか安楽世界にて、大いに喜び申し候。名主代のもの、かねてより小子の姓名を承知にて、入獄即座より上座の隠居と申す座を貸しくれ……〉

玄瑞も知っている。名主代の男が松陰の名を知っていたのは、先に話が通っていたからだ。晋作は、そのために大金を使った。松陰が、もし事の真相を知ったら、激怒しただろう。

こういう関係では、弟子の師によせる愛情が、盲愛に近くなる。晋作は、それであった。晋作の松陰に対する愛情は、あるときから、ほとんど盲愛だった。彼は、松陰の死を知って、狂ったように泣いた。

〈仇は、俺が討つ、先生を殺したやつらを殺して、死ぬ〉

感情である。晋作は感情家である。大の男が、幾日も、吠えるように泣いた。しかし、晋作は知っている。松陰のもっとも愛していたのは自分ではなく、玄瑞だ。松陰は晋作を評価していた。しかし、愛していたかどうか。

松陰には、依怙贔屓《えこひいき》があった。無意識に、本人が無意識であればこそ露骨に、それがあった。

これは松陰の、むしろ美質だった。

松陰の死に、玄瑞は泣かなかった。

もう一人、泣かないものがいて、それが俊輔だった。

そのとき、玄瑞は、俊輔を憎んだ、といえるかもしれない。

玄瑞は、思う。おれは意味もなく俊輔にこだわっているのではないか。

晋作が、俊輔に関しては、あっさり言う。

「あいつは、おれに怒鳴られるのが、好きなんだ」

そして、つづけて、こう言った。

「あいつは、おれが使う。……まかせちょけ」

「おーい」

慎太郎が、小刻みに足踏みしながら、いま来た道のかなたにむかって、呼んでいる。

玄瑞は、われに返る。慎太郎に松陰のことを語っていたつもりが、いつのまにか自分一人の思念に落ちこんでいた。

玄瑞には、赤面する思いがある。おれは、くだらないことを、いま、考えていたのではないか。

眼の前に、色が黒くて体つきがごつい点では、一脈俊輔に似通った男がいる。

——この男を、しかし、おれは気に入っているらしい。

慎太郎のことを、玄瑞はそう思う。

こいつは、無邪気だ。無防備に、自分をあけひろげて、世の中に飛びこんで行こうとしているように見える。

——土佐には、こういう人間がいるのか。

長州人はかしこい、と人がいう。たしかに、みな、さとい。

馬鹿な人間は大勢いる。山県狂介も品川の弥二も、馬鹿だ。しかし、馬鹿なりに、さとく生きて行こうとしている。

そうした連中と、慎太郎はあきらかにちがっているように、見える。が、玄瑞は、慎太郎のことを、まだほとんど知らない。

「おーい」

玄瑞も、山県半蔵を呼んだ。雪がはげしくなっている。不安になって来た。
が、こんどは返ってくる声があった。
「おーい」
半蔵である。
慎太郎が、玄瑞をふり向いて、にっと笑った。
白い雪の幕の奥から、半蔵が姿を現している。

# 信濃路

## 1

玄瑞と半蔵、そして慎太郎は、文久二年（一八六二）師走の二十七日に、信州松代に入った。途中、二十三日に、高山彦九郎の墓に詣でている。

二十九日に、佐久間象山の蟄居を免ずる公式の書面が、幕府から彼のもとへ届いた。玄瑞たちのほうが、二日早かったことになる。ただし非公式の情報は、とっくに象山のもとに達している。

象山は、玄瑞が松陰の末妹、文を妻にしていることを知っていた。

「器量はどうじゃ」

そんなことを、いきなり言う。文の容貌のことである。

「美しいか」

たたみかけてくるが、玄瑞は、苦笑しているよりほかはない。すると、じろりと眼を、慎太郎に走らせる。しかし、慎太郎が知っているわけはない。

——大きな眼だな。

慎太郎はそう思っただけだが、にらみ返した恰好になっていたかもしれない。

やむなく、半蔵が口を出す。

「さよう。申さば」

と言いだしたが、あとがつづかず、困っている。すると、象山の大きな眼が、ぎろりと動く。

「十人並、というところでありましょう」

半蔵が答えをしぼり出すのを、碌《ろく》に聞いていない。すでに玄瑞に視線を返していて、おっかぶせるように、断案を下している。

「寅次郎の妹じゃ、不器量じゃろう。……しかし、おぬしはいい男だな」

玄瑞には、これに対しても返事は出来ない。だが、かすかに感情が顔にあらわれたのかもしれなかった。象山が、急に自分の顔を引くようにした。

「一昨年、高杉という男が来たよ」

話を、晋作のことにした。晋作は万延元年の九月、象山を訪れている。

「おかしなものよ。寅次郎はおとなしい男じゃったに、弟子というと、みな」

そう言いさして、言葉を切る。玄瑞も、口を開かざるを得ない。

「みな、何だとおっしゃるのでありますか」

「まあ、よかろう」

一方的に、話を打切ってしまう。かと思うと、ぶつぶつ独言のように言う言葉が、つづきなのである。

「そうしたものじゃろう。まじめな男に、我が儘な弟子が、寄る。よいのだろうな、これで」

玄瑞は、多少意外である。わがまま、とは、晋作については当然の評価でも、これまであまり自分を、そのように思ったことがなかった。

「ほめておったよ、おぬしのことを、奴は」

「高杉がさ」

また、ぎろりと眼を光らす。

「あの若僧、朝まで飲んで行きおった。よう飲む、青い顔をして……あいつ、体をこわすぞ」

玄瑞は、晋作の蒼白い顔を思いうかべた。玄瑞は医者である。蘭方医として名高かった久坂玄機の弟である。

――晋は、どこか病んでいるのか。

象山の声で、われに帰った。

「朋友か」

「むろんです」

「大事にしたほうがいい、あの男を」

象山は、松陰と同じことをいった。

どうやら、晋作についての記憶は、象山にとって不快なものではないようだった。

「高杉は、上海へ行って来ました」

玄瑞がいうと、象山は、面白そうな顔になった。

「で、奴、開国に変ったか」

「いえ、ますます攘夷です」

象山は、大きな声で笑った。

「馬鹿が」

「私も攘夷であります」

玄瑞は、例のさわやかな声で、言った。

するると、象山は、すこしいら立つような表情になった。玄瑞の言葉の内容より、その声色にいら立ちをおぼえる、といった様子にみえた。

「勝てると思うとるのか、戦って」

「わかりません」

「わからんですむか」

顔をぐっと突き出してくる。

——豹のような。

と、横から慎太郎は見ている。象山は、息がくさい。それが、ぬっと顔を近寄せる。そして、わずかの気配の変化で、すばやく身をひくのである。野生の獣が、人間には感知しがたいほどのかすかな気配に敏感であるように。


象山は、英国製の砲弾をとり出して来て、見せる。椎《しい》の実形の尖弾である。むろん、このころの日本の砲弾は、弾丸《たま》という言葉のとおりに、球形である。象山は、その殺傷力の差について、雄弁に説く。いかにしてその差が生じるかについての詳細な説明は、それを生みだした彼我の文明の差についての、これまたとどまることを知らないかのような熱弁につながってゆく。

かならずしも大声ではない。しかし、吼えるようだ、と、慎太郎はかなり感心している。この男はおどろくべき学識の所有者であるばかりでなく、非常な情熱をもっている。それは、うたがうことができない。

聞くほどに、圧倒されて行く。やはり巨人である、と思う。

と、象山の熱弁がひとしきり終ったところで、玄瑞が言った。

反撃をはじめる、といった調子ではない。象山の雄弁に、いちいちうなずきながら聞いていたのである。むしろ、真摯に質問する、という感じだった。声音は、変らずやわらかである。

「何だ」

「しかし、先生」

「開国して、勝てるでしょうか」

なに？　という表情に、象山がなった。つぎに、例の敏感さで、本能的に引いた。

答えず、玄瑞のつぎの言葉を待つように、ただ見つめている。

「戦えば、亡国、しかし開国しても、また亡国ではありませんか」

にやりと笑いを象山がうかべた。

「高杉もいうとった、似たようなことを」

「そうですか」

玄瑞は、当然のような顔をしている。

「寅次郎が、火元というわけじゃな」

玄瑞は、それにはとりあわず、

「御教示ください、先生」

すると、象山は、鼻の穴をふくらませた。

「そう、亡国よ」

と言った。

「ほろびるな、このままでは、どの道をとろうと……馬鹿じゃからな、幕府の役人どもが」

慎太郎は、象山の顔を見ていた。

象山は、上気した赤い顔をしている、声があかるい。

「どの道、亡国。……馬鹿が、日本をほろぼす。始末におえぬ馬鹿どもが」

その言葉が、まるで楽天的に聞こえる。いかにも機嫌がいいのである。

おりを見て、長州藩の正式の使者としてここへ来ている山県半蔵が、用件を切りだした。象山招聘の件である。

象山は、言下に断った。にべもない、といった調子である。蟄居がとかれれば、まず松代藩でしなければならないことがある、と言う。

弊風を一新するのだと、象山は言う。

「賢人が、愚者を導けばこそ、政治じゃ。ところが、馬鹿が、上に立っている」

家老どものことだ、と象山は注釈を加えて、

「奴等、代々馬鹿じゃ。馬鹿の子が、馬鹿をつぐ。救われぬよ。まず、ここから手をつける。この制度から」

象山の上機嫌がますます昂じて行くようである。

「よいかね、およそ、人の等級には」

そんなことを言いだした。

「天下の人あり、一国の人あり、一郡の人あり、一村の人あり」

言いながら、三人の顔を眺めまわすのである。

「また、一家の人がある。それらの上下をあげつらうのではないぞ」

象山の妾であると、慎太郎はあとで知った。

丸い顔に、眼がないように細い若い女が姿を見せた。体つきは、いかにもむっちりとしている。

て、象山は手を叩いた。客への酒肴の代りを命ずるのである。

「天下の事は、天下の人をもってせねばならぬという、当然の理よ」

しかして、一家の事は、一家の人が成せば足りる、と、あとのほうはすこし曖昧な語調でいっ
象山は、身をそらすように引く。

慎太郎が、はじめて、つりこまれるように訊いた。

「と、言われますと」


時がすぎて、辞去することになった。

象山は、玄関まで送り、ふいと玄瑞に言う。

「女は、尻よ」

「は？」

器量ではない、と象山は言いたいらしい。

「子を生むのは、体じゃ、それには、尻をもって弁別する」

この人は、自分を慰めているつもりなのかもしれない、と、一瞬玄瑞は思いかけたが、ちがっ
ていた。

「子をつくれ、よい胤《たね》をのこせ。われらにはその義務がある」

冗談を言っている語調ではない。

「寅次郎の妹なら、よかろう」

そう言って、もうさっさと奥へ入って行く。

## 2

宿への道を、しばらく押し黙ったまま、三人が、歩いている。

玄瑞は、ふと慎太郎の視線を感じて、しかし振り向きはしないまま、言った。

「どうでした」

慎太郎は、答えた。

「実に、参ったです」

ほう、という顔で、玄瑞がふり向いた。

「参ったですか」

批難であるとか、同感であるとか、そういう色のいっさいない声の調子である。が、急に、慎太郎のなかに慌てる気持がおこった。にわかに、自分のいま言った言葉が正確ではない、という心が動いている。

訂正したい、と思う。が、それは卑怯だ、と、すぐ思い返した。

たしかに、無知な自分は、象山の熱弁に、いいように叩かれていた、と思う。つづけざまに面をとられ、籠手《こて》を打たれ、胴を抜かれている。そういう感じである。こちらには、まるで打ち返す力がない。実力がちがいすぎる。

「やられました。しかし、俺は、死んじょらん」

玄瑞が、怪訝な顔をした。

慎太郎の言いたいことは、こうだった。思うさま、打たれ、叩かれた。参った、というよりほかはない。しかし、それは、竹刀《しない》で打たれたのである。

「道場の試合です。だから、死なない」

玄瑞の眼に、愉しげなものが、浮かんでいる。やがて、笑いだした。

「道場の試合はいい」

笑い声も、この男のものは美声である。いま気持が晴れた、というように楽しげに笑っている。


「佐久間先生にして、赦免はあねェに嬉しいのじゃな」

と、宿へ帰って、山県半蔵が言った。

「無理もない。九年半の蟄居は、長い。……先生、上ずっておられた」

そうつづけたが、玄瑞は黙っている。

慎太郎は、内心、愕然とした。

というのは、実は、さいぜん、象山を見ていて同じ感想がうかび、それをいそいで打ち消したのである。象山は大学者であり、久坂たちの師松陰も敬愛したという大人物、その論の是非はともかく、これだけの巨人が、凡人のごとく赦免の報にうわずるようなことはありえないだろう、あるはずがない、と、慎太郎は自分の推量を恥じたのである。

半蔵は、珍しく、一人でしゃべりつづけている。象山が、これからは松代藩政の改革に専心するといったのは、あれは嘘だろう、と半蔵は言う。

「先生の眼中に、もはや松代はないのではないかな」

むろん、長州もない、ということになる。当然、土佐もない。慎太郎が、一度、わが藩の容堂侯にも先生招聘の志が、と言いだしてみたが、象山はじろりと例の一瞥をくれただけだった。

「先生は、もっと大きなものを待っちょられるのじゃろう」

と半蔵が言うのに、慎太郎は訊いた。

「何です、それは」

すると、玄瑞が、口を開いた。

「幕府」

半蔵も、ゆっくりとうなずいた。

「そうじゃろう。——されば、脈はない」

と、彼は、これで使命は終えた、という顔になった。その解放感が、彼を饒舌にしていたものらしい。

「こういう話を、聞いたことがあります」

と、玄瑞が話しだした。

象山は、かつて、こう言ったというのである。

〈余、二十歳以後、一国にかかるを知る。三十以後、日本にかかることを知る。四十以後、世界にかかることを知る〉

「ふむ」

半蔵は感じ入ったような声を出した。

「先生は、いま、おいくつかな」

象山は文化八年（一八一一）生れだから、このとき、五十二歳である。

た。解体新書の刊行は、安永三年（一七七四）である。しかし、それら洋学は、かぎられた範囲のものであればよかった。そうでなければならなかった。

辞書「増訂和蘭語彙」刊行の挫折は、象山を憤怒させたが、どうすることもできない。

そして、たしかに象山は、洋学にかぶれた。西洋文明の発達を知って、欧米諸国を夷狄《いてき》と呼ぶ事も、彼は廃した。松代で馬鈴薯、当時いうところのジャガタラいもを積極的に栽培させ、養豚をやり、薬草類を研究し、さらに葡萄酒を醸造した。ガラスも製造したし、地震計も作った。

しかし、道徳は東洋だ、と彼はいう。「道徳仁義孝悌忠信等の教は尽《ことごと》く漢土聖人の遺訓に従い」そして「天文地理航海測量万物の窮理、砲具の扱、商法医術器械工作等は、皆西洋を主とし」という。

嘉永三年、また江戸に出て、砲術塾を開いた。この年、勝海舟が入門、翌四年に松陰や橋本左内らが入門した。

つねに象山の説くところは「東洋の道徳、西洋の芸術」であり、この場合芸術とは諸科学のことをさしていた。

彼は、みずから得た新知識を、どんどん弟子たちにぶちまけた。すこしも、それまでの洋学者たちのように、出し惜しみするようなことはなかった。

そして、嘉永六年、癸丑《きちゆう》の年が来る。六月三日、アメリカ東インド艦隊長官ペリーが、四隻の黒船を率いて浦賀に来航した。

松陰は、西洋を、自分の目で見て来たい、と言う。象山は激励した。鎖国の国法を破ることだが、つねづね、法は人のつくるもの、時代とともに変るものだと信じてきた象山である。

松陰は失敗して捕われ、象山も指嗾罪《しそうざい》で縛についた。象山は反抗して、鎖国令はすでに死法である。なぜなら、もはや米国艦隊によって現実に破られているではないか、と言った。それに施す術なく、いっぽう、西洋事情を探って国に尽そうとする憂国忠良の士を罪するとは何事か、むしろ賞してしかるべし、と論じたてたが、幕府は許さない。

すんでの所で、死罪になるところを、友人の開明派官僚川路聖謨《としあきら》の努力で、藩あずかり、蟄居謹慎となった。

松陰がそうであったように、象山もまた、蟄居の機会に、猛烈に勉学していた。洋書の読破である。しかし、胸中の憂悶は、いうまでもない。

勝海舟はじめ、多くの知己、友人、弟子たちに、手紙を送っては、時事の急務に関して策をのべる。それは、時には通信指導の観を呈する。しかし、はかばかしい反応は得られない。

教えた門人は数多いとはいえ、象山と弟子たちとの関係は、松陰と松門の若者たちのようなものではなかった。松陰も、安政の大獄に連坐して再度入獄したおり、獄中から手紙で弟子たちを指導するが、彼と松門の面々とは、すでにして一つの党派であった。松陰が死んでから、それは直接松本村に通わなかったものまでふくめてひろがり、ますます党になったといっていい。

そういう行動的な若者たちを、象山はもっていない。それも、性格である。彼は、あまりにも飛びぬけた学識と才能の持主であり、それを自身強烈に自覚している。彼は松陰のように自分を「狂愚」だと思ったりはけっしてしない。

九年の蟄居である。たしかに長すぎた。強烈な自負は一面に気弱さを同伴するものだ。万延元年（一八六〇）の秋に訪れた晋作に、彼は、われ知らずそれをのぞかせていたかもしれない。

晋作は、すでに亡き松陰の、象山に寄せた三つの質問を運んで来た。

一、幕府、諸侯何れの処をか恃《たの》むべき

一、神州の恢復は何れの処にか手を下さん
一、大夫の死所は何れの処か最も当れる
この三問を前にして、象山は、そのとき何も答えなかった。

強いて胸中を明かして答えるなら、それは簡単だったのである。

――おれだ。恃むべきは佐久間象山である。


すなわち、そのとき晋作が問い、また文久二年も暮れようとしているいま、玄瑞が問うたことに対しても、答えるべきことは、ほんらい単純だった。

――おれが出て行きさえすれば、成る。

象山は知っている。攘夷は不可能である。それは必ず惨敗し、亡国を導くだろう。そしてまた現状のままでの開国は、これも確実に亡国への道である。しかし、このおれが、佐久間象山が難局を一身に引きうけるなら、かならず道は開ける。開いてみせる。

〈四十歳以後世界にかかる〉

と自ら信じた象山である。そのライフ・スケジュールはもはや大幅に狂っている。しかし、まだ手おくれではあるまい。

――かならず、日本が、おれを必要とする。

彼は頑強にそれを信じ、信じることによって生きている。やがて、彼が日本を代表して外国に応接し、国論を統一し、つまり、現在の不可能を可能にしてみせ、そしてさらに、颯爽と世界に乗りだす日のことを、彼はまざまざと自分の眼に見ている。

事実、この時期でも、書物のみによるにせよ、象山ほど西洋に通じていたものはいなかったし、彼の能力は、諸外国との困難な交渉に、もっとも適していたかもしれない。

また、彼は、日本人種の優秀性を信じていた。日本の現状からすれば気の遠くなるほど進んでいるとみえる西洋文明を深く知り、心酔しながらも、それで劣等感におちいるということが、彼にはなかった。

西洋人とて三面六臂《び》ではない、と、彼は西洋科学に驚倒したはじめの頃、すでに言ったが、実際、ほとんど独学で辞書を片手に原書を読み、読んだことを実践して、ガラスを作ったし地震計も作った。彼の自信は増すばかりだったのだろう。

象山は、日本人が世界で一番優秀な人種だ、その中で、一番すぐれているのは自分だ、と揚言していた。実際、確信もしていたらしい。したがって、自分の胤を多く残すことが日本のためである。そのためには、よい女を多く、妻妾としてたくわえねばならない、と、西洋の優生学や遺伝学の見地から、妻妾の候補者を検討した。

彼が、玄瑞の妻が松陰の妹であることに関心を持ったのは、そんなせいもあっただろう。


玄瑞は、象山について、かねて、かなりの知識を持っていた。

だから、象山が長州招聘を断ったことについて、たいして驚きもしない。

しかし、象山が、踏み台にするならやはり幕府を、と考えているらしいことを読みとったとき、失望した。

かりに、象山の天才によって、幕府を意のままに作り変えることが出来たにせよ、それではやはりだめだ、と、とっくに玄瑞は考えている。

師松陰が、とうに幕府に失望していた。幕府や諸侯をたよりに考えたことが一生の誤りだった、と、松陰は書いていたくらいである。

幕府も駄目、諸侯も駄目、ではどうするか、というところから、松門の若者たちの問題ははじまったといっていい。松陰が「天朝も入らぬ」と書いたことがあったことは、前にのべた。

〈草莽崛起の人を望むほか恃みなし〉

松陰はそう言った。その〈草莽〉とはなにか。

「そうもう」または「そうぼう」と読んで「くさはら、くさむら」転じて「民間、在野」をいい、「草莽の臣」といえば官に仕えずして民間にある人のこと、または平民をいう、と辞書は解説してくれる。「崛起《くつき》」は山などの高く立つこと、また、にわかに起り立つこと。

玄瑞の草莽観は、すでに触れた武市瑞山にあて、坂本龍馬に托した手紙の〈諸侯恃むに足らず公卿恃むに足らず、草莽の志士糾合《きゆうごう》し義挙をあげるほかには、とても策なき事〉が、まずあげられる。

同時期、薩の樺山三円宛書簡の中には、

〈政府はきっと外に打ち置き、各国有志の士相互に連絡して、尊攘の大挙これありたき事と思い詰め申し候〉

とある。前の武市宛書簡には〈失礼ながら尊藩もわが藩も滅亡しても、大義なれば苦しからず〉という語句もあった。


「草莽」

慎太郎が、つぶやいている。

三人の足は、京へむかっている。信濃路の雪を踏みながら、彼等は文久三年（一八六三）の正月を迎えるのである。

玄瑞と慎太郎の親しさは、かなり増している。旅中、慎太郎の関心は、松陰という人物に集中していた。

象山は刺激の強い人物だったが、慎太郎にはいま、攘夷か、開国か、という問題が気にならなくなっている。それより、象山の門人であり、下田で米艦に乗組もうとして失敗した男、そして玄瑞や晋作の師である吉田松陰のことを、知りたい。

旅の間という気やすさがある。玄瑞は、慎太郎の需《もと》めに応じて、松陰のことをよく話した。

玄瑞にしてみれば、京へ着くなり、烈しい動きのなかに捲きこまれざるを得ないことがよくわかっている。というより、捲き起すべき嵐の、彼は中核である。

そもそも、象山招聘の使者に彼が立ったのは、第一に、師松陰の師である怪物に、是非いちど会っておきたい、と考えたからである。長州招聘の実現については、あまり期待していなかった。つぎに、御殿山焼打ちのあと、幕府の役人が自分たちを追いまわすのが目に見えている。だから、一挙に参加した面々は多くが、翌日か翌々日かに、江戸をあとにしている。

――これねェにのどかな旅は、最後か。

玄瑞は、そんな気もしている。

3

松陰は、一生不犯《ふぼん》だったか。と、そんな話も出た。

そうにちがいない、と、半蔵は言う。玉木文之進の塾で机を並べて学んだころから、寅次郎は、猥談のたぐいにまるで興味をもたぬたちだった、と説明する。

玄瑞は、十八歳でお文を娶るとき、これからは義兄になる師に、訊いたことがあった。

「先生は、どうしてお独りでいられるのでありますか」

自分に早婚をすすめながら、矛盾している、と思わないでもなかったからである。玄瑞は十五歳で家の当主になったが、そのためというなら、松陰も六歳で吉田家を継いでいる。松陰は、そのとき妙に困ったような顔をした。そして、自分はおとがめ中の身だから、といった。

実は、松陰は二十二歳の時、藩にこういう献言をしたことがある。「文武稽古万世不朽の御仕法立気付書」という。

当主が嗣子のないうちに死ぬと、養子を迎えても、知行が半分に減らされる。この制度があるために、皆、結婚をいそぐ。家庭を持ってしまうと、世事に追われ、士気も挫け、文武の稽古もおろそかになりがちである。礼記にも「三十にして室あり」とあることでもあり、結婚は三十歳からということでありたい。家庭の事情でしかたない場合も、二十四、五歳以下ではたやすく許可はしないことが望ましい、うんぬん。

自然、本人も、三十までは娶らぬつもりだったろう。そして、彼は、数えで三十のとき、死を迎えてしまった。

それにしても、艶聞のとぼしい人物にはちがいない。

が、一つだけ、あった。いや、それも、あったといえるほどのものかどうかは、うたがわしい。

下田踏海に失敗した松陰は、江戸伝馬町の牢から国元送りとなり、やがて萩の野山獄に入るが、松陰をふくめて十二人の囚人のなかに、高須ひさという女囚がいた。

ひさの罪がどういうものだったか、はっきりしない。藩士高須なにがしの妻だったが、未亡人になってから、素行上の罪があって入獄したという。

萩藩の牢といえば、野山獄と岩倉獄だが、その名から連想されるように城下から遠い郊外にあったわけではない。むしろ町のどまんなかである。名の由来は、野山清右衛門という武士が、隣家の岩倉弥兵衛という男に襲われて死んだ。岩倉は酒乱だったらしいが、事の真相はわからない。ともかく、野山、岩倉両家とも取りつぶしになり、その居宅を、藩が収用して藩獄に用いた、というわけである。野山獄は藩士の、岩倉獄は足軽以下の身分の罪人を入れる。

この時代、武士に対する罪刑といえば、その家に対するものを別に、本人に対しては、まず死罪、つぎは遠島になる。それから閉門、謹慎等で、親類預けになったり自宅に蟄居したりする。入牢というケースは特殊である。自宅におくと始末におえないので、家族や親類が願い出て入牢させるという例が多い。

なかば精神病院のようなもので、だから恥とされた。松陰は、藩政府によってその思想・行動が隔離を必要とするとみなされたわけである。

「松陰の学術純ならず、人心を動揺す」と藩はいう。

もっとも、松陰のいた安政のころよりあとになると、様子がちがって来て、文久・元治のころには高杉晋作も入っているし、禁門の変の責任者たちがどかどかと叩きこまれている。

さて、高須ひさだが、素行上の問題というから、体質的に浮気性だったのではないか。頭は悪くなく、教養もあったようで、俳句などは相当にうまい。

これを隔離する必要があったのは、同情的な推理をするなら、わずかな過ちでも親類の一党が家門の恥として、本人をむりやり病的素質の持主に仕立てあげてしまったのだ、と、見ることも出来る。

しかしまた、教養や詩的才能が病的な色好みであることとべつに矛盾するわけでもない。

そのいずれであるにせよ、または、程度の問題はあっても、そのいずれでもあるのが真相だったにせよ、不幸な女に、松陰が無防備なところがあっただろうことは、想像がつく。

年は、松陰より一まわりも上である。


野山獄は、十二房で、松陰が入って満室になった。

松陰は、この野山獄で、史上稀な獄中教育をやった。

吉村善作と河野数馬がまず仲間になって孟子の講義、のちには輪講をやり、寺子屋の師匠で俳諧に通じている吉村が俳句を教え、富永有隣が書道と唐詩選の講義をやった。同囚の囚人が多く加わり、獄卒たちもやがて参加した。

松陰は、同囚のものそれぞれの能力を引き出し、伸ばし、自信をあたえるように仕向けた。のちのことになるが、この時の同囚十二人は、全員出牢している。

松陰は、孟子の講義は得意でも、俳諧や書道には弱い。だから、その時間では彼は、熱心だが、劣等生である。松陰の字は右上がりで、几帳面だが、いかにも下手である。

俳諧になると、そんなものに触れたこともないものが多い。いくら講義されても、音痴が歌おうとしないのと似ている。

ところが、松陰は、率先して、汗を流して苦吟し、世にも下手な句をつくる。とびぬけた音痴が、まっさきに大声をあげて歌うのと同じで、皆、にやにやとする。俺もやってみようか、という気持になる。

名月や木の葉にたるる玉の露

などは、苦心観察の結果の素朴な句だろうが、松陰にざんねんながら句才がないことを示していはしないか。

図らずも木の葉を散らす秋の風

これも、うむむ、気持はわかるが、という以上に何と吉村善作らが評し得たか、聞きたかったようなものである。そこへ行くと、

見どころは松にこそあれけふの月

獄卒の源七の句である。

楓《もみじ》する中にも朱《あけ》の鳥居かな

これが高須ひさ女。俳諧のたぐいに暗い筆者にも、こっちのほうがだいぶうまい気がする。

松陰は、連歌のほうがだいぶましであって、こういうのがある。

未亡人の贈られし発句の脇とて

懸香《かかりが》のかをはらひたき我もかな　とはれて恥ぢる軒の風蘭

未亡人とはひさのことだが、その贈った発句とは、どんなものだったか知りたいところである。

また、

一筋に風の中行く螢かな　ほのかに薫る池の荷《はす》の葉

そして、松陰はこういう和歌も作った。

清らかな夏木のかげにやすらへど　人ぞいふらん花に迷ふと

松陰は安政元年（一八五四）十月野山獄に入り、翌二年四月から孟子の講義をはじめ、十二月十五日に出獄を許され、生家の杉家お預けになる。その出獄にさいして高須ひさが贈った句。

鴨立ってあと淋しさの夜明かな

実は、資料はここまでであって、筆者は主に村岡繁氏の「吉田松陰を語る」（松陰遺墨展示館）に拠って書いた。

つまり、これから推量すると、松陰とひさの間に、なにがしかの心の交流があったようにうかがわれる。そのくらいは言っていいだろう。それもたぶん、ひさが積極的で松陰は逃げ腰だった。ともあれ、十二人のなかに一人の女囚では、通常とは異なる心理状態が生れるし、松陰自身が潔白でも、多少とも捲きこまれざるを得ない状況だったろう。

安政三年、松陰は杉家の幽室にいた。外部との接触は禁じられている。が、翌四年にかけて、彼の幽室をひそかに訪れて教えを乞うものがふえた。十一月、ついに杉家宅地内に松下村塾の塾舎を設けて、これを主宰した。ついでながら、松下村塾の名は、松陰の命名ではなく、叔父玉木文之進以来のものである。

末妹の文と、久坂玄瑞が結婚したのもこの安政四年であり、高杉晋作もこの年に入門した。さきに、松陰は野山獄の同囚の富永有隣を、努力して釈放させ、村塾の教師に迎えている。富永は、国木田独歩の「富岡先生」のモデルである。

富永は、才はあるが、高慢で横柄で、常軌を逸した人物だったらしい。この種の人物に、つねに松陰は寛容である。カチンと来たりすることがない。松陰は彼を大切にしたが、塾生は彼を嫌った。晋作などは相手にしなかった。馬鹿にしていた。

けれども、門下生たちは、この有隣の口から、獄中の松陰のことを聞いている。

4

松陰は、人を信じやすい。徹底的に性善説である。富永有隣にも、高須ひさに対してもそうであったろうように、藩政府や役人に対しても、そうだった。

それが彼の早死を招きよせた。

野山獄中の安政二年に、僧月性や黙霖としげく文通をかわしたが、この時期の松陰は、幕府を信じていた。しかし、月性も黙霖も、すでに幕府粉砕説で、その論鋒ははげしく、松陰は黙霖について「われ降参せり」と書いている。

しかし、松陰がすぐ討幕説に変ったわけではない。

安政五年、かの大獄にむかって危機が急激に進行してゆくなかで、松陰は熱烈に過激化する。一月に、「狂夫の言」を作った。

〈天下の大患は、其の大患たる所以を知らざるに在り。苟《いやしく》も大患の大患たる所以を知らば、寧《いずく》んぞ之《これ》が計を為さざるを得んや。当今、天下の亡びんこと已《すで》に決す。其の患復《ま》た此より大なるものあらんや〉

天下の亡びんことすでに決す、という。

〈然れども今日の患は、人未だ其の患たることを知らざれば、則ち吾が計を以て、暴と為《な》し、狂と為すもまた宜《むべ》なり。人以て暴と為し狂となせども、而も吾れ猶《なお》言はざるべからざるものは、是をおけば国家の亡たちどころに至ること疑ひなければなり〉

この年、松下村塾は最盛期を迎えていた。九月、松陰は、江戸の門下生松浦松洞に書を送って水野土佐守暗殺をすすめた。松洞は魚屋の出身。絵を良くし、今日のこっている松陰の画像は彼の筆になるもの。また赤根幹之丞改め武人には、梅田雲浜のとらわれている伏見獄の破牢を指令した。赤根武人は晋作・玄瑞らと御殿山焼打ちなどに参加し、のち奇兵隊の総管にもなった。

すでに安政の大獄がはじまっていた。松陰は、張本人の大老井伊直弼を水戸、薩摩、越前、土佐の藩士たちが襲うという計画があると耳にし、さらばわれらは大獄の直接指揮者である老中間部詮勝《まなべあきかつ》を襲おうと計画した。十二月十五日を決行の日とし、血盟の士を募って、十七名を得た。

ところが、松陰の松陰らしいところは、藩の重職にある周布政之助に申し入れ、この間部要撃策のために藩から「クーポール砲三門、玉筒五門、三貫目鉄空弾二十、百目鉄玉百、合薬五貫目」を借り出そうとしたのである。

この時期の長州藩が貸すわけがない。大砲をゴロゴロ引きながら老中の暗殺に行くという。計画だけでも幕府に聞こえたら一大事である。いくら松陰びいきの周布政之助でも肝をつぶした。

かくて、松陰は再び野山獄に入れられる。彼は憤慨して、絶食した。周布に対して激怒しているが、これは松陰のほうが無理である。誰が周布の立場であっても、この場はこうせざるを得なかったかもしれない。

江戸にいる門人たちにも、松陰は、この挙を呼びかけた。しかし、玄瑞、晋作はじめ飯田正伯・寺尾新之丞・中谷正亮ら一同が賛成せず、押しとどめる手紙をよこした。松陰は、いよいよ怒り狂った。

〈吾が輩皆に先駆けて死んで見せたら、観念して起るものあらん。それがなきほどでは、なんぼう時を待ちたりとて時は来ぬなり〉

と、松陰は書く。

〈かつ今の逆焔は誰が是を激したるぞ。吾が輩にあらずや。吾輩なければ、此の逆焔千年たってもなく、吾輩あればこの逆焔はいつでもある〉

今日の反動・強圧は誰が起したのだ。僕がいれば、いつでも弾圧はある、という。僧黙霖のかつて松陰に書き送った〈僕一言すれば天下に鳴りわたる。大義おこらば明日にでも出でて事を成さん〉の言と響きあっている。

手紙のつづき。

〈忠義と申すものは、鬼の留守の間に、茶にして呑む様なものではなし〉

〈江戸の諸友、久坂、中谷、高杉なども、皆僕と所見ちがうなり。その分れる所は、僕は忠義をするつもり、諸友は功業をなす積り〉

――僕は忠義をするつもり、諸友は功業をなすつもり。

その言葉は、玄瑞の胸に突き刺さっている。

松陰の生前も、門下生たちは師から受けた書簡をたがいに読みまわすのが常だった。師の死後、手紙類を持ち寄り、それぞれ写し書いて、いわば師の書簡集を作り、各人が大切に所有している。

その写しの一部を、玄瑞はこの旅でも肌身からはなさない。

それを、玄瑞は、慎太郎に見せてやろう、と思った。

松陰は、幕府の調査では梅田雲浜《うんぴん》の線から浮かんだらしい。野山獄にいる彼を、江戸に移送するよう、四月十九日にその命が幕府から出た。五月二十四日、東送の藩命が下り、一日杉家へ帰って父母家族親類と訣別、二十五日に江戸へ向って護送された。

六月二十四日に江戸桜田藩邸着。七月九日から役人の訊問がはじまった。

それがまた松陰は、おどろくべきことに、調べの奉行たちを信じ、これをいわば教育しようとかかった。

取調べの幕吏にしても、松陰に大した罪があるとは考えなかったらしい。松陰も、死罪になるなどとは、はじめ思っていない。奉行たちは、調べの態度もやさしく、松陰の説を虚心に聴くような様子を見せていた。

訊問は二条だけで、一つは、安政三年に梅田雲浜が長州へ来て松陰を訪ねたとき、何を話したか。つぎは、御所の中に落し文があって、その手跡が松陰のものに似ているが、おぼえがあるか。これだけである。

そのあと、奉行は、これは裁きとは関係のないことだが、あなたの赤心のほどを参考のためにききたい、と、下手に出た。

松陰は信じた。松陰はあくまでも松陰である。あとで晋作に書き送っている。

〈余謂《おも》へらく、奉行もまた人心あり、われ欺かるるも可なりと〉

だまされてもいい、真実を訴えて、相手を変えようとした。そこで、心中のすべてを披瀝して熱弁をふるううち、間部要撃策そのほかの計画についても、語ることになった。

奉行の態度は一変した。

〈吟味中揚屋《あがりや》入りを申付くる〉となった。伝馬町入りである。

判決は遠島だった。が、その書類を見た井伊大老が、

「軽すぎる」

それだけ言うと、筆をとって「死罪」と書きあらためた。

慎太郎と玄瑞たちが京への旅をつづけているうち、晋作は図々しく江戸にいた。

文久三年正月の五日、晋作は伊藤俊輔、赤根武人らを連れて、小塚原へ乗りこんだ。罪人としてここに埋められている松陰の遺骨を改葬しようというのである。

正月なので、役人もいない。晋作たちは師の骨を掘りだし、若林村にある毛利家の墓地に運んで、手厚く埋葬した。今日の松陰神社である。

そのさい、晋作たちは遺骨をおさめた棺を人夫にかつがせ、竜泉寺通りから下谷、上野の広小路をすぎ、三枚橋を渡った。三枚橋は、欄干が三筋に仕切られていて、中の道は将軍が上野東照宮に参るときだけの通路である。お留め橋ともいっている。

ところが、列の最後尾で、手槍をかかえて、馬上から指揮をとっていた晋作が、突然怒鳴った。

「まんなかを通れ」

人夫は脅えるし、橋番の役人は走ってくる。が、晋作は手槍をしごいて、天朝の命だ、といって押し通った。

松陰がそのために死んだ安政の〈逆焰〉から四年目、そのまた反動のように、尊攘の気運がたかまり、京はもとより、将軍家のお膝元である江戸でも、幕府の権威は、かつてのものではなかった。

攘夷の嵐がもっとも吹き荒れる文久三年が、明けたのである。

慎太郎たちの旅も、終りに近い。あと幾日かで京の都だ。

道中では、玄瑞にくいさがって松陰の話を聞く。山県半蔵も学者だけに語句の出典などを親切に教示する。

宿では、寝る間も惜しんで、というか、睡眠時間を削るほかに道がないのだが、玄瑞の貸してくれた松陰の〈書簡集〉を、自分のために筆写する。

京に近いので、玄瑞は毎夜出歩いている。同志との連絡やオルグに忙しいのだろう。京に入ってしまっては出来にくいこともある。半蔵も気をきかして、夜は慎太郎を宿に一人にしてくれる。

充実した日々だった。吉田松陰の言葉たちが、五体に染み入って行くようで、自分はこの人と、きっと相性がいいのだ、と思えた。

行灯の油をかき立てて筆写を続けていると、気配があった。

笑い声だ。耳元で、くすぐるような。

目を疑った。一尺（約33センチ）ほどの背丈の小さな娘が、文机のそばで、慎太郎を見上げている。

が、動転することはない。再会だったから。

「ふむ……また、会うたな」

と、慎太郎が、この怪異さを日常のもののように受け止めて見せた。

「うふふ……何べん目だとおもう？」

「二度目じゃないのか、ご家老の邸の前の、大きな杉の木。ああ、お米倉を開いたとき、姿は見えなんだが、声が」

「もっと、たくさん。……わからなかった？　ふふ」

突然、ひらめいた。

「お城下の、色里で、――空耳かと思うちょったが、おンし、あそこに」

「あはは」

一尺ほどの小さな女が、文机の向こうで体を揺すって笑っている。声は耳元で笑っているように聞こえる。

慎太郎が、さっと手をのばして、小さな体を鷲摑みにした。固い感触だ。木だ。

「あ、やめてよ、やめて、いけないいっ」

慎太郎には、もう人形だとわかっている。思いきって胸に引き寄せようとすると、何かに強く引かれるような抵抗があった。天井で音がした。

「何者だ、正体を俺に見せろ、おふう」

小柄な影が天井から欄間へ、そして屛風の縁にひょいと乗って、慎太郎のそばへふわりと下りた。ほとんど音を立てない。軽業師のようだ。

見れば、あの少女である。黒目がちの目で、微笑む。

「覚えていてくれたんだ、名前」

「恩人じゃキニ」と、とりあえず答えた。

「へえ、そんなこと思ってたの」

言いながら、人形を手元に引き寄せる。操りの糸が何本もついていることがわかる。

その糸で、人形を生きているように動かすのだろう。行灯の光では、糸は見えない。

あれから四年余り経っている。かつての少女は、体がやや丸みを帯びたが、小柄なことは変らない。

「あたいのしたことはね、あのとき……忍び込んで、ご家老の爺さまをゆり起こしただけ、すこし早く……あとは、あんたの手柄」

「なにものなんだ、お前ン」

「あたいはね……私たちは、傀儡《くぐつ》」

「なに？」

傀儡とは、古くは、大江匡房の『傀儡子記』（群書類聚）に記述がある。

普通には「①胸に掛けた箱から人形を出して、歌に合わせて舞わせるわざ　②遊女」（新潮国語辞典）とあって、頭巾を被った傀儡師の絵が同辞典にも載っているが、同時に傀儡子（師）について「『くぐつ』を使って芸を演じ諸国を巡回した漂泊の民」ともある。

大江の『傀儡子記』には、傀儡とは定まる住居もなく家もなく、テントを張って水辺を移動するのは北方民族の習俗に似ている、男は弓馬を使い狩猟が仕事だ——とあり、そうなると、騎馬民族の渡来と関係が深いようだ。

文化や芸能で、これまでにない新しい要素が展開するときは、それを担う人間たちが多量に移動、流入している、と見られるようだ。

すると、大江匡房の記す、木の人形を生きているように見せたり、砂や石を金銭に見せたり、草木を化して鳥獣となす、などの幻《めくらまし》術や奇術の要素は、渡来人に始まるもののようで、おふうたちはその末裔、ということになるか。

おそらく『傀儡子記』の記述の眼目は、「一畝の田も耕さず、一枝の桑も採らない。役人の支配を受けず、王侯といえども畏れない」うんぬん、にあるのではないか。

だが、慎太郎にさしたる知識があるわけではなく、また、おふうが明快に説明できるわけもない——ただ、自分たちが定住民とは異なる旅の種族だ、ということ、いわゆる〈目くらまし〉や軽業ふうの体技をふくむ特殊技能を身につけるためには、幼い時から苛酷な訓練が不可欠だが、現在おもな生計の手段は糸操りの人形芸を、旅の先々の豪家や宿の座敷で、行灯や蠟燭の明りの下《もと》に演じることなのだ、と――その程度を懸命に語るのが、おふうの精一杯だった。

知ってみれば、妖異でも怪異でもない。離れた場所からの声を、すぐ耳元で聞こえるように感じさせるのは、ごく初歩の腹話術だったろう。

しかし、慎太郎には、依然として謎が残っている。

「わからんな、しかし」

「なにが？」

寄り添っていたおふうは、ふいに体を縮めて、慎太郎の懐にすっぽりと身を預ける。

彼は、狼狽した自分を見せまいと、勇を奮い起こした。

「いや、こらアお前に聞いても……つまり、おまン、まだ子供じゃキニ」

おふうが、一度下に落した目を上げて、まっすぐに慎太郎をみつめた。

「子供じゃないよ」

「へへえ、いくつじゃ、おンし」

「いいじゃないか、そんなこと」

慎太郎は、ふいに、その先を聞いてはいけないような気がした。

おふうは、言う。

「あたいたちはね、芸を見せたあとね、客をとるんだ。それが、傀儡」

かすかに、するどい口笛がきこえた。彼女を呼んだようだ。

おふうは立ち上がる。

「いいんだ、子供で……あんたが、子供を好きなら」

「ああ。好きぜよ、子供は」

「なら、いつまでだって、あたいは子供さ」

にっと笑って、消えた。

慎太郎には、自分にも微笑みが浮かんでいるような気がする。

山県半蔵が帰って来たらしい。宿の女と談笑する声が近づいてくる。

# 京洛

## 1

「象山を斬ったか」

と田所壮輔が真顔で訊いてくる。

文久三年（一八六三）の正月九日に、慎太郎たちは京へ入った。久坂たちと別れ、すぐに武市半平太や平井収二郎のいるところを訪ねると、そこに壮輔たちもいた。

彼等「五十人組」の仲間も、近く容堂が京へ来るので、それに扈従《こしょう》してくるものも、壮輔のように先へ入京しているものもいる。

「斬らざった」

と、慎太郎は答えざるを得ない。だいたい、象山を斬る話など、旅立ちからあまり気にしていなかったし、すっかり忘れていた。

「なぜ」

と壮輔は問いつめてくる。

京では、尊攘派の気勢があがる一方だし、誰に天誅を加えるの、彼を斬るのと、その種の噂が飛びかっていること、変りがない。いや、こうしたことの常で、質の悪い食いつめ浪人もどっと数を増しているし、天誅に名を借りた押借り、強請《ゆす》り、強盗のたぐいも多くなっている。

「どうして斬らざった、おンし」

と、ただでも昂奮性の眼球が、なお昂奮していて、慎太郎を追及するが、慎太郎には、どうにも彼等と波長が合わなくなっている感じがある。困った。

「どうして、ちゅうて……のう」

弁解する気にはさらさらならないので、慎太郎は、ただ、にっと笑った。

すると、その顔を見ていた壮輔のほうが、おかしなことに、なんだか恥じいったような顔になった。

「そうか……斬るにも値せん男か。そうか」

おおいにうなずいて、納得したようである。

それで、象山を斬る話については、おわった。内心、慎太郎はほっとした。

——やれやれ。

「中岡」

と、武市が呼びかけて来た。

「脳患は、どうじゃ」

「は？」

と、慎太郎は、それも忘れていた。

「おンし、頭がときどき病めるといいよったそうじゃが」

武市は、河野万寿弥たちから聞いて知っている。

慎太郎は、思いだした。

考えてみると、旅のあいだに、頭痛はきれいさっぱり、去っていた。

「ああ、あれは、癒りよりました」

ふむ、という顔で、半平太は慎太郎を見やった。

「信州は、冷えますきに」

と、慎太郎は、妙な説明を加えた。

「京も、えらく冷えるぜよ」

壮輔がいう。南国育ちの彼等は、京の寒さには参っている。

半平太が、じろじろ慎太郎の様子を見ていたが、

「おンし、妙に落ちついて来たようじゃな、眼が」

と、言った。

――へえ。

慎太郎は、おどろいた。鏡をのぞいてみたくなった。


――俺は、変ったのかな。

と、慎太郎は考える。

――変ったとすれば、何がかな。

そう考えてみると、わからない。とくに、何も変っていないような気もする。

ただ、以前は、要するに、

――至誠、天に通ず。

それだけだった。

それだけでは、行くまい、と、いまは思う。世には、それだけではどうにもならぬことがある。それは、したたかにわかった。

では、至誠は天には通じないか、むろん、そうは思わない。

が、死んだ坂本瀬平が言ったという言葉のように、

〈俺は頭が悪いキニ、半平太どのにすべてまかせる。あずける〉

そのようには、まったく考えられなくなっている自分というものが、いま、ある。


文久三年のはじめ、尊攘派は大変な順調ぶりである。長州がその先頭に立っている。逆境のときも粘り強い組織者、運動者である玄瑞は、この上げ潮の時期にこそ、最高の能力を発揮した。

ときに熱弁をふるい、またやわらかに説得し、細心な手配りを行って、着実に組織する。また、ときに果敢な行動を提起し、その先頭に立って志気を昂揚させる。

前年の文久二年に、薩の島津久光、長の毛利定広が入京したことで、諸大名に対する幕府の権威は大きく崩れはじめた。それまで、諸大名が直接朝廷と交渉を持つことは禁じられていたし、諸侯も、参観交代のおり京に寄ることがなかった。

むろん、幕府が禁を解いたわけではなく、実質的に崩されてしまったのである。薩・長・土のほかにも、諸国の大名が、続々と京に入り、公然藩邸を作った。そして、朝廷のお召に従って参内し、天盃を賜る。

参観交代の制がゆるめられたことと相俟《あいま》って、あたかも、国の中心が江戸から京へ移ったかのような観を呈した。

その年の十二月九日には、朝廷内に国事御用掛がおかれた。国事に関しては幕府にまかせて、祭事や行事に専念していればよかった朝廷が、体質を変えたことになる。幕府の大権を制限し、朝権を打ちたてる方向である。

することのなかった公卿たちが、張り切った。公卿として地位の低い人びとの中に情熱家が多かったし、その人びとが多く御用掛に任じられた。ひと月後には、国事参政、国事寄人の二職が置かれた。

文久三年正月の十七日、長州藩主毛利慶親は、孝明帝から小御所で御剣を賜り、参議に任ずると宣旨をうけた。慶親は、前例のないことだし、固辞したが、許されない。彼は、二十一日に京を離れ、国許へ向った。この時期、慶親にはまだ幕府と摩擦を起す気がない。

入れちがいのように、土佐の山内容堂が京へ来る。二十一日に江戸から海路、大坂に着き、二十五日には、京に着いた。

容堂は、色が白く、長身である。海老茶の緞子《どんす》に枝柏を織りだした袴、黒魚子《ななこ》の羽織を裾長にまくり、名馬「千載」に打ちまたがって、ゆったりと来るその姿は、京人の眼をうばったという。

容堂、名は豊信《とよしげ》、文政十年生れだから、このときまだ三十七歳。土佐の御隠居と呼ばれていた人の、なお若々しい姿に、人びとは驚いたようである。むろん、初の入京だ。

彼は、かねがね賢侯としての名が高く、尊攘派志士たちからも期待されていたといえる。土佐の当代藩主豊範は、まだ若い。実質的には容堂が土佐一国を握っていることを、誰もが知っている。そして、前年謹慎を解かれて幕政に参与するようになってからの立場は、公けにはいちおう尊攘論である。

が、それはうわべだけのことで、実の心は公武合体論であることを、誰よりも土佐の上士が知っている。尊攘派上士で重役の小南五郎右衛門を通じて、武市たち勤王党の首脳も、それをよく心得ている。

なお吹き荒れる天誅斬奸の嵐は、正月十四日、京都大宮通り御池上ルの町役人林助を襲い、斬殺した。犯人は薩長土三藩の混成二十名ばかりだという。

ついで、二十二日の夜半に、儒者池内大学（陶所）が、大坂尼ヶ崎一丁目で斬られ、首は浪花橋に獄門、削《そ》がれた両耳が、議奏中山忠能《ただやす》と正親町三条実愛《おおぎまちさんじようさねなる》の邸に投げこまれた。この池内は、前日、大坂に着いた容堂が催した宴にまねかれている。

暗に、容堂の内心が佐幕的であることをあてつけたとも見られ、当然、容堂の機嫌はよくない。前夜招いた客が、翌晩斬られているのである。

犯人を、土佐勤王党の面々だと見る噂が立った。

池内の首が晒された二十三日、京に、二百余名の浪士隊が着いた。江戸で取締りの手を焼かせた浪人たちを京へ送りこみ、暴をもって暴を制しようという企画である。

彼等は、やがて上京する将軍家茂の列外警衛として出発し、この日、壬生《みぶ》の地蔵寺に入った。

この中に、近藤勇、芹沢鴨、土方歳三、沖田総司らの顔があった。

この浪士隊は、講武所剣術教授松平主税助を浪士取扱に、同剣術世話心得山岡鉄太郎と小普請支配鵜殿鳩翁を浪士取締役に命じて、新任の京都守護職、会津の松平容保《かたもり》の指揮下に働かせる手配になっていた。

しかし彼等の多くは、京都に集ってのし歩いている浪士たちの大部分と、質的には差異がない。

時の勢いであり流行でもある尊王攘夷を口にするが、それ以上の肚も見識もない。ここであわよくば一旗、と考えるのはまだいいほうで、食わしてもらえさえすれば何でもいい、という連中もふくまれている。

その彼等を、実質的に首領として抑えているのが出羽庄内藩郷士の清河八郎。古い経歴の攘夷家であり、策師である。天保元年（一八三〇）生れ。

この清河が、着京の翌日、同志中百十八人の賛成を得て、御所の守衛と攘夷実行を任としたいと朝廷の学習院に願い出た。幕府のために働くはずが、くるりと寝返ったのである。

願出は受理された。彼等は大手を振って洛中をのし歩く。実は、清河ははじめから事をこのように運ぶ計画だった。それを、幕府の金でやったわけである。

幕府は狼狽した。清河に欺された、と憤ったのは当然である。ひと月のち、英艦が横浜に入港したのを理由として、彼らを京から引きあげさせた。四月十三日、幕府は佐々木只三郎らに命じて、清河を暗殺させた。

このときの浪士隊のなかから、清河に反対の二十余名が京に残った。

少数ではあるが、精鋭だった。彼らはほんらいの目的どおり、幕府側に立って守護職の指揮下に働くこととなった。

これが、新撰組である。

近藤勇、天保五年生れ。武州多摩郡石原村の百姓宮川久次の三男。剣を天然理心流近藤周助に学び、その養子となった。

土方歳三、同六年生れ。やはり農民の子で、近藤と同門。

そして沖田総司、天保十五年、改元して弘化の元年生れ。数えの二十歳になったばかり。

新撰組の登場で、京洛に吹き荒れていた血腥《ちなまぐさ》い風の向きが、変ってくる。それまでは一方的に攘夷派のテロだったが、以後、逆テロが開始され、まさに腥風が吹きまくることになる。

正月段階に話を戻そう。

朝廷のなかでも、地位の高い穏和派の公卿は、むろん過激化の形勢を喜ばない。彼らは、薩の島津久光を京に呼ぼうと考えた。

久光には、寺田屋騒動まで起して激派を鎮圧した実績がある。頼りになる。この動きに、幕府も同調した。近く若き将軍家茂が京へ上る。薩摩を味方につけておけば、将軍在京中も、危険はあるまい、と読んだ。そこで、正月二十日までに上京するよう、久光に幕命を出した。

しかし、前の失敗の経験があるから、久光はすぐに腰を上げない。

ここで薩摩が出おくれたことが、幕府、朝廷内保守派には痛手だった。

## 2

玄瑞の活躍は眼ざましい。

ついに正月二十七日、東山の翠紅館に、諸藩の尊攘派志士が、大会合を行った。

肥後熊本の宮部鼎蔵《ていぞう》、住江甚兵衛、河上彦斎《げんさい》ら。対州藩の多田荘蔵、青木達右衛門。津和野藩から福羽又三郎。水戸から梶清次右衛門、ほか大勢。長州からは重役格の中村九郎はじめ、佐々木男也《おとや》、久坂玄瑞、松島剛蔵、寺島忠三郎、志道聞多ら。その他の藩からも有志が顔を見せた。

土佐からは武市瑞山と平井収二郎。長州や水戸からはぞろぞろ出てくるのに、土佐勤王党は主だった二人だけを送ったあたりに、その性格が見える。

薩摩からは参加していない。むろん、田中新兵衛など、同藩の下士攘夷派で、この日参集の面々と行動をともにしていた連中がいるのだが、藩政府の意向をおもんぱかって、こうした席には出ないし、上役が出さない。

会合の目的は、親睦をはかるため、となっている。が、実は、将軍上洛に対する尊攘派の策を議した。

ともかくも、ここに藩を超えた志士たちの結合が成ったのである。

将軍上洛が近いという情勢がもたらしたものであるにはちがいない。すでに、内々には、これら各藩志士たちの横の連絡はかなり密なものとなっていた。

組織といえるほどのものでは到底ないし、参加した志士の出身藩を列記しても、全国といい得るには遠い。しかし、これはまさしく、玄瑞のかねて抱懐する《全国志士の横断的結合》路線の、部分的な実現だった。

もちろん公けの会合ではない、しかしこれだけの志士が一堂に会した。当然幕吏の耳にも入るだろう。それを怖れず、あえて示威的に行ったと見ることができる。


みな、すこし興奮していた。かねて見知り越しの仲のものもいるし、名のみ聞いていて、はじめて見る顔もある。いかつい男を想像していたのに、柔和な丸顔だったりする。

一座で、もっとも志士歴が古く、名が通っているのは宮部鼎蔵である。文政三年（一八二〇）、肥後の医師の子として生れたが、医者を嫌って、山鹿流の軍学を修めた。

山鹿流といえば、吉田松陰が、長州藩における同流軍学師範として出発している。松陰と鼎蔵は早く知りあい、東北遊歴をともにした仲である。

　玄瑞は、十七歳のとき九州を旅した。各地の有志の士に会い、学ぼうとしていた。萩には人物がいないときめこんでいたのである。ところが、熊本で訪ねた宮部から、なにも遊歴せずとも君の藩には師とすべき立派な人物がいるではないか、と、はじめて松陰の名を教えられたのである。燈台もと暗しの喩えどおりであった。宮部鼎蔵との縁は、その時からはじまっている。

　この宮部を座長格にして、談論風発の会であった。まさに酣《たけなわ》のころ、玄瑞たち長州人の席で、かすかなざわめきが起った。中村九郎が席を立つ。玄瑞もつづく。

　やがて、彼等が戻って来たときは、ひと目で身分の高いと知れる一人の青年を伴っている。むろん、一同が注視する。

　玄瑞が、例のよく透る声で、わが藩の世子公にあられます、と一同に紹介した。

　一座のものが、息をのんだ。一瞬ののち、うめき声のようなものが、広い座敷を揺がせた。

「毛利定広である」

　簡単に、この長州藩の若殿は名乗ると、そのまま無造作に、一座のなかに腰を下ろそうとした。

　一同が雪崩を打つように動いて、下座に控えようとする。

「どうか、そのまま」

　玄瑞の声が、響き渡った。

　若殿はお忍びでもある、諸君と膝を交えて懇談したいのが御趣意である、どうか、元の席のままに、という意味のことを玄瑞は言った。

　座のほとんどの者にとって不意打ちだったが、宮部や武市などには、あらかじめ知らされていたことらしく、それぞれ声をかけて、座を鎮静させた。

そのまま、特にお言葉があるというのでもなく、宮部は、それ以前と何も変りがないかのように、議事を進行させた。

一座には、各藩の下士が多い。

自藩の殿様や若殿の顔も、間近に拝んだことのない連中である。ふつう、お目見得以下の下士というものは、どの藩でも、君公にとって人でないようなものである。小藩ほど、その別がきびしいことが多い。

しかるに、いま、彼等の前に、大藩長州の若殿様がやって来て、自分たちと同じ平面の畳の上に座り、きわめて自然に話に加わっている。

夢ではない。


これで、長州藩が、自分たちを背後から支えようとする姿勢の、本腰であることが知れる、そう判断するのは、自然である。

それ以上に、強烈な感激を覚えている者たちがいる。

——これが、俺たちが招来しようとしている世のすがたなのかもしれない。

自分たち軽輩のものと、自分たちにとっては雲の上の別人種のごとく思われていた殿様たちとが、平然と、当り前のように同座する世の中。

われらが粉骨砕身して来らしむべき世の中。その雛《ひな》形が、いま、ここにある。

涙で、前が見えなくなっているものもいる。

むろん、招来すべき世においては、自分がこのように自藩の君主と同座するほど出世するだろう、という了解のものもある。松下村塾型の平等思想とは隔《へだた》るところが大きいが、この一幕の演出者にとっては、いまそれはどうでもいいらしい。

何にしても、見事な演出だった。

久坂玄瑞は、見たところ、顔色も変えていない。

しかし、内心では、

——うまく行った。

嬉しい。痛快でもある。


一座に、河上彦斎がいる。

彼が感心していたのは、つい先刻は新鮮な衝撃だった定広の同座が、すぐに、それが当然であるような雰囲気になって行ったことである。

さすがに、会議を再開した当座は、人びとにこわばりがあった。しかし、宮部の流れるような議事運営の手ぎわもあって、いまは、定広登場の以前と、何の変りもない。

ただ、諸藩の志士がこもごもふるう熱弁を、うなずきながら熱心に聴いている貴公子風の青年が一人、ふえただけのことである。

一瞬前には、その実現が到底信じられないようなことが、起きてしまうと、前からそうであったもののようになる。

——こげんものかも知れんばい。

幕府を倒し、王政を復古する。宮部の影響で、意識も急進的なこの熊本の青年剣客は、いままだ夢のように思われるその〈理想〉が、ひとたび実現してしまえば、すぐさまこのように当り前のことになってしまうものかもしれない、と、感じている。

彼は、この翌年、佐久間象山を斬る。

3

翠紅館の会合に、慎太郎は出席していない。土佐からは武市と平井だけだった。

だが、田所壮輔たち「五十人組」の仲間をふくむ勤王党の同志たちは、そんなことに不満を持たない。武市らの指揮のもと、いそがしく毎日走りまわっている。

このごろ、慎太郎は出不精になった。

いつも、本を読んでいる。

松陰の書簡集は、くり返し読み、松門でない彼が、すべて書き写して、自分のもっとも大事な蔵書にした。

ときどき、玄瑞を訪ねて、質問をしたり、本を借りたりしている。

天誅斬奸のたぐいには、いっさい加わらない。なじられると、体調のせいにしている。

近頃は、仲間も彼を誘わなくなっている。

すると、二月に入ってすぐ、重役に呼びだされた。何かと思って行くと、

「旅中御雇《やと》い、徒目付《かちめつけ》に任じる」

と、辞令である。同時に、「他藩応接密事係」も、兼職せよ、という。

徒目付というのは、監察府の役人で、大目付、小目付、徒目付、下横目の四階級のうち、下から二番目だが、軽輩のものの役職である。二人扶持《ぶち》切米《きりまい》十三石が職禄。

慎太郎は、大庄屋の見習で、この職につく資格さえ、ほんらいいない。あっさりいえば、武士で

はないのである。それを、容堂の旅中だけの御雇いで、用人格とされ、この職を与えられた。「他藩応接密事係」とは、まあ、間諜の役目だろう。これは、在京の場合のみの臨時職制である。慎太郎が、長州人とつきあいがあるので、こういうことになったものらしい。

とにかく、旅中だけとはいえ、出世である。異例の抜擢だといってもいい。しかし、いまの慎太郎には、べつにありがたいという気がしない。

それに、この人事は、同志の中で評判が悪い。

容堂は、二月一日に、平井収二郎の「他藩応接用」の職をといている。翠紅館の例でもわかるように、平井は、武市につぐ土佐尊攘派の実力者として、諸藩の志士、浪士たちの間に、重きをなしつつあった。実妹の加尾の線から、公卿たちの間にもパイプがある。これが、容堂の気に入らなかった。

さすがに、まだ武市には手をつけられない。しかし、すこしずつ、過激なものを排して、より穏健な人物を、登用している。

つまり、慎太郎の近頃の不活動が、誰の注進によってか、容堂の耳に入り、比較的安全な人物として、慎太郎は評価されたことになる。

同志たちは、慎太郎を白い眼で見はじめた。が、慎太郎は平然としている。

職についても、特別働こうという姿勢をみせない。相変わらず本ばかり読んでいる。

二月七日に、洛外唐橋村の百姓惣助の生首が、河原町の土佐藩邸の外塀にかけられていた。口に書状を含んでいる。

惣助は、公卿千種家の領地のものである。常日頃千種邸に出入りして、奸謀を助けた、軽賊なれどもまず血祭り、と天誅状はいう。そして、山内容堂に対して、上京した以上は、速やかに攘夷のために尽力ありたい、これ満天下万民の歎願するところなり、と書いている。

あからさまな容堂への当てつけで、これも犯人は土佐の者だろうと噂された。容堂は激怒している。

犯人探索は下横目の仕事で、慎太郎は徒目付としてそれを指揮しなくてはならない。が、彼はもちろん何もしない。

二月十一日、玄瑞が行動に出た。寺島忠三郎と、熊本の轟武兵衛を伴って、関白鷹司輔熙を訪れ、攘夷期日の決定、ほか二カ条を要求する建白書を渡した。

聴許なき場合は三百名の同志が蹶起する。我等もこの場を去らず、餓死をも厭わぬ、というのだから、脅迫である。

そのうち、かねて申し合せておいた公卿十三名が関白邸へ来て、玄瑞の建白を直ちに奏上せよと騒ぐ。長州の若殿定広も、応援にかけつけてくる。関白が、では明日参内しようといってもきかない。

やむなく関白は参内する。孝明帝は揉め事を好まない。結局、勅使を立てて、在京中の将軍後見職一橋慶喜の旅宿へ送り、攘夷の期限を早く、と催促する。

慶喜は、困り果てている。こういう情勢のなかで、いよいよ若年の将軍を京に迎えなければならない。

同月十六日、玄瑞は、また一案を立てて、定広に建言した。この若殿は、玄瑞を信じ、その言葉によく従った。若いだけに行動性がある。殿様ぶらず気軽に体を動かす。

今度の策は、孝明帝に賀茂上下社と泉涌寺へ行幸を願おうというのである。攘夷を祈願し、天皇親征の姿勢を示す。時期は将軍家茂が着京してからでなくてはならない。将軍にも供奉《ぐぶ》を命じる。諸大名はこれにつづく。家茂も、攘夷を約束している以上、断るわけにはいかないだろう。

二十日に、毛利定広はこれを朝廷に願い出た。

〈草莽の者共、鳳輦《ほうれん》翠華の御余光を仰ぎ奉り候へば、如何ばかりか感発奮興つかまつるべく、攘夷の御大業、これよりして相立ち申すべくと嘆願の至りに堪へず存じ奉り候〉

孝明帝は乗気になられるだろうし、朝議は一決するだろう、と、玄瑞は読んでいる。将軍の供奉が実現すれば、天下に将軍の臣従を示すことになるし、幕府を攘夷実行へと確実に追いこみうるだろう。


玄瑞が、ある日、藩邸へ戻ってくると、慎太郎から手紙が届いている。

それを取りあげて、玄瑞は、なんとなくにやっとした。

内容は、たいしたことはない。彼がいそがしいので、最近はあまり会っていないのだが、となると、慎太郎はよく手紙を書き送ってくる。

時事のことや、何やかやの感想のあとに、しかし、きまって松陰に関する質問が入っている。

近ごろ、慎太郎は勝手に「先師」と松陰のことを呼ぶようになっている。先師のこの言について、自分はこう思うが、貴兄の御意見はどうだろうか、承りたいものである、うんぬん。

玄瑞は、自分の慎太郎におぼえる親しみの感情が、彼も自分とおなじ十四歳で母を失っていることも理由の一つかもしれない、と思う。

――あの男と会って、酒を飲んで話すのもいい。

連日の奔走で、さすがに疲れをおぼえている。気晴しになるだろう。

玄瑞は返書を書こうと筆をとり、ちょっと考えてから、会う場所をきめて、それを書いた。

4

慎太郎は、目ざす家がみつからなくて、うろうろしていた。河原町蛸薬師下ルと明記してあるのだが、どうもそれらしい家がない。

すると一軒のしもた家の戸が細目に開いて、白い顔が、こちらを見ているようである。

慎太郎は、そのほうへ近づいた。


「中岡はんどすか」

細い声が言う。

うなずくと、招じ入れられた。

一間をすぎて、次の襖を開けると、玄瑞が笑っている。

「ここは、久坂君の」

と、質問をしかけたが、その先、なんと訊いていいか、ためらわれた。

「隠れ家、ちゅう所かのう。藩邸では、体が休まらんけ、ときおりここへ逃げる」

狭い家である。あと二階があるが、それきりのようだ。

白い顔の女に、玄瑞は、酒を命じる。

ほっそりと、折れそうな体の女である。顔も小づくりで、見ていると淋しい気がする。年は、まだ小娘といってもいい程度のようだが、慎太郎には、京の女は皆、成熟したおとなのように見える。

玄瑞は、女を、ひろ、と呼んでいた。

慎太郎には、二人の関係はよくわからない。

ただ身の廻りの世話をさせるために雇っている女、というようにも見える。

玄瑞の彼女に対する態度は優しいが、この男は誰に対しても優しいから、それが判断の基準にはならない。ただ、女が玄瑞を見る眼は、ただの雇いぬしを見るのとはちがうようにも思える。

慎太郎は、それ以上の推理を放棄した。

いきなり、今日焦眉の話題にする。

「将軍は、攘夷をするでしょうか」

玄瑞は、答えず、きき返して来た。

「どねェ思いますか、中岡君は」

「する、というて、実は、せんのではないか、と」

「せんでもええでしょう」

と、玄瑞は、眼をあげて、いった。

「するのは、われわれが、する」

明瞭すぎる語調である。玄瑞はつづける。

「ただ、する、と、天下に布告してもらわねば、困る。朝旨をうけ、攘夷を指令してくれればいい。それだけは、させねばならん。あとは、われらがやる」

「攘夷を、幕府に命令させることが、そんなに必要ですかのう」

「必要です」

「なんのために」

「幕府を、倒すために」

――なるほど。

攘夷を幕命によって行う。外国に弱腰の幕府も、その責任を逃れられないように追いこんでおく。もし、長州の攘夷は長州の責任だと幕府が逃げるなら、幕府は自らの権威を否定し、長州の独立性を認めたことになる。一番警戒すべきことは、幕府が外国と手を組んで、攘夷派を弾圧することである。それが最悪の亡国の事態である。そうさせないように、幕府をむりやり攘夷に捲きこむ。

玄瑞も、外国艦隊相手の攘夷戦に勝目のないことは知っている。負けるだろう。しかし、簡単に六十余州が蹂躙され切るだろうか。そこまでの闘いをする気が、外国にあるか。または、あっさり降伏して全土を外国の所有に帰せしめるほど、われわれは弱いか、人種として劣等か。

〈墨夷、戦を以て我を怖れしむるは虚なり〉

と、松陰は言った。彼の言葉を、いまは慎太郎も多くそらんじている。

〈なにとぞ、乱麻となれかし〉

と、松陰はまた、言った。

〈乱麻となる勢、御見すゐ候か〉

幕府による開国は、治世からただちに亡国となる道だと松陰は書いた。むしろ、乱世となれ、国中が乱麻となれ。思い惑いながらも松陰は、そう言い切った。

玄瑞も、いまや焦点は討幕にあわせている。討幕、すなわち革命。

幕府を倒す道は、攘夷である。尊王攘夷である。この潮が、幕府を倒す。すでに、その足元をぐらつかせている。

潮の核となるべき力は、全国の志士の力である。草莽の志士である。それが藩を超えて結合し、崛起する。

「乱麻ですな」

慎太郎がつぶやいた。非難ではない。

——乱麻、よかろう。

むしろ、すっきりとそう思えている。

ただ、玄瑞には、その呟きが、乱麻になってそのあとはどうなる、という質問に聞こえたのかもしれなかった。

盃を手にして、すこし黙っていたあと、ふいに笑顔になって、こう言った。

「それまで、生きちょることが出来れば、ですのう」

ひろという女が、かすかに眼をあげて玄瑞を見たようである。

「もし、出来れば、……そのときは、皆が変っちょるでしょう。僕も、君も、日本中が」

そして、こうつづけた。

「変ったわれらが、どねぇな国をつくるか、それは、変らん前のわれわれには、やはりわからん、ちゅうことになりましょうのう」

そのとき、戸を叩く音が聞こえた。

ひろが出て行く。

押し問答が聞こえてくる。しかし、その男の声に、慎太郎も、聞きおぼえがあった。

立って行った玄瑞が、顔の長い男を連れて、笑いながら戻ってくる。

「しかし、どうしてわかった、ここが」

「おぬし、寺島の忠にだけ明かしよったろう。奴を締めあげた」

「困った奴じゃのう」

高杉晋作は、慎太郎を見て、ぞんざいな会釈をする。

慎太郎は、土蔵相模で一度会っただけのこの男に、好意をもっている。何となく、自分も同様に、いたって雑な会釈を返した。あごが上下に動いただけと見えたかもしれない。

晋作は、勝手に盃をとりあげて、慎太郎につきつけた。むろん、慎太郎は酌《つ》いでやる。

一息に飲んでから、晋作はいきなり割りつけるようにいった。

「おぬしも、むだ騒ぎをやっちょるんかいの、この京で、玄瑞の奴に鼻面引ンまわされて」

「え？」

晋作という男は、人見知りのくせに、一度相手を気に入ると、いきなり百年の知己のごとくなる癖がある。つまり、この男の場合、それが無礼にもなり、わがままにもなる。

すると、慎太郎に対して、晋作のほうでもどこか気の合うものを感じていたらしい、ということになる。

「いや、べつに俺は」

と、慎太郎のほうも、玄瑞に対するような丁重さではなく、

「騒いでは、おらん」

「では、何をしとる」

「書物を読んどる」

「書物」

晋作は、いきなり大口を開けて笑った。馬鹿にしたのかと思うと、それが逆で、

「俺も、そねェしようと思うちょる」

つづけて、たたみかけて来た。

「何を読んじょる」

慎太郎は、ちょっとためらったが、正直に答えた。

「松陰先生」

すると、晋作が、いきなり真顔になった。

「ほんとか」

慎太郎がうなずく。

晋作は、この男にしてはまったくおかしなことに、しゅんとなってしまった。

やがて、低い声で、

「ありがたい」

と言った。

慎太郎は、一瞬、この男が泣くのか、と、思ったほどだった。

しかし晋作にとっては、それもほんの一瞬である。勝手元のほうで、何やら立話をしている玄瑞とひろを見やって、

「美形じゃな」

などといっている。

「玄瑞のやつ、いつの間に」

あとは、玄瑞がこっちへ戻って来たので、のみこんだ。

ひろは酒を買いに走ったらしい。酒豪の晋作が来ては、とても足りないと玄瑞が判断したのだろう。慎太郎も、土佐の人間だから、酒は弱いほうではない。

「玄瑞よ」

と、晋作はもう噛みつくように始めている。

「京は、いったい何のざまじゃ」

玄瑞は、馴れきっているように対応する。

「気に入らんか」

「入らん、馬鹿どもが、ふん、シシだの狛犬《こまいぬ》だのぬかしよって」

これは、慎太郎にわからなかったので、口をはさんだ。

「何といった、高杉さん」

「高杉でいい、おれもおぬしを中岡と呼ぶ」

慎太郎は、果たして晋作が自分の名を覚えているかどうか、いくらか心もとなかったが、これで安心した。晋作は、案外記憶がいい。

慎太郎のために、説明をくわえてくれた。

「御所というお社の前にのう、ちんと坐っているのならまだしも、馬鹿声を出して群れ狂っとる奴等のことよ。志士だなぞと名乗りよるが、神社の唐獅子や狛犬のほうが飾りになるだけ増しじゃろうが、のう」

晋作は、徹底的に志士という人種が嫌いらしい。

玄瑞がまじめくさって答える。

「志あるもの、これを志士という」

「志か」

晋作は、いかにも馬鹿にしたような声を出した。

「玄瑞、志で天下が動くか」

「志がなくて、動くか」

「志だけで動くか」

親友同志の議論で、当人たちはいいが、慎太郎にとっては、説明が必要になる。遠慮なく、割って入った。

「すると高杉は、久坂君の、いや、久坂のやりゆう事に反対じゃと」

公平に、玄瑞についても、敬称を略した。

「おお、中岡、玄瑞の愚論に乗るんじゃねェぜ」

晋作は、江戸から来たばかりである。どうせ花街に沈んでいたのだろう。

玄瑞が、色をなす。

「晋、今日京にある志士たちの少なからぬ部分は、神社の狛犬にも劣るかもしれん、しかし、愚夫といえども、一片耿々《こうこう》の志あらば」

「ふん、おぬしはそれに賭けるか」

「おお」

「無駄死にするぜ」

「晋、おぬし、飲んで来たな、だいぶ」

「飲まんでおれるか」

「なぜ」

「久しぶりの京じゃ、花の都じゃ」

「逃げるな」

玄瑞が、きびしい声になった。

「志に賭けぬなら、何に拠る、何に賭ける」

晋作は、即座に答えた。

「防長二国」

防長二国とは、すなわち長州のことである。

「また、割拠《かっきょ》論か」

慎太郎は、また口を出した。

「すると、わが藩の武市と同論か、高杉は」

「武市？」

と、晋作が、たしかに酔った眼をふり向ける。

武市半平太は、土佐一国を尊攘化することに賭けている、といえた。彼のいうところでは、土佐勤王党の役割も、成員それぞれがいかなる事を成すかが問題ではない。すべては、土佐二十四万石を、いかにして勤王藩に変革するかの大目的に、収斂する。一藩勤王論ともいわれた。

晋作は、俺はそんな馬鹿げたことを考えちょるのではない、と言う。

「防長二国に割拠する、それだけなら、桂さんもいうちょる。桂大人《うし》も」

桂小五郎のことを、桂大人というのだが、晋作が言うと、悪口に聞こえる。

「俺がいうちょるのは、大割拠じゃ」

晋作は、そう言う。

玄瑞は、答える。

「藩は、利用すればいい、それだけじゃ。惚れることはなかろう、晋よ」

晋作は、怒鳴る。

「俺は、藩のことをいうちょりゃせん。防長二国じゃ」

「どうちがう」

「玄瑞、おぬし、馬鹿か」

玄瑞は、とうに、藩はつぶれてもいい、と言っている。それは松門一派の共通の理解といってもいい。晋作にしても、防長二国を抛《なげう》つべし、と、すでに言っている。

しかし、にもかかわらず、「防長二国」に、いまも晋作は、こだわっている、とみえる。

それが、玄瑞には、いらだたしい。

晋作が、御直目付の高杉小忠太どのの倅だからか、とも思う。


晋作が、急に静まった。

長い顔を、妙に分別くさげなものにして、言う。

「玄瑞、……おぬしの草莽とは、やはり、志がなくては、いけんのじゃろうのう。それがなくては、草莽ともいえんのじゃろうのう」

玄瑞が、困ったような顔をした。

やがて、例の、やわらかだが明瞭な声で言う。諭すような調子がある。

「晋作、……やはり、事を決するのは、志じゃ。それをおいて、拠るべきはないぞ」

じっと、頭を垂れて聞いていたようだった晋作が、ややあってのち、獅子が鬣《たてがみ》を振るようにして、再び、吠える。

「嘘じゃ。玄瑞、そりゃ嘘じゃ。悲しいかな、俺は、おぬしよりも、物を見すぎちょるでのう」

そして、この磊落な男が、実に苦しげな顔になった。

「玄瑞よ。……わが身を信じられん人間が、何をする、何が出来る。……そして、わが身を信じられる、信じとる、という人間に、俺は、腹が立つ。……人は、玄瑞、おぬしのように皆、生きとると思うか。おぬしのように立派だと思うか」

玄瑞が、すうっと、蒼ざめたように見えた。

「俺は、立派ではない」

そう言った。しかし、彼の声が美しいことが、邪魔をしたようだった。それすらも、昂然としているものに、聞こえた。

5

晋作と慎太郎が、夜の京の街を歩いている。晋作が、言い出す。

「行こうぜ、中岡」

どこへ行こうというのかは、晋作にとって説明の必要がないらしい。

しかし、慎太郎は、そんな金がない。

気がすすまない、と断ると、

「用心棒をつとめてくれんか、おれの」

慎太郎は、いぶかしげな顔をした。晋作は新陰流の免許皆伝だと聞いている。自分より、よほど腕が立つだろう。

「おれは、酔いくるうと、なにもわからなくなることがある」

だから、誰かがそばにいてほしいのだ、と、晋作は言う。

「それに、俺は金を持っちょらん」

慎太郎は、あきれた。

「俺も、ない」

「おぬし、庄屋の伜じゃと聞いたが」

晋作の了解では、庄屋とはすなわち金持である。地所があり金があるものが、庄屋にえらばれる。事実、それが一般であった。

しかし、土佐の慎太郎の生家の場合は、そうでない。祖父の代の不祥事の故もあって、文字どおりの村役人である。禄は二十五石とすこしだ。これは、萩の藩医である久坂家が二十五石であるのとほぼ同じである。

長州の、それも瀬戸内地帯の庄屋層は、きわめてゆたかだった。そこでは、農業がすでに商業と密接に結ばれていて、同じ長州の日本海に近いほうとくらべても、飛躍的に進んでいる。

藩の封建的農政の枠を、それら瀬戸内地帯の庄屋、豪農層は、実質的に越えてしまっている。

それを、晋作は、よく知っていた。

ここで、晋作の経済事情にもふれておこう。

毛利家分限帳によれば、高杉家の家禄は二百石。とりあえずそれに従っておく。当主は父小忠太、晋作はまだ部屋住みである。二百石が自由になるわけではない。それに、禄高二百石といっても、それがそのまま高杉家の収入ではない。萩藩の場合だが、つまり高杉家は、年に二百石を生むべき領地を拝領している。通常四公六民として、六が領地の農民のものになる。高杉家は四だから、八十石である。むろんこの比率は、つねに一定ではない。

さらに、「馳走米《ちそうまい》」といって、藩に上納しなければならない分がある。藩の財政の状態によってその率も変るが、最高は「半馳走」である。すなわち禄高の四割の、そのまた半分を上納する。計算すると、だから高杉家二百石は、まず八十石となり、最悪の場合はその半分、つまり四十石が実収になる。百石取りなら、二十石だ。

人間一人が、一年に一石の飯を食うとされていた、と前に書いた。が、一人一石で暮せるわけがない。一人扶持は、四・五石とされている。

高杉家は、祖母が健在である。それに小忠太夫婦。晋作はすでに安政七年、つまり万延元年に結婚していて、雅という妻がいる。それから妹。

こうみてくると、養いうる郎党、中間のたぐいも知れたものである。といって、家格は高いから、一応の格式は保たねばならず、出銭は多い。融通のきかない小忠太の性格では、副収入などはかれない。つましい生活をせざるを得ない。

従って、息子の晋作も、楽ではない。

二人は、何ということもなく、夜の京を歩いている。それぞれの藩邸に帰る気が、すぐには出ない。烏丸《からすま》通りを北にむかって行くと、やがて御所の塀が、白く見えてくる。

「玄瑞も、馬鹿じゃのう」

と、のんびりした調子で晋作が言いだしたのは、先刻の家で見た女のことだった。

「あれでは、変り栄えが、せん」

晋作は、萩にいる玄瑞の妻文が、色は黒いが、やはり細く折れそうな体つきだという。どうせなら、まるで異った型の女を求めればいいのに、馬鹿だ、と、晋作は笑う。

「しかし、美形じゃないか」

と、慎太郎は、さっき晋作が言ったと同じ言葉を口にして、あれは、玄瑞のト一《いち》なのだろうか、と、言った。晋作は、情人という意味の土佐の方言を、知っていた。すこし眼をみはるようにして、慎太郎を見た。

「おぬし、馬鹿か。見とって、わからんのか」

見ただけではわからん、と、慎太郎は正直に答えた。晋作は、夜空にむかって、また高い笑い声を立てた。

それから、

「あの尻じゃ、子は生めまい」

と、妙に分別くさい調子で言った。

慎太郎は、象山を思いだして、くっくっと笑う。

やがて、今夜の塒《ねぐら》にふさわしいところが思い当ったのだろう。晋作は、再び立ちどまると、

「別れよう」

と言った。

しばらく京にいるつもりか、と訊くと、

「わからん」

と、即座に答えたが、やがて烈しく首をふった。

「何になる、こねェなところにいて」

吠えるような声を出して、

「中岡。……おぬしも国へ帰れ。おれも帰る」

慎太郎は黙っていた。彼の行動は、彼の自由にはならない。やがて、容堂が京を去って帰国する日には、自分も帰らなければならない。

晋作は、くるりと背を向けて、すたすたと歩き出していたのが、また、ふりかえった。

「藩へじゃないぞ、国だぞ」

慎太郎は、黙っている。

晋作がつづける。

「中岡、人とつきあえ。人のなかに暮せ。……武士じゃないぞ、人ぞ」

そして、さらに、これは自分にも言うように、

「武士は、駄目じゃ」

言い切ると、こんどは、本当に、歩み去って行った。

慎太郎に、ふいに北川郷のお兼の顔が、思いうかんだ。

そして、なぜか、手にぎゅっと握りしめた一尺ばかりの人形の、固い手触りも。

耳元に、笑い声がきこえたようだ。

足を止めて見回したが、気配はない。こんどこそ空耳だ。

月が明るく、高い。

東山の峯々の稜線が、くっきり浮かんでいる。

故郷の山々を思う。北川郷は山また山だ。

――思い出した。

土佐から阿波へ抜ける山道は、険しい峠が続く。そこを山に馴れた村人たちにも考えられない速さで移動して行く一群の人びとを、見かけたことがある。義兄の川島総次に言われた。――あれはまあ、山の民人《たみびと》というかな、わしら郷役人の管轄の外じゃ。気にせんでええ。

そして、つけくわえた。女は、美人が多い、というがな。

――おふうも、その民の一人か。

耳に、声音が残っている。

〈あたいは、傀儡《くぐつ》……〉

慎太郎は、まだ帰る気にならない。

ふと、走ってみよう、と、思った。

国では、いつも体を動かしていた。高知へ出る時、行き帰りの山道を、いつも走った。

旧暦三月、京の風は、つめたい。

慎太郎は、その風を切って走りだした。

どかん、と衝突した。

横町から不意に出て来たものがあって、その肩に、走って来た慎太郎が、避ける間もなく、激突した。

相手は、地に倒れた。が、次の瞬間には、おどろくべき敏速さで、立ち上がっている。

もう一人、連れがいた。二人とも、武士である。
二、三間、走りぬけた慎太郎が、止って、踵《きびす》を返した。
「やあ、済まんことでした」

にこにこと戻ってくる。

「こらえてください」

倒れたのが機敏に立ったほうは、若い。夜目にも色白で、まだ少年のようにさえ見える。もう一人は、三十すぎている感じだが、実はもうすこし若いかもしれない。眉が太く、いかつい顔をしている。

二人とも、酒気を帯びている。

笑顔の慎太郎にたいして、若いほうは、刀の柄に手をかけている。

それを制して、いかついほうが、言う。

「夜中、よほどのご急用か」

訛《なま》りは、関東のものである。

「いや、運動で……まっこと」

済まない、と、また頭を下げた。

相手は、役人というふうには、見えない。一見して、むしろ浪人である。

年嵩のほうが、かさねて訊いてきた。

「どちらの御家中か」

そのとき、慎太郎は、なぜそんな答えかたをしたのか、自分でもわからない。

そんな言葉が出てしまった、というより、ない。

「いや……刀など差していますが」

と、慎太郎はいった。

「百姓です、土佐の」

そして、笑った。

すると、一瞬、相手の顔に、ひるんだようなものが走った。

つぎに、いかつい顔に、赤味がさした。こめかみの血管が、怒張した。

その男より早く、若い男の刀が、鞘をはなれている。

白刃が、蛇のように走って、慎太郎の眼に向ってくる。

慎太郎は、飛びすさった。次の刀が肩口に来るだろう、と、わかっている。ひやりと来るものを実感しながら、彼は宙をとぶように駈けた。後はいっさい見ない。

足には自信がある。やがて、追うものの足音は消えた。


――すごい奴だったな。

慎太郎は、駈けながら、若いほうの男の太刀さばきに感心している。あれには、とてもかなわない。

それに、年嵩のほうの奴も、強そうだった。

——しかし、あいつ、なぜ、突然怒ったのかな。

慎太郎は、そのときの男が、清河八郎と袂をわかったものの、まだ身のふりかたが定まらず、鬱屈を酒にまぎらしている時の、武州多摩郡農夫久次の子、近藤勇と、沖田総司だったとは、知らない。

——あの若いほうは稚児かな。

そんなことを思っている。

いつか、野道である。慎太郎は、まだ走っている。

このまま、朝まで駈けていたいような気が、している。

# 颶《ぐ》風《ふう》篇

# 逆風

## 1

「大殿さまに、お目見え、叶うたか」

と、帰郷した慎太郎に、父はまず言った。

慎太郎は、土佐安芸郡北川郷柏木の家に、半年ぶりに帰った。出立したときは秋十月、いまは年を越えて、文久三年（一八六三）の春四月。

大殿とは、山内容堂のこと。前藩主だが、なお実質的に土佐の主《あるじ》であることを、誰もが知り、認めている。世に〈四賢侯〉といわれる一人で、天下に大きな影響力がある。

そもそも慎太郎たち「五十人組」が、藩政府の意向を押し切って出国したのも、〈大殿さま警護のため〉が、名目だった。

老いた父、小伝次には、わが子が容堂に拝謁できたかどうかが、最大の関心事で、それが叶えば慎太郎の未来はひらける、と信じているもののようだった。

とりあえず、慎太郎は頷いた。

「二度、お目にかかりました」

小伝次は、ほっとしたように、皺だらけの顔をゆるませて、

「そうか、そうか」

蒲団に身を横たえて、目をつむった。

小伝次は、このときすでに八十三歳。慎太郎は二十六歳。今日ふうにいうなら彼は四月の誕生だから、二十五歳になったばかり、ということになる。彼は父の五十八歳のときの子だ。

中岡小伝次は、その父中岡要七の不慮の死によって、北川郷大庄屋になった。天保七年（一八三六）、中岡要七は同じ柏木の郷士北川助七郎に殺害された。北川家は郷士の身分を剝奪され、中岡家は大庄屋断絶となった。

しかし郷民の要望で、要七の長子小伝次が、やがて大庄屋役に任じられた。名字帯刀を差許されたが、財産その他、すべてそのままというわけにはいかなかったろう。権限と収入は、かなり縮小、減少したにちがいない。このとき小伝次は五十六歳。

小伝次の子は三人、娘ばかりだったが、ところがこの二年後に、慎太郎が生れた。彼は、祖父の事件について、まったく知らない。


「大殿に、お目通りしたそうだの」

二番目の姉、京の夫、中岡源平が言う。彼は老いて病がちの小伝次に代って、大庄屋役の吏務をつとめている。

「しかも、二度も」

慎太郎は、二十二歳年長の、歳からいえば父親といっていいこの義兄を、嫌ってはいない。この人のお蔭で、半年も故郷を離れることができた。ただし、少々窮屈だ。

「お言葉を、賜ったか」

慎太郎は、ちょっと考えてから、首を振った。

たしかに慎太郎は、容堂に二度会っている。

最初は、江戸についてすぐの雪の日、藩邸の門の脇に居並んで、容堂の駕籠を出迎えた。それだけでも土佐の常識では大したことだ。慎太郎たち「五十人組」は「お咎め覚悟」で、ひたすら大殿の身を案じて出郷した、ということになっている。容堂も、まるで無視するわけにはいかなかった。

その後、五人に限って、御前に出ることを差許された。

慎太郎は、その中に入っている。選ばれた基準は、わからない。このころの彼が、他の仲間よりは冷静、沈着に見え、それはつまり過激でないことだ、と判断されたのかもしれない。

容堂という人は、ほんとうに酒が好きだった。若者たちと時勢を論ずる必要など、どだい認めていない。まして、軽輩や村役人の伜などと。

彼ひとり大いに杯を引き、一方的に気炎をあげた。彼は自分に自信を持ちすぎる類の大名だった。つまり、慎太郎たちは、相手にされなかった。

源平は、慎太郎のそのさきの言葉を待っている。膝を崩そうともしない。

慎太郎は、この二月に「旅中御雇、徒目付」兼「他藩応接密事係」を命じられた。抜擢にちがいない。在京の土佐勤王党の中でももっとも急進的な部分、吉村寅太郎（「天誅組の変」でこの年の九月に死ぬ）らは、この人事を冷笑した。が、この報は土佐にも届いて、中岡家の人びとの胸をふくらませていたかもしれない。

実際は、しょせん「旅中」だけの「御雇」だった。旅とは、江戸に暮していた大殿、容堂が京を経て土佐へ帰る大名行列だ。そういう条件で、武市は「五十人組」のメンバーの表彰を、容堂から獲得したのかもしれない。

その道中でも、武市半平太はしばしば容堂に召されて親しく言葉を交わしていた。大殿も情報が欲しかったのだろう。慎太郎たちは一度も呼ばれない。ただ、行列の中にあって、歩いて、郷国へ帰って来ただけだ。

だが、それに何の不満も、いまの彼は感じていない。その気配が、源平には不満らしかった。

彼は、まだ義弟の言葉を待っている。なにか答えなければならない。

「土佐勤王党は」

と、慎太郎は言いだした。

「武市半平太どのの党だな」と、源平が相槌を打った。「新町田淵道場の」

「いえ、そうとばかりも」と、思わず本音が出た。

「ほう、それはつまり」と源平。「どがなことじゃ?」

「いえ、その……武市先生は、大殿の御信頼を、得ておられますキニ」


それは、この頃の短い時日だけでいえば、確かなものに見えた。

武市は〈一藩勤王論〉である。あくまで土佐一国を、あげて尊王の志に統一したい。それこそが天下を変える捷径《ちかみち》（早道）だと信じている。保守因循の気風が強い土佐藩にあっては理想論にすぎない、と評するものもいる。しかし、彼にはこれが現実論だ。性格が、理想と現実の間に空隙を許さない。

だから、藩政府を左右する実力を持っていた参政吉田東洋を、排除せねばならぬ、と考え、実行した。勤王党の那須信吾らの手によって暗殺させたのである。その効果は確実に上がって、東洋なきあと、藩政府に勤王派上士が目に見えて進出した。

だが、それらのことが容堂を、実はどれほど激怒させていたか、この時点で武市はまだ十分に理解してはいない。大名という種族の本質的な酷薄さも。

で、慎太郎にとっての現在の問題の一つは、師である武市半平太にかならずしも共感できない部分が、自分のなかに育ってしまっている――と、いうことだった。

源平には、よく理解できない。慎太郎の話が、一向に要領を得ない気がする。

「つまり……おンし、何を得て来た、ちゅうことになるがかのう、この半年」

「さあ……」それは、慎太郎自身にもわからない。

「なにも学ばなんだか」と、辛抱のいい源平が、呆れたように言った。

「いや、そがなことは」と、慎太郎が正直な気持を吐く。

その言葉の生気を、源平も感じたようだ。

「では、なにを」

友を得た、と、このとき慎太郎は言いたかった。が、そういうには憚られるものがあった。天下の久坂玄瑞を、自分より年少であるにせよ、友などと。それに、あの変な男、高杉晋作。で、言い換えた。

「人を、知った……いうことですかのう」

「ふむ。わが藩のかたか」

慎太郎が首を振ると、源平は興味を失ったようだ。彼に、他国の人間に対する関心はとぼしい。土佐だけが国だ。それが一般の習慣だった。

また、ふいに言う。

「女、ではなかろうの、よもや」

虚をつかれた感覚があったが、大まじめに否定した。

「違うです」

「そうか」

源平の顔がゆるんだ。どうやら、この人の柄にない冗談だったらしい。


慎太郎が帰ったと聞いて、縁者や友人が来る。

一番上の姉の縫の夫、川島総次は気さくな男で、年は源平より若く三十九歳。安芸郡野根山の岩佐関という関所役人の伜だ。長姉の縫が、早く母を失った慎太郎の母がわりをつとめたせいもあって、慎太郎は川島総次に親しんでいる。遠慮なくものが言える。それは総次のほうも同じで、

「おンし、お父上を……ちくと、気に懸けにゃいかんぜよ」

叱りつけるように言う。

「はあ」と、頭を下げるしかない。

何といっても老父の面倒は、長姉とこの義兄に頼るのが一番だ、と思案している。役所の吏務には源平がいる。が、その妻、次姉の京は体が強いほうではない。

ところが、総次は言う。

「わしの父もな、病で……関所番の役を継げ、と言いゆう、わしに」

「すると、野根山に……姉上もいっしょに」

「あたりまえじゃ、夫婦じゃ」

野根山は柏木からそれほど遠いわけではない。が、まめに出てきて朝に晩に世話を焼くという

わけにはいかない。

このとき、川島総次は、一年半のちの自分の運命を、むろん知らない。彼が次の年に父の後を継いで、野根山の関所を預かる身になっていなかったら、また、慎太郎の感化を受けて勤王党に心を寄せなかったら、と、空想することは無意味だろう。

「柏木のお父上は、おンしが可愛うてならんのじゃ……年取ってからの子じゃきに」

と、総次は続ける。

するど、父の面倒は自分が見ることを期待しているのか、親戚一同は。

「おンし、長男じゃき」

反論してみた。

「しかし、中岡の家は、源平義兄《あに》が継ぐものと、私は」

総次はゆっくりと首を振る。

「源平さんは、待ちゆうがじゃ」

「え、なにを?」

「おンしがふらふらせんで、しっかと腰を据えるのを、じゃ、この北川郷に」

「ふらふらしよりますか、わしが」と、抗弁する。

「しちょるさ、――攘夷の、尊王の、ちゅうて」

ここで、黙っているわけにはいかない。

「そ、それを〈ふらふら〉て言わるるですか?　川島の義兄上、貴方は、土佐勤王党の心がわかる、と、いつぞや、言わなんだですか」

「ああ、言うた。心はわかる。天下について、土佐の未来について、真剣に考えゆうがは、勤王党の衆だけじゃとすら、思うちょる、いまも。しかし」

「しかし、なんです？」

「おンしゃ、いまの場合、まず一番に……親のこと、家のことを考えにゃ」

慎太郎が、一瞬、言葉に詰まると、

「それが、人の道ぞ」

追い討ちをかけてくる。

「修身・斉家・治国・平天下と言うろう。身を修め、家を、しこうして国を」

そんなことは分かっている、と慎太郎は思う。

わかっていても、どうにもならないことがある。それが、青春というものだろう。そして、青春とは人間の青年期のことをだけいうとは限らないかもしれない。たとえば、時代の青春というものが、ありうるかもしれない。

「あの」と、襖の向こうからかすかな声がした。

慎太郎が義兄の川島総次と酒を酌み交わしている座敷の、敷居の向こうに娘が指をついている。領家村の庄屋の娘、お兼だ。中岡家には、彼女が慎太郎の妻になることを、期待している雰囲気がある。

「どうじゃ、美しうなったろう、お兼さんは」

総次が、自分の手柄のように言う。

「げに……まっこと」と、慎太郎も受けた。

痩せぎすな体が、やや丸みを帯びたようだ。なにか、ずきんと来るものがある。

「このたびは、おめでとうござります」

彼女は、深く頭を下げる。

「え、なにが」

慎太郎は、わかっていながら、逸らすような口をきいてしまった。

お兼は、これは一向に変わらない切れ長の眼を、やや見張るようにして、

「お取り立てになったと……お役につかれたのでは、お城の」

「あ、そらぁ、つまり」

と総次が、すこし慌てたように、口を出しかけた。

「いや」と、慎太郎は、はっきり首を振った。

それが強すぎたかもしれない。お兼の顔がすこし青ざめたようだ。

この問題にふれれば、きっと気まずくなる、と彼にはわかっている。しかし、止められない。

「御徒目付の話は、旅の間だけの、いわば、いっときの方便です。……ご存じですろう、わしゃ郷士でも、士分のかたの陪臣でもない。郷の役所の見習いに過ぎない。……御徒目付にも、御小人《こびと》目付にも任用される資格はない。それが武家の、つまりこの国の、決まりちゅうものです」

「けんど」

と、総次がとりなすように、口を出した。

「まあ、残念じゃったのう。大きな魚を釣り落とした、ちゅうか」

「義兄上」慎太郎は、横に手をふる。

総次は続ける。

「こがあなことには、存外、瓢箪から駒の譬えも、のう……わしら皆、おンしがめっそうもない出世を遂ぐるかと、あっはは。まあ、飲め」

慎太郎は、やはりムキになる。

「そうじゃない。違う。……俺には、この国で士分に取り立てられ、ちっくとでもより上の地位を望んで日々努めて行こうちゅう、そがあな気持がない。……のうなってしもうたがですよ、義兄上」

お兼は、途方に暮れた表情になっている。

総次は、なおもこの場を纏めようとする。性格でもある。

「しかしのう、人間には、幸せを求めようちゅう……まあ、本能があるキニ」

「幸せ？　何じゃ、幸せちゅうは、義兄上？」

「わからんのか、ばかもん、ええ年をして」

「わからんキニ、たずねゆうがです。さあ、なんです？」

すると、総次は腕を組んで考え込んでしまった。

追い込むのも気の毒な気がして、慎太郎はとりあえず、話のけりをつけるつもりで言った。

「君に忠、親に孝、ですかのう、やはり」

総次は、違うことを答えた。

「幸せちゅうは、のう……妻をいつくしみ……子を育て」

慎太郎に、なぜか上気する思いがあった。

「そらあ、俺は、いらん」と、彼は言い切った。「そがなもの、俺は」

「なに？」

総次はうろたえたように、お兼を見た。

彼女は目を伏せたまま、やがて深く頭を下げた。そして、部屋を去った。

総次が、彼女が去ると怒りだした。

「おンし、いかんチヤ……あれは、えい娘ぞ……あの娘に、あれはなかろう」

慎太郎も、すこし後悔している。

肉付きがよくなったお兼は、正直好もしく、惹きつけられる感じを覚えていた。

しかし、これは〈禁欲のせい〉だろう、と、判断した。江戸の妓楼「土蔵相模」で、久坂玄瑞と交わした言葉が、頭に刻まれている。

「もう二十歳《はたち》ぜよ、あの娘は」と、総次。

この時代、二十歳では適齢期を過ぎている、というのが常識だった。

「あれなら、父上の面倒もよう見る、とわしは睨んどる」

心が動いた。瞬間、その手もある、という気がした。

慎太郎には、父を気づかう心がある。誰も不幸にする気がない。――しかし同時に、それは自分の可能性を、いやおうなく限ってしまうことだ、という感覚が、どっと押し寄せて来た。

「まあ、ええことにしましょう、その話は」

慎太郎が徳利を向けると、総次は素直に受けて、一息に干す。

目が笑っている。つりこまれて慎太郎も笑顔になると、すかさず、

「どうじゃ、仮祝言だけでも」

## 2

新井竹次郎を訪ねた。

竹次郎との〈約束〉は、いまも生きている、と慎太郎は思っている。こんどは自分が村に残って、竹次郎を外に出してやる順番ではないか、彼の〈志〉の世界に。

「すると、勤王党の志は順調に伸び広がりつつある、と考えてええのだな」と、竹次郎は言う。

大筋ではそうだ、と慎太郎は答えた。事実、この時期は、尊王攘夷派の勢力が大いにふるい、将軍家茂は上京して、実に徳川幕府はじまって以来のことだが、孝明天皇の行幸に供奉して、賀茂に攘夷祈願のため参詣した。さらに攘夷期限を五月十日と約した。そんな尊攘派の盛り上がりを横目に見ながら、山内容堂は土佐に帰り、慎太郎たちも従って帰郷した。

竹次郎は黙って聞いていたが、

「そうか。……で、いつまでおるつもりだ？　国に」

慎太郎は驚いた。

「いつまで、ちゅうて……そうよのう、おンしが行って、戻ってくるまで、かのう」

すると、竹次郎はうすく笑った。

「勤王党は、おンしを、要らんち言いゆうがか？」

「そがなこた、ないぜよ」

一笑に付そうとしたが、そうはしきれないものがあった。帰郷して、すぐにも同志から連絡があるものと思っていたが、まだ、ない。

赤子の泣き声がした。それをあやす若い女の声も。

「まずは、おンしとの約束じゃ。こんどは、俺が役所の仕事を助ける。……時勢は、これからが正念場じゃ。わが藩は、かならずまた京へのぼるろう。おンしが、おンしの志のために力を尽す機会は、きっと来るろう」

赤子の泣き声が高くなった、こっちへ近づいてくる気配がある。

竹次郎は、それに逆らうように大きな声を出した。

「それで、おンしはどがいする気じゃ、大庄屋を継ぐか。嫁をとるか」

慎太郎がそれに答えないうちに、女の声がした。竹次郎の妻だ。

「お前さま」

竹次郎は言う。「俺には子が生まれた。いまは動けん、いや、動きとうない」

女の声も高くなっている。「お前さま」

「あ、ああ、いま、行くキニ」

そして、ふいに慎太郎に顔を寄せた。

「嫁をもらえ、中岡。……こがなええもんはないぞ」

やがて、赤子を抱いてだらしなく笑み崩れている竹次郎に、慎太郎はすっかり感心していた。

——三日見ぬ間の桜、とかいうが、人ちゅうもんは、ときに、みごとに変るものだなあ。

だが、それもまた認識不足だったのかもしれないことを、やがて慎太郎は知る。


慎太郎は日夜よく働いた。煩瑣な吏務の処理に没頭し、山また山の北川郷を走りまわった。村に馬はすくないが、山地の乗馬には自信がある。また、合間には畑仕事だ。中岡家の田畑は少ないが、手入れをしなければ土地は痩せるばかりだ。

〈田圃の事は、武士たるもの一日も忘れまじき事〉とは、松陰の言葉にもあった。

夜は書物を読み、同志に手紙を書く。

土佐の雨季は長い。降り籠められて終日机に向かう日もある。

〈自分は家に病父を抱え、ご城下に出ることもままならないが、諸君はどうしているか。武市君（「君」は当時の志士ことば）は、なにを考えておられるのか。京の都へ行かれれば大志のために力を存分にふるえる方なのに〉

など、など、いわば憂悶を紙に叩きつける。

また、久坂玄瑞に借りて筆写した吉田松陰の弟子に与えた書簡集を、さらに書き写して義兄の川島総次や、新井竹次郎に贈ろう、と実行にかかってもいる。

夜更け、汗がねばつく。水を浴びよう、と思った。

中岡家は旧家だし、小伝次が風呂好きなので、ちゃんとした湯殿がある。

そろそろ梅雨が明けるのか、月が明るく、手燭もいらない。

何の気配も予感もなかった。ずかずかと湯殿に踏み込むと、差し込む月の光のなかに、娘の裸身があった。

お兼だ。とにかく、かがやく両の乳房を見てしまった。あわてて身を縮め胸元をかくす彼女の動きが、ひどく緩慢なもののように感じられた。

手伝いに来ているのは知っていた。が、いまこの時間に湯殿で出会ったというのは、なにか。天の配剤か、それとも、罠か。

鋭い笑い声がきこえたような気がした。

慎太郎は、はじかれたように湯殿を離れた。そのように体が動いてしまった、としかいいようがない。

危ないところだった、とも、俺はあるいは、だいじな機会を取り逃がしたのか、とも思う。

それにしても、一陣の風のように吹いて消えて行ったあの笑い声は、なんだ？　空耳か、いや、違う。

外へ飛び出してみたが、皓々と照る月のほかには、風もなかった。


土佐の夏は厳しい。酷暑といってていいだろう。じりじりと焦げつくような日差しが照りつける。とぎれとぎれに聞こえてくる遠い都の情報は、待ち遠しく、苛立たしかった。

慎太郎は、奈半利川に沿った山道を歩いていた。北から平鍋、小島、和田と、かつて飢饉で苦しんだ村々である。村人に行き会うと、走り寄って頭をさげるものもいる。もう夕暮れだが、日が落ちる前には柏木の家に着けるだろう。

「旦那」

と、耳元で囁きかけるような声がした。

足を止めた。が、周囲に人影はない。道祖神の小さな祠があるばかりだ。

空耳ではない証拠に、やかましいほど鳴いていた蟬の声がふっと絶えた。

「ちょっくら、お耳を」

道祖神が口をきいたようだ。

その方へ足を踏み出しかけて、勘が働いた。この耳元に囁く声は、はじめての感覚ではない。

とっさに慎太郎は、身を反転させて真後ろを向いた。大きな欅が、道にかぶさるように枝を拡げている。その高みに向かって声をかけた。

「おい、降りてこい」むろん、鯉口を切っている。

「あはは」しゃがれた笑い声が樹の上から返ってきた。「参ったね、こりゃ……旦那、思ったより出来なさるんだね」

猫のように、わずかな葉擦れの音とともに、小柄な男が降ってきた。

よく日に焼けて色が黒く、年の頃はわからない。その後を追って葉が何枚か揺れながら落ちてくる。

「何者だ、おンし」慎太郎は、警戒する気持を捨てない。

男は、にやにやと小鬢のあたりを掻きながら、

「どうも、旦那にゃあ読めてるんじゃねぇんですかい、もう、もしかして」

「ふん……あの娘の仲間か、やはり」

「あの娘、ね……名前は？」わずかに目を光らせて、問い返してくる。

「おふう、といったな」

すると、小柄な男は笑み崩れた顔になった。「そうですかい、覚えていて下すったんですかい」

男は半兵衛と名乗った。

「なに、半端な野郎だから」などという。「半チクの半公、猫の半べエ、とでも、おべぇてて下せえ」

江戸者か、と慎太郎が訊くと、笑って、

「いやいや、そないな訳やおまへん」

ふいに、上方の商人のような口の利き方になる。

「つまりは、ねんがらひじゅう、あっちゃこっちゃ流れて歩きよりまっさかい、わが里の言葉がない、いうことになりますのやろなあ。あはは」

〈私は、傀儡《くぐつ》……〉と、かつておふうは言った。

いわば旅の民である傀儡には、故郷がない、ということか。この半兵衛と名乗る男も傀儡の仲間か。どこかおふうと面差しが似通っている気もする。すこし、敬意を払う気になった。

「すると、半兵衛さんは……行くさきざきの国の言葉を使う、ちゅうことか」

慎太郎が訊くと、それはちょっとちがう、と、この男はいう。

「その里の人の前で、その里の言葉を使うのは、あきまへんな。なかには怒りだすお人もいてまっさかいに……まあ、その一方に、下手でもそこのお国なまりを真似ると、喜んでくださる方たちもおる……お国ぶり里ぶり、まちまちですな」

——では、この国はどうなのだろう、土佐は。

二人は、歩きながら話している。慎太郎には慣れた山道だが、足の速い彼に半兵衛は苦もなくついて来て、息も乱さずに話しつづける。

——これも、傀儡のわざか。

慎太郎は感心しながら、土佐の〈国ぶり〉について、この不思議な男に訊いてみた。国のことは、その国のものにはかえって分からない。たとえば、この里でこの里の言葉を他国のものが真似ると、どうなるか。怒るのだろうか、自分は？　それとも……

半兵衛は答えた。

「機嫌よくなってくれるほうですよ、このお国は。ことに、村里の人はね」

言われてみれば、思い当ることも多い。半兵衛はつづける。

「ただ……あっしは、きっと喜ばれるとわかってると、それじゃそうしようてえ気には、あまり、へっへ」

慎太郎は、興味をおぼえた。

「あまり……何かな？」

半兵衛は苦笑を浮かべたようだが、顔の色が黒いのでよくわからない。それでもすぐ続けた。

「まあ、そんな気分にね、ならねえことのほうが多いんで、かえって」

「ふむ、何故？」と、慎太郎はまっすぐに訊く。

「さあ、まあ、なんてぇか……ひねくれた野郎なんで、あっしゃ」

こんどは、声をあげてからからと笑った。

「ふむ」とだけ、慎太郎は呟く。

「ふむ、なんです？」と、今度は半兵衛が問い返す。となると、慎太郎には言葉の用意がない。

「おもしろいな、と思うたがじゃ、ただ」と言った。

「そうですかい、おもしれぇですかい」

まるで素直に、嬉しそうな顔になりながら、半兵衛は言う。

「それじゃ、旦那もひねくれてるんだ。あはは」

「なに？」

慎太郎はびっくりした。いままで、自分をひねくれていると思ったことがない。

——俺はただ、鈍で、不器用なだけだ。

「驚いたんで、旦那」

素直に頷いた。「わしは、自分を、反対に思うちょったキニ」

半兵衛は楽しそうに笑った。

「分かってきたような気がしますよ、旦那が、ちょっぴり」

奈半利川が山とともに大きく屈曲する。そこを越せば、柏木はもう遠くない。日も落ちかかってきた。

「ほう、どがいなふうに、わしを、あんたは」

「まあ、それはおいといて」と、半兵衛。「旦那、尊王攘夷でしょう」

話が飛んだ。

「じゃ、ねえんですかい」念を押すように、小柄な傀儡の男は言う。

慎太郎は、すでに久坂玄瑞を知り、そして上海を見てきた高杉晋作と出会っている。会ったことのない吉田松陰をひそかに師と思っている。当然、単純な攘夷ではない。ただし、その説明は容易でない。

「攘夷は、駄目ですぜ、もう」

と、割りつけるように半兵衛が言う。

「ただ闇雲に、毛唐の火を吐く甲鉄張りの軍艦を追っ払おうったって、へっ、ごまめの歯ぎしりだ」

慎太郎は、持ち前の大きな眼で、じっと半兵衛を見た。

この、全国を股にかけて歩きまわっているらしい男には、はっきり見えていることなのかもしれない。むろん、うっかり土佐勤王党の同志たちに聞こえれば大変だ。が、この男には何故か隠せない、というより、隠す意味がないような気がした。

慎太郎ははっきりうなずく。

「わかっちゅう」

「ふん……阿呆じゃねえんだね、旦那、まんざら」

「いや、俺は阿呆じゃ」つい、ムキになった。「苛立たしくなるくらい、鈍じゃ」

「と、自分が知ってるてぇことが、滅多にゃ出来ねぇ芸でね、阿呆にゃ」

「半兵衛さん、何を言いたいがか、わしに。——そうだ、ほんのいま、わしがどういう男かわかった、と」

半兵衛は白い歯を見せた。

「ああ、そらあね、おふうのやつが……」

「え？……あの娘が、なにか、わしのことを？」

すると、急に半兵衛の気配が、声とともに遠くなりながら、

「あいつが、旦那に惚れたわけが、さ……」

「え、いま何ち、言うた？　半兵衛さん……おういっ」

屈曲した山道の先にも、あとにも、走ってみても彼の姿はもう見えない。

いま半兵衛が〈おふう〉と口にしたとき、なにか独特な匂いがした、と慎太郎は思う。おそらく、大切なものの名を呼んでいるときのような。

川音が高く、鳥の声が腹が立つほど喧しく渡って行く。慎太郎は、呆然と立つほかはない。

3

この時代、八月は秋。

文久三年（一八六三）、京の都の情勢は、熱くなるばかりだった。

安政の大獄に連座した師吉田松陰の刑死（一八五九年）を激嘆した松下村塾の弟子高杉晋作ら

は、かならず仇を討つと誓った。あれから四年。

この年、長州藩のリードする尊攘派の動きは、一つのピークを迎えようとしていた。その中心部に、久坂玄瑞がいる。

四月、幕府は朝廷に「五月十日を攘夷期限とする」と上奏。

たちまち期限の日は来て、その十日に長州藩は下関海峡でアメリカ商船を砲撃、つづいて二十三日にフランス艦、二十六日にはオランダの軍艦をも砲撃した。長年のつきあいがあるからまるで警戒していなかったオランダ艦は、十五名即死、五名重傷の被害を出した。

しかし、六月一日、米艦ワイオミング号との交戦は、あっという間にケリがつき、長州藩の虎の子の軍艦二隻がたちまち撃沈。五日にはフランス艦が陸戦隊を上陸させ、砲台を破壊するなど、長州側の一方的な敗北であることは誰の目にも明らかだった。

それでも、六月一日の戦闘で米艦は被弾二十余発、即死四名、重傷四名のうち二名があとで死ぬなど、被害があった。――注目すべきは、長州側の被害で、士分の者の死者が一人も出ていない。撃沈されても、死傷者は水夫たちだけ。五日の戦闘では砲台係の武士三名が戦死。

つまり、ほとんどの武士たちは逃げた。長門武士たちが尻に帆かけて逃げ散った。そのさまを民衆が見ていた。

〈町人百姓マデガ、武士ト申ス者ハアノ様ニ弱リテ役ニ立タヌモノカト皆々大イニ歯ガミ致シ候由（『周布政之助事跡控』）〉

これが、歴史の大きな分かれ目の一つになったといえるだろう。

が、そのことの意味は、京都の長州勢や尊攘派志士たちに、すぐには分からない。まして、急進派の公卿たちには、まったく理解の外だったろう。

久坂玄瑞らは、五月二十日に京の朔平門外で姉小路公知——三条実美と並ぶ急進派公卿の中心人物だった、二十五歳——が暗殺された報せを受けて、急いで京都へ戻っていて、六月には下関にいなかった。

久留米水天宮の神官、真木和泉は尊攘派志士として経歴も年齢も群を抜いていた。重なる失敗や挫折、そして投獄から不死身のごとく復活し、「今楠公」と呼ばれた。

彼の計画はこうだ。御親征の名で孝明帝に男山（石清水八幡宮）に行幸を願い、そこに止まって攘夷の勅命を発する。幕府はそれに従うことが出来ないだろう。そこで違勅の罪を鳴らし、箱根に進んで幕府を討つ。

尊攘派の中心勢力である長州藩でも、攘夷にとどまらず倒幕にいたることを、この時期に考えていたものは、むしろ少ない。

〈諸外国を打ち払うには、天下が上下一致しなければならない〉

それは、誰しも異議のないところだった。ただしそれを、

〈幕府を中心にして行うことができるか〉

となると、意見が大きく分かれる。あの松陰ですら、はじめは幕府に期待した。いまなお、幕府に望みをかける気持が、どの藩にも根強く存在している。むろん、長州藩にも。

〈このさい、なによりも優先すべきは、国論の統一である〉から、そのためには、

〈天皇に、せめて石清水までででも《御親征》していただく〉

すれば、天下の人心は世の向かうところを知り、国論の一致にいたるだろう。——そのあたりが〈御親征推進派〉の共通の了解事項だったろう。

孝明帝は、攘夷を望んでいる。

が、倒幕などは、考えない。帝は、この世の秩序が変ることを望まない。

いつまでも、世界はいまのようであってほしい。諸外国と交わることで必然的に変ってしまうのが嫌だから、攘夷なのだ。

朝廷の権威確立に、むろん反対ではない。が、争いは好まない。

若い公卿たちは、生まれてはじめて歴史の舞台に登場した。いやが上にも張り切り、興奮する。

攘夷を叫び、朝権確立を性急に求める彼らの情熱に、帝は、その内容じたいには反対でないだけに、抗しきれない。

彼らの弁舌に、つい頷いてしまう。「ふん、ふん」と頤を上下させてはいるが、けっして本心からの同意ではない。

が、敏感に、今回の〈御親征〉については、このまま行くと世の変革におよびかねない、と予兆を感じ取り、恐怖された。


八月十二日夜、三条実美ら急進派公卿のリードする朝議は、御親征の儀を決し、詔勅は十三日。

〈攘夷御祈願のため、大和の国に行幸、畝傍山の神武天皇陵、春日神社御参詣、しばらく御逗留。

軍議の上、伊勢神宮に行幸〉という内容。

真木和泉をはじめとする人びとは狂喜した。ついに、わが事成らんとす。

しかし、孝明帝は、この計画に従ったらもう都に帰れないかもしれない、と思いつめられた。

中川宮（朝彦親王）に、今回の事はまったくわが意思ではなく、これまでの勅書はすべて偽勅であるとまで表明された。

中川宮は動き、会津・薩摩と連携して十七日深夜に参内、御所の九門を鎖し、会・薩の兵で固めた。急進派公卿たちは参内を許されず、長州藩は堺町御門警衛の任を解かれた。

これが「八・一八政変」である。

帝は、この日以降に発した詔のみが、真実のわが意思である、とされた。

この宮廷クーデターで、事態は一変した。

長州藩には、寝耳に水だった。三条実美らにとっても同じである。玉はわが掌中にある、と思いこんでいた。が、実は、そうではなかった。

## 4

慎太郎は、嫁を迎えようとしていた。

いつの間にか、こうなった。彼がお兼を嫌いなわけではない。

老父小伝次の世話を、よく見てくれている。骨惜しみをしない。ありがたい、と思う。ただ、彼にはまだ、お兼という女が見えていない。

「お前のう、嫁をとるちゅうは、ま、こがなもんぜよ」

と、皆が言う。

皆とは、この場合、郷里の縁者や友人を含めてのことだ。

「人には添うてみよ、と昔から言うろう。いや、これは嫁の側からの言い草じゃったか、あはは」

長姉の夫、川島総次は笑う。彼は、この縁談に力を入れている。

「おンし、味を見たかや」

慎太郎は、お兼に手も触れていない。

正直にいうと、総次はうんざりした顔になった。

「そうか、そうじゃろうのう……わしが、せっかく」

お膳立てをしてやったのに、と言いたかったようだ。

が、気性はさっぱりした男で、

「まあ……おンしゃ、そがな男じゃ」

「そがな、とは、どがいな」と、慎太郎が真顔で問い返すと、

「うむ、そがな……まあ、珍な男ぜよ」

そうかもしれない、と慎太郎は思う。

「まあ、あすの晩、気張ればええ」

と、総次はへらへら笑いながら、どん、と痛いほど背中を叩く。


ところで、そのころ土佐藩内の状況は、まったく暗かった。

山内容堂は、土佐に戻ってまず、彼の信頼した参政吉田東洋を殺した男たちを洗い出し、根こそぎ片付けようとした。

むろん、元凶は武市半平太だとわかっている。しかし、武市は容堂の親族の山内民部らを、この件に関して引き込んでいる。東洋の政策に不満な土佐の保守層とも、武市は手を組んだ。それが彼の〈政治〉であり、〈勤王〉だった。

容堂としては、これは、軽々しく手をつけられない。それに、勤王党の面々は口が固く、証拠

があがらない。

ふつうの権力者は、ここで妥協の道をとる、ある程度、諦める。

が、この誇り高き大殿様は、なによりも、自分の権威が蔑《ないがし》ろにされたことが、許せなかった。

彼は、けっして武市半平太を許さなかった。

慎重に、勤王党に理解を示す重臣たちを、藩政府から遠ざけはじめた。辛抱強く、狡猾だった、といっていい。

その一方、果断に、勤王党系の名士、間崎哲馬や平井収二郎、弘瀬健太に、過去の罪状で切腹を命じた。

土佐勤王党は、動きがとれなくなっていた。


その声は、白昼に、耳元で聞こえた。少女の声だ。

「おめでとう」

その日も、慎太郎は柏木の役所で吏務をとっていた。夜には仮祝言の盃ごとが予定されている。が、そのために日常の義務を怠る彼ではない。

ひと区切りついて、遅い昼食をとりに家に戻ろうとしていた。

慎太郎がゆっくり振り向くと、道に、黒目がちの目を光らせて、引締まった体軀の少女がいる。鼻がつんと上を向いている。

「おふう」

慎太郎は、自分が笑顔になっている、とわかっている。少女はにこりともしない。

「よかったね」ぼそりと言った。

「なにが」

おふうは、そっぽを向いている。空に蜻蛉《とんぼ》の群が舞っている。

「なし、そがなふうに思うがか、おふうは」

「だって、幸せじゃないか……ちがう？」

「しあわせ、か」

慎太郎は、鸚鵡《おうむ》返しに呟いただけだ。

「人は、それぞれ……」と、おふう。「おさまるところにさ、おさまるのが、ま、いいんじゃない？」

大人のような口をきく。が、まだほんの小娘にしか見えない。

慎太郎は、苦笑するしかない。

「やっぱ、わからんぜよ」

「じゃ、あんた馬鹿だよ、やっぱり」

「ああ、自分でもそがあ思う……ほじゃき、聞きたいがじゃ」

「なにを」

「その、幸せとは、なんじゃ？」

鳥の声が渡って行く。風もようやく涼しい。すっかり秋だ。

「あのさあ」

と、おふうがいう。「あんたたちの、志《こころざし》っての？……」

言葉を途中で切って、ふいに空中に手を振ると、細い指に赤とんぼが摘《つま》まれている。

「駄目だよ、あれ」

「なに？　なし、おンし、そがなことを」

血の色が透けて見えるようなおふうの指に、蜻蛉が羽ばたく。

「たいがいのこと、知ってるよ、あたいは」

言いながら、蜻蛉の透明な翅《はね》を、ぷつん、ぷつんと引きちぎり、空にひらひらと放りあげる。

「おい」　慎太郎は、そういうのが好きではない。

「そいでさあ」と、おふうは続ける。「当分、見込み、ないってこと」

「何の事だ」

「尊王攘夷」

「てんごう、ぬかせ」　馬鹿をいうな、と言った。

すると、おふうはすらすらと、京都の「八・一八政変」について話した。

この小娘が、意外なほど仔細な情報にくわしいのは、やはり仕事のうちなのか。

「天皇さんが、つまり、会津と薩摩を選んだってことだよね」

慎太郎は愕然としている。

「まあ、だからさあ……しかたないよ……落ちつけば、ここで、ね？」

おふうは話しながら、翅をちぎられた蜻蛉に、ふっと息を吹きかけると、ひょいと空に放り投げた。

蜻蛉は、何事もなかったように、翅をはばたかせて、高い秋空に吸いこまれて行く。この連中には、初歩の目くらましだ。

「ああ、おった、おった」

侍姿の若者が二人、山道を急いで来たらしく、息をはずませている。

「おおごとです、中岡君。大事件じゃ」

千屋金策と井原応輔。勤王党の同志で、二人とも慎太郎より三、四歳若い。

金策は同じ安芸郡の、和食村庄屋の息子だ。井原応輔は家老深尾氏の家来。聞こえた美少年だが、腕は立つ。

「京のことか」と、慎太郎。「長州が追われて、三条公はじめ正義派の諸卿が都落ち」

「なし、それを知っちゅうですか、もう」と、金策。応輔も目を丸くしている。

いまこの娘に、と振り向くと、もうおふうの姿はない。

二人の青年の向こうに、彼らを案内してきたらしいお兼の姿が見えた。

5

暗いなかに、声が聞こえる。

「おめえ、あんがい馬鹿だったんだな」

その声は、どうやら、猫の半兵衛。

「だって、言ったんだぜ、あたいは、あいつに。……いま、あんた一人がジタバタしたって、天下がどうにも」

抗弁しているのは、おふう。

「なりゃしねえさ、ああ」

半兵衛は、突き飛ばすような言い方をして、つづける。

「だからこそ、吹っ飛んで行っちまったんだ、あの男は」「ふん」「そういう野郎だ。俺にゃ、よくわかってる」

「へーん、だ……」

「馬鹿だな、ほんと、手前は」

「ああ、どうせ馬鹿さ」

ここは、土佐と阿波の国境ちかく、野根川の川っぷち。この川に沿って行けば、やがて阿波の国だ。

傀儡《くぐつ》は、定まる里も家もなく、簡易なテントを張って水辺を移動する。北方民族の習俗に似ている——と、大江匡房『傀儡子記』の記述を紹介した。

夜更けだが、彼らの視力にとって、問題ではないらしい。

現代でもあちこちの先住民族に、おどろくような視力を持つものがいることは知られている。いや、物質文明の異様な発達以前には、そんな能力を持つ人間が、むしろ普通だったのかもしれない。

ところで、彼らが話題にしているのは、慎太郎のことだ。

慎太郎は、あのまま、家に帰らなかった。まっしぐらに、国境に向った。
『維新土佐勤王史』（瑞山会編、冨山房刊、大正元年）には、
〈父母には高知に行くと告げおき、間道より岩佐の関を脱して阿波に出で〉
うんぬん、と記述があるが、慎太郎に母はいない。また病の床に伏す老父の顔を見たら、彼は動けなくなってしまったかもしれない。

若い千屋金策や井原応輔は、こもごも、

〈そんなに、いっぺんに、主上（孝明帝）の御意思が変るものじゃろうか？〉

〈八・一八以前は偽勅というが、それなら、それ以後こそが偽勅の可能性だって、あるがじゃないろうか？〉

当然の疑問だ。

〈とにかく、事態の真相を摑むことが先ぞ、一刻も早く〉

と、同志たちは焦っている、という。

慎太郎は、即座に決断した。

「よし、俺が、たしかめてくる」

彼の耳には、おふうの、さっきの言葉が響いている。

〈天皇さんが、つまり、会津と薩摩を選んだってことだよね〉

自分で確かめなければ、と強く思った。

安芸郡北川郷は、土佐の東部で、阿波との国境が遠くはない。勤王党の同志の中では、慎太郎の在所が最も近いほうだ。それに、自分は見習でも安芸郡の村役人だから、関所も抜けやすい。

ここは、俺が行かなければ。


野根川のほとりで、猫の半兵衛が呟いている。

「ま、あいつ、関所を越えるに苦労はねえにしても」

「阿波のお役人は、急に取締りを厳しくしてるって」と、おふう。

「うむ、土佐でも下横目（最下級の警吏）の連中が動きだしてる……こりゃ、出るには出ても、帰れねえかもしれねえな」

「あにさん」と、おふうが言った。

半兵衛は答えない。あにさん、と呼ばれたのが気に入らなかったのかもしれない。

「猫のあにさん……半兵衛あにさん」

「いろいろ言いやがるな、なんでえ」

するとと、おふうは歌うように、

「もしかすっと、あたいの父さんか、それともおじさん、大叔父さん……そのほか、いろいろかもしれない兄さん……」

「うるせえ。もういうな」

「助《す》けてくれないかな」

半兵衛は苦い顔になった。突然気づいたように、言う。

「あ、もしかして、お前」

「なに」

「あいつの仮祝言が嫌で……あの男の性質《たち》を読んで、わざと」

「あはは」と、おふうは笑った。「夜毎に変わる枕の数、なんて、いうじゃない?……そんなあたいが、どうして」

半兵衛は、おふうを見つめる。

「承知だろうが、俺たちは誰のためにも働かねえ。それがきまりだ」

おふうは、ゆっくりうなずく。

「誰の上にも立たねえが、誰の下にもつかねえ。……それが俺たちの暮しの、いわば軸だ、芯の棒、みてえなもんだ。その芯棒が、俺たちを回してる。ずっとの昔からな」

それが俺たち漂泊の民の歴史だ、と彼は言いたかったのかもしれない。

「承知だよ。ああ」と、おふう。

「お前は、承知でいながら、俺に、お前の惚れた男のために、働けっていうのか」

おふうは、うなだれた。

「ごめん、猫の兄さん……じゃ、こうしないか？」

「何だ、どうしようてんだ」

「面白かったら、でいいよ」

「なに？」

「おもしろかったら、助《す》けて。……それをやることが、あんたに、ちょっぴりでも面白かったら」

「ふん」と、半兵衛は腕を組んだようだ。

6

八・一八政変のもたらした影響は、激烈だった。つまり、それほど日本の政情は不安定だった。

土佐の山内容堂は、過激派が大嫌いだ。その点は薩摩の島津久光も、同じである。

ただ世の流れは、それに天皇の意思も、攘夷だった。だから殿様たちは藩内の尊攘派にも、ある程度柔和な顔を見せつづけた。つまりどれほどか我慢しつづけていたのだ、この殿様たちは。

八・一八政変は、その歯止めを外した。

土佐では、ことに熾烈な逆風だった。武市半平太はじめ勤王党をどかどか投獄し、あるいは処分した。また「五十人組」当時の、坂本瀬平を斬った田内恵吉（武市の弟）たちも投獄された。

八・一八についていえば、その直接の引き金となったのは〈御親征〉問題。

孝明帝のつかんでいた情報も、結構、正確な部分があった。真木和泉たちがこの〈攘夷祈願〉行幸を、倒幕の旗揚げにとなだれ込ませようと企図していたのは事実だし、大和行幸に呼応して、公家の中山忠光を首領に土佐の吉村寅太郎らが、八月十四日に挙兵した。「天誅組」あるいは「大和五条の変」である。

十七日に大和五条の代官所を襲って朝廷の直轄を宣言などしたが、八・一八政変によって、孤立した暴発に終る。幕府の向けた諸藩の兵一万に囲まれて壊滅、吉村は戦死。悲惨な結末だった。

八月十八日に、むろん、急進派の側から反抗の動きがなかったわけではない。堺町御門周辺の長州勢は、簡単には立ち去ろうとしなかった。

退去せよ、と勅諚があっても、動かない。

するとクーデター側（公武合体派）からは、勅に背くのは、違勅だ、断固討つべし、と声があがる。

ことに薩摩勢からは、再三、砲撃の許可を求めて来た。長州兵に照準を定めた大砲は、会津とあわせて六門。勇み立っている。

これは会津の松平容保（京都守護職）が抑えた。長州勢も、大砲に脅されて退却したとあっては屈辱だろう、と配慮をした。

この日、宵から雨になった。

長州勢と急進派の公卿たち、そして浪士たちは、やむなく引き上げを決意した。しかし、どこへ？――向かうのは、遠い長州しかない。世にいう「七卿の都落ち」である。

逃げる身のつねで、追手がかかるのでは、と気になる。次第に落ち着きを失う。落武者の雰囲気だ。京を堂々退去したのでなく、雨のそぼ降るなかを脱走した、と言われてもしかたのないありさまだった。

こんななかでも久坂玄瑞は、いまに名高い「今様」を作詩している。「世はかりこもと乱れつつ、あかねさす日のいと遠く」うんぬんと、以下三条実美以下七人の公卿の名を詠みこんでいる。ともあれ孝明帝は、ほっと安堵の息をつかれたようだった。

慎太郎は、阿波で、がらりと雰囲気が変っているのに驚いた。とりあえず徳島の城下を避けて、漁船で海を渡ったが、

――さあ、どこへ行けばいいんだ、いったい。

彼には、漁師や旅人たちと、すぐ仲良くなる習性がある。刀を襤褸《ぼろ》布なり茣蓙《ござ》なりにくるんでしまえば、なに、もともと百姓の伜だ、という気持と、経験もある。

義兵に参加のため脱藩して京に向かったはずの同志たちの消息はつかめない。どうやら、七卿を警護して長州へ落ちた人びとの中に土佐の者がいると分かった。

結局、防府の三田尻へ向かった。彼はこのとき、まだ武市半平太ら土佐勤王党の面々を待つ運命を知らない。

三田尻には、長州藩の御船倉がある。かつては毛利水軍の根拠地であり、米・塩などを積み出

す港としても繁栄した。

「招賢閣」とは、三田尻のお茶屋である。ここを七卿はじめ護衛の士や、ともに長州へ落ちて来た諸藩の浪士たちは、宿舎とした。このあと、天誅組や生野の義挙に破れた残党も加わり、とりあえず参謀本部の役割を期待されるにいたる。

慎太郎は、意外なほど、喜び迎えられた。

土佐の土方楠左衛門（久元）や伊藤甲之助は、心細い思いもあったのだろう、ことに喜んだ。十九歳の伊藤甲之助は「時々日記」に記した。

〈十九日、晴。夜我藩士中岡慎太郎微《ひそか》に国より来る〉

土方の「回天実記」には〈藩情報知の為なり〉とある。

慎太郎は士分ではないし、土佐藩上層部の事情に詳しいとはまるで言えない。が、千屋金策や井原応輔のもたらした知らせや、さらに、郷里を九月五日に発ちながら、半月近い日をここまでに要した苦労の旅のあいだに、収集した知識もある。

そして、おふうたちから獲た情報もある。が、これは口に出せない。

ともかく、誠意を尽して知るかぎりを述べた。口ごもることも多く、弁舌爽やかに、とはいかない。

が、土方楠左衛門は、感心した。

「おンし、しっかり物を見ちょるの」

若い志士たちにありがちの、はったりや知ったかぶりが、すくない、と判断したのかもしれない。土方は天保四年生れ、慎太郎より五歳の年長。

翌二十日、三条公はじめ七卿に拝謁した。

〈雲上人〉というくらいで、本来なら、とてもお目通りの叶う相手ではない。それに、各藩の志士たちが、なかには著名な人物も含めて、ずらりと居流れている。

三条実美は、天保八年生れ、慎太郎の一歳上。この貴公子は、はじめから慎太郎ににこやかだった。色の黒いごつい男が、お気に召したのかもしれない。

それに、長州藩の世話になるしかない現在の身分に、不安もあったろう。このさきあるいは土佐に世話になるかもしれない、という思いもある。土佐二十四万石は大藩だ。

〈そなたたちの心遣い、嬉しく思う、今後とも宜しう頼む〉

と型通りのお言葉のあと、実美は言葉を加えて、

「いまのこの身では、なにもそなたたちに酬いることができぬが」

と、声を曇らせた。目尻に涙がある、と見えたかもしれない。

浪士たちに小波のような反応が走った。

土方楠左衛門は額を畳に擦りつける。

「いや、そのような、かりにも酬いなどと、われら毛頭《もうとう》」

すると、実美が、慎太郎を見た。

「土佐の者。中岡、と申したな。……存念あらば、申すがよい」

一座が、しんと慎太郎を見まもる。

なにか、言わなければならない。

「お言葉ながら、毛頭、酬いなどとは」

と、まず土方の言葉を鸚鵡返しのように言って、いったん口を噤んだ。

それで終りか、と一同にざわめきが戻ろうとしたとき、慎太郎は続けた。

「ただ……忠義をしたく、存じおり奉ります」

〈なんだ、平凡なことを〉と、思ったものが多かったようだ。

「忠義とは、何に対してか、誰に」

と、癇の強そうな公卿の錦小路頼徳《よりとみ》が、声にだした。鋭いものが含まれている。

「土佐の容堂侯にかのう」と、からかうような声もきこえ、笑声が湧いた。

楠左衛門が、慎太郎をかばうように、

「いうまでもなく、われら勤王党が忠の道を立て申すは、上御一人」

天皇に対する忠義だ、と言った。

すると、鋭い口調の公卿が、

「そのお上に、麿たちは裏切られたのや。それがこたびの一件やないか」

言い放った。座はどっとざわめく。

いや、あれはお上の意思ではない、君側の奸物どもの——と反論が沸き起こるのは、この場合、当然だった。

癇癖の強い錦小路卿は言い募る。

「我等を見捨てたお上に対して、何が忠義。忠を立てる相手は、消えた、のうなったのや。違うか？」

すると、慎太郎が言った。

「おそれながら……もし然らば〈忠〉の相手が消えても……」

「なんやと？」

「〈義〉は、残るがでは、ござりますまいか？」

自分が、なにか、途方もなく馬鹿なことを言っているような気がする。

ふいに、横手の席から、けたたましい笑い声が起きた。

「ええのう、忠は消えても義の字が残る、か、あっはは」

都々逸でも歌うように言い放った声に、むろん覚えがあった。

「おい、控えておれ、おぬしの口をだすところではない」

と、あわてて叱責したのは、長州藩からこの招賢閣に集う人びとの世話役として派されている佐世八十郎（のち前原一誠）である。彼も松下村塾だ、天保五年生れ。

慎太郎は、思わず振り向いて、傍若無人な男のほうを見る。彼を、佐世が広間の外に追い出そうとしている。

「これ、先輩、おれは政務役だぞ」

「場所柄を心得んか、まったくしようがない奴だな、晋作っ」

伊藤甲之助の「時々日記」は記す。

〈廿日、晴。高杉晋作山口より来たり謁（拝謁）。（略）中岡生、謁〉

「高杉」

さん、と言いそうになって、約束を思い出して敬称はのみ込んだ。

「よう、中岡」笑いかけてくる。

招賢閣の外の道だ。慎太郎は訊く。

「何をしゆうがかえ、ここで」

「わしゃ、藩の政務役になったんじゃ」と、晋作。「つまり、重役じゃ」

「えっ」仰天した。

八・一八の政変で、諸藩同様、いや、当事者の長州藩なら当然、急進派は責任をとって退き、保守派が政権に復活するところだ。長州では前者を正義派、後者を俗論党という。むろん晋作たち松下村塾系から見た名称である。

「うむ」と、晋作は頷く。「八月のうちは、えろう俗論党が幅を利かしよった。が、猛烈に巻き返してな」にやりと笑う。

「九月も半《なか》らになって、ようやく藩政府に仲間を何人か押し込むことが出来た。渡辺（長嶺）内蔵太も政務役、大和弥八郎が直目付。御殿山の焼討ちをやった仲間だ。……おぬし、藩邸の屋根から見ちょってくれたそうじゃな」

慎太郎は、感心するほかはない。

「もっとも、また明日はわからんがな」

と、晋作は自分も要職についた癖に、人ごとのような口をきく。

めでたいことにちがいない、と慎太郎は思う。が、釈然としないところもある。

この連中は師松陰の行き着いた《草莽》による変革を目指していたのではないのか。

「久坂はどうした？」と、とりあえず聞いた。

「義助か」と、玄瑞の本名を言った。玄瑞は兄玄機の後をついだ藩医としての名だ。

「あいつにも昨日、政務役の辞令がおりた。京都駐在を拝命したけえ、もう京へ向こうちょる」

「ふむ」二十五石という微禄の身分から藩の指導的立場について、やはり彼は悪い気分ではないのだろうか？

晋作が、ふいに言う。

「中岡、おぬしの、さっきの」

「何じゃ」

「酬いより忠義、さ。……ありゃ、松陰先生だな」

吉田松陰は、かつて弟子たちに、

〈諸友は功業をなすつもり、僕は忠義をするつもり〉

と、痛烈に批判する言葉をはなった。それが、玄瑞らを介して慎太郎の胸にも届いている。その影響で出た言葉だろう、と晋作は言う。

慎太郎は素直に認めながら、

「高杉。……俺は、おンしに、ぜひ訊きたいことがある」

「奇兵隊のことか」

晋作は勘がいい。

長州が、百姓・町人から博徒まで含んだ一隊を作った、と、評判になっている。漁師や、街道の小商人まで噂をしていた。

慎太郎がそれを小耳にはさんだとき、高杉たちの仕事ではないか、とすぐに思った。そして、もしや《草莽》路線の一つが、緒についたのでは、と。

「おンしらが作ったちゅうは、まことか」

「おお」こともなげに、晋作は答える。

「わしゃ、奇兵隊の開闢《かいびゃく》総督じゃ」そして、苦笑をうかべた。「いまは、クビになった」

「なに、もう?」

「隊を作ったのが六月の七日。うまくやったつもりじゃったが、先鋒隊ちゅうて、世禄の臣の馬鹿息子どもと喧嘩になってな、……その責任をとった」

　ありそうなことだ、と慎太郎は頷く。

「それがひと月ほど前だから、まあ、二ヵ月がほどの総督さ」

　――ふむ、長州にしてしかり、か。

「いまは他の奴が仕切っちょる。俺は知らん」

　政務役になった晋作には、従者がついたようだ。二人の立ち話に、すこし離れて控えていたが、馬を引いて近づいてくる。

「待っちょくれ、現在《いま》のことはええ」と、慎太郎。「いや、ええちゅうことァないが……俺の訊きたいがは、作ったときのことじゃ」

　晋作は、変な顔になった。「作ったとき？……奇兵隊をか」

　慎太郎は、食い下がる。「どがあして、つまり、どう考えて、工夫して、骨を折って……辛苦がようけあったじゃろうが」

　晋作は、言う。

「そねぇなこと聞かれたのは、初めてじゃ。……皆、結果にしか興味を持ちよらんけ」

　そして、しみじみと慎太郎の顔を見た。

「おぬし、変っちょるのう」

　慎太郎は、自分が、しごく当り前の質問をしたと思っている。

「よし、話しちゃろう」

　と言って、ひらりと晋作は馬上の人になった。

「明日はどねぇしちょる、中岡。久しぶりで飲もう」

慎太郎は、ちょっと困った。

「実は、明日、国へ戻るつもりじゃ」

「戻らにゃならんのか、明日」

「ちっとでも早う……仕残して来たことも、いろいろあるキニ」

これは、慎太郎の本気だった。

まず、同志たちが自分の報告を待っている。

それに、家は、確実に自分を待っている。病父も、それから他の要素も。

「そうか」

と、晋作は、あっさり馬首をめぐらす。

「早く帰ってこい……早いほど、ええ……」

もう、駒音を鳴らして遠ざかって行く。

伊藤甲之助「時々日記」。

〈同廿一日、陰。巳刻中岡生また謁。諸卿和歌を賜う。同午発、帰国〉


帰国は容易ではなかった。阿波にも土佐にも、逆風が吹き募っていた。

土佐に近づいて、まず知ったのは、武市半平太ら勤王党の投獄だった。若い井原応輔にさえ「勤事控え」の処分が及んでいた。

そして密かに国を出た慎太郎にも、召捕りの指令が出ていた。

# 雲奔《はし》る

## 1

「光次」

と潜めた声で、慎太郎の少年時代の名を呼ぶのは、川島総次。

総次は、この岩佐の関所を預かる役人だ。慎太郎を慈しんで育てた長姉縫の夫で、慎太郎をもっとも理解している一人でもある。

が、勤王党に対する逆風吹き荒れる現在、召し捕るべき厳命の出ている対象の一人、中岡慎太郎を見逃すのは、容易なことではない。彼は無断で国をぬけ、長州に走った。それだけで大罪だ。

総次は義理の兄だから、協力を疑われるのは、止むを得ない。同僚たちの目が光っている。

慎太郎は、関所裏手の山蔭に、ようやく総次を呼び出すことができた。

がさごそと藪を分けながら、総次が来た。

太い息をつきながら、首を横に振る。

「これ以上は、無理ぜよ」

阿波との国境に続く道には、くまなく役人たちが出張っていて、勤王党の連中の出入りを見張っている。蟻も通れまい、という。

「すると、柏木の家にも」

むろん、下横目が下役を連れて張り込んでいる。

「おンし、御父上に一目逢いたかろう。が、いまはいかん。危ない」

その危険を敢えて冒せば、家族から縁者の者たちにも累がおよぶ。だから、

「ここはひとまず、逃げろ」

「川島の義兄上も、そがあ言うんか、わしに」

この場合、慎太郎にとって、選択肢がいくつもあるわけではない。

まず、逮捕も主君の命令である以上、従容《しょうよう》として縛につくべきだ、という「正論」。

しかし、慎太郎は身分が低い。旅中御雇としてお目通りも叶っているが、なお土佐藩の風としては人間でないようなもので、公平な御裁きなど、期待できない。

では、藩の外へ逃げるか。これは「脱藩」という容易ならぬ罪を、生涯背負って生きることになる。どこへ行っても藩吏の追及を受けるかもしれない。これも、一族に罪が及ぶ可能性がある。

また、縄目の恥を受けるくらいなら、いさぎよく自決する、という感性も、この土佐という国の武士には、むしろ一般的だったかもしれない。この時代、彼らはよく腹を切った。

慎太郎は、そんな気にはなれない。

この男は、とりわけ老父を悲しませたくない。が、どうすればそれが可能なのか、見えない。

どの道をとっても、親と兄弟姉妹を悲しませ、迷惑をかけ、苦しませる。

志とは、つまりは、自分の選んだ道だ。お前の我が儘だ、自分勝手だ、と難じられれば、返す言葉がない。そんな道を、自分は生きるしかないのか。

――そがな男だったのか、俺は。

土佐の国の外には、いま、お前を迎えてくれるところはあるのか、と総次は訊いた。

慎太郎は、三田尻招賢閣について話し、三条実美ら公卿から贈られた和歌などを総次に托した。万一にも、幕吏の手に渡したくなかった。

関所のほうから、総次を呼ぶ役人仲間の声が聞こえる。

「川島どの……川島どの……」

息を殺しているうちに、その声は遠ざかった。

総次は、なお用心深く小声で、

「とにかく、しばらく国を離れちょれ。……そのうち、きっと帰れるようになる。いや、わしらが、そがあに力を尽すキニ」

慎太郎は、ふかく頭を垂れた。

「義兄上、堪忍してつかわせ」

総次は、そのあとのことを、すこし早口に言った。

「おンし……お兼さんを、どがいにするつもりじゃった……いや、言わんでええ、おンしがどがぁに思おうと構わん……」

抗弁を許さない、お前にはその資格がない、と言った。

「仮祝言の盃ごとまで支度した宵に、おンしゃ突っ走ったがじゃ、いまさら領家村に返すわけにゃいかん」

その通りだろう、と思う。お兼は、自分に対して何も罪を犯してはいない。しかし、自分は、確実に彼女を傷つけた。

総次は続ける。

「源平さんとも、女どもとも、よう話し合うて、決めた。おンしに有無はいわせん。……お兼さんを、中岡家に入れる」

慎太郎には、それに対して表情を動かすことさえ、無責任な気がする。

「……それに、親父どのとも、気が合うちょる」

それだけはありがたい、と思った。

また、総次を探す関役人たちの声が聞こえる。

「ええか、ほじゃき、お兼さんはもうおンしの嫁じゃ」

「川島どの……」と、声が近づく。

総次は、握り飯などが入った包みを慎太郎に押しつけるようにして、

「きっと、おンし、戻れるようにするキニ……待っちょれ……」

そしてにわかに「おーい」と陽気な声を出して、関役所に戻って行く。


慎太郎は、三田尻に戻った。十月十九日である。

「やあ、無事に帰って来たか……よかった、よかった」

招賢閣の人々は、顔をほころばせるようにして、迎えてくれた。

ひと月前にここにいたのは、わずか三日間だ。

その最後の日には、三条卿たちに再度拝謁を許され、懇《ねんご》ろなお言葉を賜った。

〈くれぐれも、土佐の力を頼みたい〉

公卿たちは、一所懸命だった。このとき慎太郎に贈った和歌は、二つ。

旅衣《ごろも》つゆも乾かぬ袖の上にかかるは侘し秋の村雨　実美

都いで暫しと言ひて秋なから（半ば）時雨《しぐ》るる迄にはや成りにけり　季知

花の都を遠く離れた公卿たちの、意気消沈しているさまがわかる。

しかし、慎太郎はその期待にこたえることが、何も出来なかった。命からがら逃げ戻って来ただけだ。

俺は、子供の使いだった、と思う。実美たちにあわす顔がない。

そういう慎太郎を、土方楠左衛門と、肥後の宮部鼎蔵が、実美たちの前に引っ張って行った。

「よい、よい……われらの傍にいてくりゃれ、中岡」

三条実美は、平伏して顔をあげられない慎太郎に、そう言った。

他の公卿がたにも、彼を非難する色はない。いまや土佐にも逆風が吹き募っていることを、この人びとも理解している。過大な期待をかけたわけではなかったようだ。

慎太郎は、ほっと息をついた。

〈今宵は、中岡君の帰還を祝おう〉

同じく寄る辺のない諸藩を脱藩した浪士たちの、彼の無事を喜んでくれる笑顔に、嘘は感じられない。

慎太郎は、ここでは息が楽につけるような思いを味わった。

久しぶりに笑った。詩を吟じ、舞いもした。

その自分に、後ろめたいものがある。

そういう自分を、俺は好きではない、と思った。

だが、招賢閣の会議では、発言するたびに、手応えがあった。

議論はおおむね〈狂瀾を既倒に廻《めぐ》らす〉策、この事態を挽回する手段についてだが、事を一挙に解決する名案があろうはずもない。

公卿たちは、一日も早く京へ帰りたい。しかし帝が〈君側の奸〉たちに握られている状況では、嘆願書を届ける道を見いだすことも、容易ではない。

脱藩の浪士たちは、日本中を逆風が吹き荒れていればこそ、いまこそ各地に真の同志たちが育ちつつあるのではないか、という願望を捨てられない。

いまのところ現実に頼りになるのは長州藩しかない、されば長州を動かして、大兵を持って京に押しのぼるしかない、という議論も有力である。

慎太郎は思う。なんにしても、なにかしなければならない。

高名な志士たちを含めたこの集団のなかで、彼はもっとも新参である。志士としての経歴も乏しい。伊藤甲之助ら、もっと若い人びともいるが、全体としてはなお、若い部分に属する。

慎太郎は、慎重に、言葉を選びながら発言した。

嘆願の道にしても、諸国に潜在する同志を掘り起こすにしても、長州の藩論を正義派に傾けるにしても、それぞれ具体的に、われわれのなすべきこと、出来ることがあるのではないか——それを、実際にやってみよう、始めてみよう、と、説いた。

これは、このとき、この場に集っている人びとを、どれだけか動かしたようだ。

「長州人は果てしなく議論をするが、土佐っぽは具体的な行動を求める、と聞いたが」

と、宮部鼎蔵が言う。彼は吉田松陰とも親交のあった先輩中の先輩だ。

「ほんなこてェ、そげんごつある」

と、笑って、慎太郎を支持した。

八・一八政変で都を落ちるときも、宮部たちはすぐさま手分けして、有力な諸藩に協力を求めることを試みたが、逆風に押しまくられ、断念のほかはなかったのである。

〈諦めず、手を変えて、もう一度、いや何度でも〉

と、招賢閣の面々は、それぞれに動きだした。

おンしの手柄ぜよ、と土方楠左衛門は褒めたが、慎太郎は怖い顔をした。

楠左衛門は首をすくめて、

「そうか、おンし〈手柄ではのうて、忠義を〉ちゅう心じゃった。許せ」

もちろん、慎太郎も、自分の努力ですこしでも現実が動く兆しが生じるなら、こんな喜ばしいことはない。

自分がまっさきに何処へでも飛び出して行きたかったが、実美卿が不安げに、

〈躬《み》の側に居てくりゃれ〉

というので、そうはいかない。

招賢閣の浪士たちで、武術の鍛練から兵書の学問まで、それぞれ先輩を師とたのんで、寸暇も許さない予定表を組み、実行に努める。

十一月二十五日、慎太郎は招賢閣会議員に選ばれた。

ほかに、土佐からは土方楠左衛門、田所壮輔。久留米の真木和泉、弟の真木外記、肥後の宮部鼎蔵、その他錚々たる顔ぶれ。田所は例の「五十人組」の仲間だが、上士だ。

慎太郎には、なにほどの感想もない。これもいわば仮の、臨時の役まわりだ、と思っている。

ふと思い出した。――北川郷の庄屋見習として、飢饉に苦しむ村のために貯蔵米の官倉を開けたときのことを。

〈よかったね〉

と、あのとき耳元で聞こえた少女の声を、また聞いてみたい。


この間に「生野の変」があった。

この時代、情報がすぐには伝わらない。八月段階で、天誅組の挙兵に呼応しなければ、と考えた福岡藩士平野国臣らが、七卿の一人、沢宣嘉を擁して但馬の生野に挙兵した。十月十二日、生野代官所を占拠し、義兵を募った。

これに、河上弥市ら奇兵隊の有志十名も、筑前・薩摩の藩士有志も参加した。付近豪農の農兵二千余が集まったが、近隣諸藩の出兵により、参加者の分裂、農兵の離反で、三日で鎮圧された。河上も、下関の回船問屋白石正一郎の弟、廉作も、奇兵隊員は全員自決。

河上弥市は、高杉晋作と親しかった。晋作のあとの奇兵隊総管を滝弥太郎とともにつとめたが、この挙に関しては、晋作の制止をついに聴かなかった。享年二十一。

晋作の機嫌は悪い。連絡に三田尻へ来ても、慎太郎に声をかけない。

沢宣嘉は行方不明。錦小路頼徳は翌年四月病死。七卿は以後五卿と呼ばれる。

2

文久四年（一八六四）の年が明けた。この年、二月に改元して元治元年となる。

正月、慎太郎は京に上り、長州藩邸に身を潜めた。

長州藩は勅勘をこうむっているが、藩邸にはなお諸国の志士たちが頻繁に出入りしている。頭脳の中枢は久坂玄瑞だが、この眉目秀麗な若者の眉根から憂色は晴れない。
　このところ、新撰組の活動が目立って、長州系の武士は、おちおち歩けない。いきおい、諸国の同志との交流も、むずかしい。いつも密偵の目が光っている。

　玄瑞は、《全国志士の横断的結合》路線である。それが彼の《草莽》観だ。
　彼は、東北諸藩をふくめて全国に、尊攘派志士の連絡網を張っている。
〈どこに、有力な同志がいるか。どの藩に、期待できるか〉
　藩邸で額を集めて情報を整理・検討するなかに、いまは慎太郎も加わっている。
　因州・備州・津和野などに、見込みがある、という観測が強い。
「しかし、事態は急を要する」
　と、いつも冷静な玄瑞が、焦る色を見せている。
〈忠義というもの、鬼の留守の間に茶にして飲むようなものでない〉
　という師松陰の言葉が、耳について離れない。
　小さなうねりが、やがて大波と成長するのを、待っている余裕がない。
「つまり、日本六十余州に、人はいないのか」
　冬の京は寒い。慎太郎も寒かった。南国育ちの彼には、こたえる。
　その言葉は、ほとんど、ふいに彼の口をついて出た。
「薩摩」
　座に沈黙が訪れた。
　当然でもある。長州を京から追った勢力は、会津と、そして薩摩である。

現在、検証の対象にならないことは、いうまでもない。

「いや、わしは」

と、慎太郎が口ごもりながら、言う。

「そこが、もしや、盲点ではないかと」

頷いたのは、久坂玄瑞である。

「薩摩の前藩主島津斉彬公は、英明であられた。その懐刀といわれた人物が居る。人望があって、懐が深い」

「ふむ、名は？」

「西郷吉之助」

むろん、名は聞いたことがある。「よし、西郷に会いましょう」

玄瑞は首を振った。「京にはおらん」

「では、どこに。江戸ですか、それとも薩摩の」

「沖永良部島」

これは、遠すぎる。九州の南端から飛び石のように沖縄につながる奄美諸島だ。

薩摩藩の実質的藩主である島津久光が西郷を好まず、すでに二度、島流しの刑にあわせている。

そのとき、控えめに同席していた柔和な町人ふうの、というより、生れつきの商人としか見えない男が、口を挟んだ。

「あの、西郷はん、戻って来るいう噂がおまっせ」

女のような顔だちの男は、四条小橋脇で武具骨董を商う枡屋喜右衛門、と名乗った。

「大島はん、いうのんは西郷はんの以前の隠れ名どすねんけどな、大島三右衛門。……あのお人がいてなんだら、薩摩の誠忠組たらいうて、なんぼ雁首並べたっても、にっちもさっちもいかへんさかいに、いま、京へ呼び戻す工夫算段を、と……」

　実名は、近江出身の古高《こだか》俊太郎。大島三右衛門と名乗っていた西郷と面識があり、彼の家は志士たちの秘密の連絡所ともなっていた。


　烏丸下ルに儒者中沼了三の塾があって、十津川郷士や薩摩藩士が多いと聞くと、慎太郎は入門を申し入れた。

「阿波の者、西山頼作」と名乗った。土佐脱藩と名乗るわけにはいかない。京にも、土佐藩の下横目たちが横行している。

「あんた、土佐者だろう」と見抜かれたものの、慎太郎が学問を学びたいのは、嘘ではない。入門は許された。

　すると、ある日、河原に呼び出された。

「おはん、われら薩摩の者に近づこうとしちょるな……どこの間者か」

　枯葦の間から、三人、姿を見せた。

「間者ではない」

「嘘をぬかせ」

　しかし、男たちの顔は、悪相ではない。慎太郎は、率直に語ることにした。

「大島三右衛門どのに会いたい……いや、西郷どのと言うたほうがええのか」

「なに?」

　薩摩の若者たちが、顔を見合わせる。

それまで奥にいた精悍な男が、ずいと前へ出た。首が太く、胸板も厚い。

「話は、おいどんが聞く。次第によっては、斬る」

名を、中村半次郎と名乗った。

のちの桐野利秋。このころ、人斬り半次郎の名が高くなろうとしていた。

枯葦を、冬の風がわたって行く。

〈かないそうにないな、こいつには〉

慎太郎にも、半次郎の纏っている修羅場を重ねて来たものの匂いは、感じとれる。

〈斬られるのか、俺は〉

どうにも逃れようがない技倆の差というものもある、という気がする。そんなことを冷静に感じ取っている自分が、すこし不思議だ。

〈話を聞く、と言ったのだから、話し終えるまでは斬られまい。……たぶん〉

慎太郎は、自分も名を明かして、話しはじめた。どうして大島、あるいは西郷という人に会いたいかを。それはすなわち、彼の理解している今の状況を語ることでもある。

「ほじゃき、西郷ちゅうお人のことだけじゃない、わしゃ、薩摩の人と近づきになりたいと、思うちょるキニ」

やがて、話し終えた。

寒風が顔を吹き晒すのを感じたから、まだ斬られていないな、とわかった。

半次郎が、不意に、おかしなことをいう。

「おはん、算盤《そろばん》は、立つか」

慎太郎は、村役人だったから、算盤は得意ではないが出来る。反問した。

「なし、そがなことを」

半次郎は、分厚い手で、顔をごしごしとこすった。

「いや……算盤が合わんじゃろう、ち思《おも》てな」

「なにが、ですかえ」

半次郎は、得意ではないらしい説明をした。命は一つしかない、それをおはん、捨ててもええ、思うとる。そうだろう。しかし、なんのために？——我等と知り合いたいために、というのは、何ちゅうか、引き合わん。やはり、算盤が合わんのじゃないか。

慎太郎は答えた。

「いや、ほかに、いま、わしの出来ることがないキニ」

「だから、打ち斬られてんよかとか、おいに」

「べつに……嬉しゅうはないが」

半次郎は笑いだして、また別のことを言った。

「何年生れじゃ、おはん」

「天保九年」

この時代、実際には〈戊戌《ぼじゅつ》〉と言ったかもしれない。

「ほう、同い年じゃ、おいどんも九年」

それから、呆然と見ている仲間たちにもかけて、

「飲みに行こう」

と言った。

中村半次郎は、慎太郎が気に入ったようだった。

彼は西郷吉之助（のち隆盛）を慕い、信じている。その愛情は盲目的といってもいい。その、彼にとって命よりも大切な人に、この土佐者も憧れ、期待しているという。これは彼にとって、とりあえず嬉しい。

半次郎は、同行の者の心配も意に介さず、率直に、薩摩の「誠忠組」系有志のなかで、西郷を呼び戻す相談が進んでいると打ち明けた。

しかし、ここに難関がある。島津久光だ。

「久光公が首を縦に振られぬかぎり、むずかしか……」

慎太郎が、

「では、久光公が、おられざったら、ええわけじゃのう」

薩摩の武士たちが顔色を変えた。半次郎も、

「おい、おい」

「いや、話、話だけじゃキニ」

半次郎は、機嫌のいい顔のまま、目だけをすこし光らせた。

「大殿は、西郷《せご》どんな嫌うちょんなはるけ、おいも大殿を大嫌いじゃ。……じゃっどん、もし、おはんが大殿を斬ろうち思て狙うなら、そん時はおいどん、おはんを斬らにゃならん……そげん事、おいにさするな」

そして、盃をあけて、慎太郎にさした。

慎太郎と半次郎は、その夜、ずいぶん飲んだ。

3

京へ、高杉晋作が来た。

「よう、中岡」

気楽に声をかけてくるが、機嫌がよくないらしいのは、わかる。

考えて見れば、まだそれほど深いつきあいではないのに、なんだか晋作という人間がわかるような気がするのは、この男がつまり、あけっぴろげなのだ。

「お供はどがいした、政務役どの」と、からかい半分に聞くと、

「俺ゃ、ひとりで突っ走って来たんだ、三田尻から、藩に無断で」

「え、そがなこと、出来るのか、長州藩は」

むろん、できるわけがない。この時代、藩は国である。許可なく国を出るのは脱藩である。

「まこと、困った奴じゃ」

と、久坂玄瑞が、年下なのに弟を見るように言う。

「玄瑞よ、わしゃ、おぬしの意見を聞きとうて来たんじゃ」と、晋作。「ま、聞かいでもわかっちょるがな、おぬしの肚は」

「どうわかっちょると言うんじゃ、わしの心が、晋」

「わしと同腹じゃ」

玄瑞は、苦笑している。

この少年時代からの親友同志の会話は、慎太郎にはわからない。

「済まんが、訳を聞かしてくれんかのう、わしにも」

「なに、こやつ、来島又兵衛どのと」と玄瑞。「ほれ、話したでしょう、鬼の又兵衛」

慎太郎は忘れていない。

「ああ、品川の土蔵相模の女子に惚れて、その、艶書を」

「しっ」

と、玄瑞は辺りをうかがう振りだけして、

「その来島どのと、大喧嘩をして来たのであります、高杉は」

「ほう、それはまた、なぜ」

「来島どのは、どうでも兵を率いて京へ攻め上る、と」

「えっ」絶句するほかはない。

「それは……いま、すぐに、と?」

「時期が悪い。君もそねぇ思うでしょう。……あとは、本人から。……晋、中岡と話して、正気を戻しちょけ」

玄瑞は、湯飲みと一升徳利を渡して、立って行く。この青年は、長州藩が日陰の身になってから、ますます忙しい。

晋作は慎太郎の湯飲みにも、どくどく注ぐ。

「中岡は、どねエしちょった、この京で」

「いや、わしのことは、あとで」

「いや、おぬしが先じゃ、わしゃ、いまおぬしの話を聞きたい。わしの阿呆な国の、阿呆どもの阿呆な話なんぞ、どうでもええ」

「しかし、高杉」

「ほっときゃええんじゃ、長州なんぞ。さあ」

しかたない。それにこの男には秘密を持ちにくい気がして、中沼塾や中村半次郎のことまで、あらいざらい話した。

「ふうん」

と、晋作は気のないような顔で聞いていたが、ふいに膝を叩いた。

「よし。……それで行こう」

「なんじゃ？」

「俺も仲間にいれろ」

「わからんな」と、慎太郎は、いったん惚《とぼ》けた。「何の？」

「きまっちょろうが」

晋作は、長い顔の不精髭を撫ぜて、にやりと笑う。

「島津久光を打ち斬ろう。……うん、いまの、どんより淀んだ天下の気象を、揺すぶり動かして
波風立てるにゃ、このくらいしか、あるまい」

「ほじゃがのう」慎太郎は、すぐには乗らない。「易うはないぜよ」

「当り前じゃ、かりにも薩摩七十七万石の」

「出来るかのう」

「出来んでもええ」言下に、叩きつけるように言う。

ああ、これが高杉という男なんだ、と慎太郎は感じている。

晋作は呟く。

「松陰先生は言われた。天朝も、幕府・わが藩も要らぬ……」

慎太郎が、諳《そら》んじている語句のその先を続けた。

「ただ、六尺の我が身が入用……」

そして、自分も呟いた。

「狂挙、か」

狂、とは吉田松陰の好きな言葉だった、と慎太郎もいまは知っている。

晋作は、じろりと慎太郎を見た。目に気合が入っている。

「一緒にやろう、中岡」

慎太郎は、頷いてしまった。


京の街を、晋作と慎太郎が歩く。

薩摩藩邸は錦小路だが、いまは二箇所増えている。その一つ、吉田の屋敷に、島津久光はいるはずだ、と調べをつけた。

久光は去年の夏に孝明帝に呼ばれたが、着京は十月になった。以来、御所にもしげく出入りしている。その行き帰りの道を、とにかく精査したい。

二月、いまの三月だから、冷え込む京の都でも、ようやく木々が芽吹き、蕾もふくらみはじめている。

晋作は、こんど国を飛び出して来た経緯を話した。

長州藩は昨秋、八・一八政変で京を追われ、すごすごと引き上げてのち、一時、俗論党と呼ばれる保守派の手に握られた。が、やがて正義派と自称する上士・重役たちが政権を回復すると、

〈このままでは済まされん〉

と、いう声が高くなった。

無残な結果に終わった天誅組の残党も、ちりぢりに長州へ流れ着いて、他藩の浪士とともに一隊を作った。「遊撃隊」である。この総督についたのが来島又兵衛。

来島又兵衛は頑固一徹、誠忠無二。

〈君辱《はずか》しめらるれば臣死す〉

武士はこの一本で行け、という精神。藩公と世子公が冤罪で勅勘を受けた。この恥辱、雪《そそ》がいでは、臣道に悖《もと》る。

遊撃隊員の浮田八郎（京都）・高橋熊太郎（水戸）の両名が、決死の覚悟で京へ上り関白らに陳情する、と言いだした。新参のわれらでさえ一命をなげうつを見れば、毛利譜代の長門武士たるもの、かならずや決起して都へ向かって〈進発〉せずにはおかないだろう。諸君、もって如何となす。

鬼と謳われる豪勇の士だが、根は純情な又兵衛は、これにしびれた。

〈おぬしらだけを死なせるわけに行くか〉

藩政府が反対でも、遊撃隊だけで進発する、と言う。

晋作は、道端の石を蹴る。

「あのおやじ、言いだしたらきかん。……ええ男なんじゃ」

慎太郎は訊《き》く。

「で、おンしは反対ちゅうわけだな、高杉。なぜ？」

「なぜちゅうて、わしゃ真の進発が得意じゃ、ウワの進発は御免じゃ、ちゅうた」

「ウワの進発」

「おお、今のわれらに幕府を相手にして大博奕《ばくち》を打つ力なんぞ、ありゃせん。肚もない。口先だけよ。勢を揃えて押し出したところが、異国の大筒撃ちかけられてわれ先に逃げ散ったへろへろ武士どもに、何が」

「しかし、奇兵隊は？」と、慎太郎は訊いた。

晋作は、苦い顔になった。

慎太郎は食い下がるように訊く。

「なればこそ、おンし、奇兵隊を作ったんじゃないのか。武士たちから見りゃ、人の数にも入らんような、軽輩、百姓、山の猟師、海の漁師……つまりは、《草莽》の部隊を」

晋作は、顎を僅かに縦に動かす。

慎太郎はなお追求する。

「前は、そんな部隊がなかった、どんな《草莽》の隊も。——いまは、もしあるなら」

ふん、と晋作が鼻を鳴らす。

「あるとするなら、じゃ」と、慎太郎は続ける。「そこに、違いがありはせんのか？……俺は、それを、知りたい」

「いま、言うな」

と、晋作は愛想もなく、言う。

「ことはまだ緒についたばかりだ。……いまは、時じゃない」

慎太郎は、めげない。

「おンしが、総督を首になったちゅうは、なぜじゃ?」

「いろいろなこと、一度に訊くな」

しかし、慎太郎にとっては、いろいろな事ではない、ひとつ事だ。

いま、晋作が国を飛び出して来て、京で、いわば無謀な〈狂挙〉に身を投げ入れようとしているのも、奇兵隊の、彼にとっての挫折と、つながりがあるにちがいない、と感じている。

「……で、それから」と、とりあえず先を促した。

「なにが、どっちが、聞きたい」と晋作。

「おンしのええほうで、ええ。……来島どのとの喧嘩の続きは」


晋作の進発反対論に、松門系の兄貴分という格の桂小五郎と、松陰を庇護していた正義派重役の周布政之助が、賛成した。桂は京へ向かい、晋作は来島説得に三田尻へ行って、宮市の遊撃隊屯所で会った。

ところが、話にならない。

晋作が懇々と、いま兵を率いて進発するのは害あって利の少ない所以《ゆえん》を説くと、

「ぬしら、全体、書物を読むからいかん」

などと、又兵衛は言う。また、

「高杉、おぬし、殿から新知百六十石、頂戴したそうじゃな」

「はあ、いかにも」

「おぬし、それが奥歯に挟まっちょる」

「なんですと」

カッと来たが、ここは堪えよう、と努めた。

が、又兵衛はさらに言う。

「おぬしの話はのう、論にも何にもなっちょらん」

「ほう、じゃ、なんです？」

「ただの、臆病風じゃ」

もういけない。

晋作は三田尻から山口へ帰らず、そのまま富海から舟に乗って、京へ突っ走った。


「久坂に会おうと思うた」

と、晋作は言う。

「玄瑞なら、来島どのを担いどる浪士どもを、抑えることが出来るろう。……いま軍勢をもって若殿を押し立てて京の都に押しかけたら、元も子も、失うてしもうかもしれん……」

そこで晋作は、不思議なことを言った。

「負けりゃ、ええ。が、勝っても」

「なに、勝っても？」

晋作は、かすかに芽を付けはじめている道端の柳が、落ちかかる夕日に染まるのを見ている。

彼のこけた頬も、紅く見える。

〈勝った場合のほうが、ひどいだろう〉

慎太郎には、その顔がそう言っているような気がした。

「どねぇ思う、中岡」ふいに振ってくる。

慎太郎には、わからない。

この男はいま、薩摩七十七万石の大殿を暗殺の企てに熱中しているかと思えば、長州三十六万石の暴走を、なんとか食い止めようとしている。

自分はといえば、土佐の村役人見習いだ。数にも入らない。

敏感な晋作は、言う。

「わしゃ、でたらめで、いい加減で……行うところは、きちがい沙汰じゃ」

慎太郎は、素直に頷く。

「そがぁ、見ゆる」

「そうじゃろう。事実、その通りじゃ。じゃがのう、中岡」

と、晋作は、夕日をまっすぐ見据えようとするかのように、顔を顰めて、言う。

「わしゃ、賢うないけぇ」

「なんじゃ?……おンし、妙なことばぁ、今日は」

晋作は首を振った。

「わしゃ、愚かじゃ……じゃけぇ、笑うちょくれ、中岡」

そして、柳に身をもたせて、黙り込んだ。

慎太郎は、黙って待つ。

「中岡……京で、女は」と、ふいに例の調子だ。

慎太郎は首を振る。

「なぜ」と、晋作。

「なぜちゅうて、そがいな気になれん」

実のところ、ときに切実な欲求が、ある。が、金はない。基本的に彼は、強情我慢の子である。名誉だとは思っていない。が、それ以上、追及されたくない。

晋作が、妙にぼそりと言う。

「下関に、惚れた女が出来た。遊女屋に」

――ふん、この男ならそのくらい、と思いながら、平凡な合いの手を入れた。

「奥方がおるろう、萩に」

「親元にな。美人でのう、こっちゃのほうは。城下一と評判じゃ」と、相好をくずす。

慎太郎は、つい、つりこまれて相手になる。

「ちゅうと、下関は」

晋作は首を振った。「お多福ちゅうか」

「ほう」

「それに、浮気者でのう。すぐ男から男へ……名は、おうの」

――そんな女を、なぜ。

「色っぽいんじゃ」

こんどは、厳しい表情になっている。

鐘の音が響く。京のことで、時分には遠近の鐘が鳴り響く。

「中岡。……わしゃ、女《おなご》が好きで好きで……ほいじゃけ、つい、人も同じじゃと思う、思うてしまう」

「人、ちゅうは、他人のことか」

「女、男、友達、知り人、誰でもええ、わしゃ、人間が、生き物が好きじゃ」

「それで」と、慎重に促す。

「わしゃ、世の中を抱きしめたい、て思うて、夜の夜更けに飛び起きて、滅法界走って回る、そねぇこともあった」

——なんだ、それじゃ、同じだ、俺と。

「のう、慎太。……わしゃ松陰先生が好きじゃ。あのお人は生涯、女子《おなご》に手も触れなんだろうが、わしがおなごに狂うがごと、人を愛し、国のことを……そして遠くを、もっと遠くを見ようて……ぷふっ」

と、この男は、突然笑いだした。自分で自分が可笑しくなったもののようだ。

「ははっ……性、疎にして狂、しこうして国のため謀るところは、深謀遠慮……あはは、この馬鹿が……馬鹿の考え、休むに似たりじゃ、のう、あっはっは」

と、最後は自分で笑い飛ばした。


日が落ちようとしている。

慎太郎は、目がいいつもりだ。が、気配に気づいたのは、晋作も同時だったようだ。

「浅葱色の……袖口を白く山型に染め抜いた羽織が、ちらちらしよるのう」

「新撰組ぜよ」

と、慎太郎が、京は久しぶりの晋作に教える。背に「誠」と染め抜いた揃いの羽織も、最近のことだ。通りの角かどに、ちらほらとその姿が見える。

慎太郎と晋作は、吉田の薩摩屋敷にほど近い道筋を、ぶらぶらしていた。

「あれが、噂の新撰組か」と、晋作。「えろう派手な」

緊張の気配も見えないので、慎太郎は心配になった。

「おンし、もしや、新陰流の腕で……ひと暴れしとうなったのかよ」

争いは避けたい。新撰組は市中見回りの任務よろしく、悠々と近づいてくる。二人連れの若いほうに、見覚えがある気がする。晋作に囁いた。

「あの若いの、めっぽう出来るぜよ、きっと」

晋作が囁き返す。「こねぇなとき、新陰流の秘訣は、のう」

「おお」と、慎太郎は自分も悠揚迫らざる体を装いながら、歩を進める。

「逃げるんじゃ」

二人は気を揃えてさっと横道に折れて、走る。

慎太郎は、足には自信がある。晋作も速い。が、その呼吸にやや乱れがあるのに、慎太郎は気づいた。

このまま走って長州屋敷まで逃げきるのは無理だ、と判断した。小道をすぐに折れ、また折れる。恰好な物陰に身を潜めているうちには、宵闇が落ちるだろう。

何度かいい加減に小道を曲がって、長く土塀の続く道に突き当たった。

小路から顔をのぞかせると、道に人影はない。と見て、二人が息を整えてから道に出ると、違った。

浅葱の羽織たちが、待っていた。左手から二人。右手に二人。

やや年かさと見えるのが、

「いずれの藩のお方か」

長州とは名乗れない。土佐藩の名も慎太郎が脱藩の身である以上、出せない。

新撰組は、京都守護職の会津松平容保の支配下である。いま会津と薩摩は仲がいい。

「薩摩」

と、慎太郎は名乗った。

新撰組たちは顔を見合わせた。彼らは隊の提灯に灯を入れている。それだけ夕闇が濃くなった。

「ともかく、屯所へ来てもらおう」

「何故」と、言葉少なに慎太郎が突っ張る。薩摩訛りは独特だから、長く話すと危ない。

するると、年かさの男が、うすく笑う。

「では、薩摩のかたが、これから何処へ」

「藩邸に戻り申す」

と、堂々と答えたつもりである。相手は笑いだした。

「では、どうぞ」

と、前の土塀を指す。

迂闊にも、吉田の薩摩屋敷の裏道へ出ていたのである。久光の通るだろう道を調べていたので、まだ手入れも十分でない裏側は、視野の外にあった。

「そこに、通用門がござる。いや、藩士の方なれば先刻ご承知の筈、ははは」

笑いながら、新撰組は、進退窮まった相手の逆襲に備えて、油断をしていない。

——しまったな。

晋作を見やると、この男は、表情も動かさずに不精髭を撫でている。

その時、土塀の潜り戸が開いた。

丸に十字の薩摩藩紋所をつけた提灯が出て来る。

提灯を手にした男は、首が太く、胸板も厚い。その顔が提灯の灯に浮かぶと、新撰組は身を後ろに引いたようだ。

男は、提灯を無遠慮に、慎太郎に突きつける。

「おう、やっぱ、おはんか……どうも、そげん声じゃち思《おも》た」

と、笑った。晋作のほうをじろりと見たが気にせず、新撰組に向かって、

「こりゃ、おいどんの朋友ごわす」

中村半次郎である。

すると、新撰組たちの後ろにひっそりといた、慎太郎が見覚えのある若者が、殺気を漲らせて鯉口を切った。

「中村か!」

慌てて他の隊士たちが、抱きつくようにして留める。

「沖田……あいつにだけは手を出すなと、副長が、かたく」

「それが、気にいらん」と、沖田と呼ばれた男。「なぜ、中村半次郎を斬っちゃいけねえ、この〈人斬り〉野郎を」

「人斬り、ちゅったか?」と、半次郎。

が、こちらの険しさは、すぐに消えた。

「沖田総司どんか。一度、お手合わせ願いたかち思ちょった。……じゃっどん、おはんとはまた、いつでん会えもそ。急《せ》く事ぁごわんど」

と、半次郎は笑った。

やがて、新撰組は去り、半次郎も、そっぽを向いて宵空を仰いでいる晋作をちらと見やったが、

何も言わず、慎太郎に笑顔を送ると、そのまま潜り戸の奥へ去った。

——やれやれ。

「高杉……おンし、まっこと、肚が出来ちょるのう」

慎太郎が感嘆すると、

「なに……いつ死んでも、死ぬのは一緒じゃ」

「そら、そうじゃが」

「いま死ねば、二度とは死なんじゃろう。……しかし」

「しかし、何じゃ?」

「怖かったのう」

土塀の瓦の上を、風がわたって行くような気配がした。音を立てない獣のような。

その風の気配は、慎太郎たちが辿る河原町の長州屋敷への道筋の屋根瓦を、ときおり、かすかに鳴らした。

4

晋作に、帰れ、と皆が言う。

国の暴発を抑えるために、久坂玄瑞が長州へ戻る。対朝廷と在京の諸藩脱藩の浪士たちに対する策は、桂小五郎が担うこととなった。

久坂が、言う。

「晋作、わしと一緒に、帰ろう」

慎太郎も、それに同意した。

「おンしは、帰れ。……人それぞれ、力を尽し得るところで、尽すしかなかろう」

そして、前に晋作に言われた言葉を、まるで返すように、付け加えた。

「おンしの働く場所は、京じゃなかろう。……国じゃろう。防長二国じゃろう」

慎太郎は、以前、初めて来た京で、晋作に言われた。

〈中岡、国へ帰れ、藩じゃないぞ、国ぞ〉

しかし、いまの自分は、国に帰ることもできない。

桂小五郎が、大事な情報をもたらした。

「西郷吉之助を呼び戻すことに、久光が同意したらしい。……吉井幸輔どのが使者になって、沖永良部島に向かったようじゃ」

それを聞いて慎太郎には、まず、中村半次郎の狂喜しているだろう様子が、ありありと想像できた。

〈人を信じるちゅうは、とりあえず、とにかく〉

と、半次郎の分厚い掌がごしごしと顔を擦るありさまを思いうかべながら、慎太郎は思う。

〈それは、理ではなく、いや、理も含んで、だ。……それなしでは人の心を揺り動かすことがないような、なにか……が、なければ。……どうも、そうらしい〉

不機嫌に黙りこくっていた晋作が言った。

「よし……帰ろう」

皆、ほっとしたように頷く。それをじろりと見て、

「女に、会いとうなったけ」

この年、二月に改元して、元治元年（一八六四）。

長州に帰った高杉晋作は、萩の野山獄に投獄された。

当然、下関のおうのには会えない。妻の雅《まさ》とも会えない。

五月五日の夜、重臣周布政之助が、酔って騎馬で野山獄に乗り付け、刀を抜いて門を開けさせ、

「晋作、どこじゃっ、聞こゆるかっ？……馬鹿が、大馬鹿者が……こねぇな時役に立たんで、いつ役に立つちゅうんじゃ……愚か者がっ」

わめき散らして去った。周布はこのかどによってお役御免となる。

陰謀画策が行われるのは、むろん保守派にかぎったことではない。正義派と自称する上士や重役たちのなかに、周布を敬遠する向きが、ないはずはなかった。周布の酒癖はいまに始まったことではない。ここで処断されたのは、やはり邪魔だったのだ、周布が。

ともあれ、周布政之助も高杉晋作も罪を得て退いた。〈正義派〉政権担当者は、やり易くなった。なにはさておき〈藩論一致〉だ。

それにしても、だから大兵を率いて〈進発〉しよう、と踏み切れるものではない。


この年の春にかけて、注目の的となったのは、薩摩の島津久光の〈豪腕〉だった。

久光は、前年十月に、一万余（一説に一万五千）の大兵を率いて入京した。空前のことである。

彼には朝廷に対して孝明帝の宸翰《しんかん》によって召されたという「召勅上京」の強みがある。

久光の命を受けて小松帯刀が活躍した。西郷は三月中旬まで京に姿を見せない。

久光は各種の改革を提議したが、もっとも重要なのは〈参与会議案〉で、

〈賢い大名何名かを《参与》とし、朝廷の会議に参加、幕府の決定にもあずからしめる〉というもの。

この参与制度を久光はたちまち実行の運びに至らしめた。辛抱づよく諸侯の間を往来して話を纏めた小松帯刀の〈周旋〉力を、認めないわけには行くまい。

参与は、一橋慶喜（水戸、将軍後見職）、松平容保（会津）、松平春嶽（越前）、山内豊信（容堂、土佐）、伊達宗城《むねなり》（宇和島）が、前年暮に任命。周旋にあたった久光は無位無官だったので、正月になって権少将に叙任されて参加した。この正月、将軍家茂も再度上京。

久光の策は、幕府の権力を制限する効果がある。だから、倒幕派も、頭から否定はできない。幕府の力を弱める結果になるなら、利用しない手はない、と、急進的な部分のなかでも、思慮が働く。

そしてむろん、この〈改革〉に、幕府の官僚たちは猛烈に反発した。

実務をとりしきる役人官僚たちは、自分たちがいなければ天下の事はなにひとつ動かない、と信じている。田舎大名たちが雁首揃えて自分たちを指図するなど、想像を絶する。餅は餅屋に任せておくがいい。と、これが本音である。

官僚たちの頑強な抵抗に、賢侯たちは、やがて嫌気がさした。

まず投げ出したのは、土佐の容堂。朝議・幕政の参与に任じられ上京して二ヵ月、二月末には辞して、国へ帰った。国元の下級藩士どもの動きが不穏だから、と称する。

三月になると、残った春嶽、宗城、久光も、幕府後見職の慶喜とうまくいかない。慶喜や容保の言うように、政治は従前通り幕府に御一任、という結果になったのでは、自分たち参与の存在理由がない。

春嶽と宗城は十三日に、翌十四日に、久光も辞した。参与会議は崩壊した。

とりあえず、幕府老中はじめ官僚たちの圧勝である。

孝明帝には、倒幕の意図がない。信頼して呼び寄せた久光の〈豪腕〉に裏切られた感を抱かれて、会津の松平容保を頼るほかはなく、その容保の建言は、

〈従来通り天下の政務は幕府に御委任、堂上（公卿）がたは禁中の式事を専門にして国事には関わりなきよう〉

これが、当面の結論となった。

大山鳴動して、鼠一匹も出ない。元の木阿弥ではないか、と、保守的な公卿たちさえ、天を仰いで嘆息した、といわれた。

――二年前のまんまやないか、いや、後退したかもしれん。

そのぶん、幕府は久しぶりに自信を回復した。


この状況が、尊攘・倒幕派の人びとにも衝撃的だったのはいうまでもない。

西郷吉之助が京に入ったのは、すでにして参与会議が崩壊、久光も参与を辞した三月十四日である。

久光に「軍賦役」を申しつけられた。

しかし、西郷を慕う〈誠忠組〉系の人びとの期待に応えるような動きは、いっさい示さない。

「西郷《せご》どんな、どげんお考えでおんなはっとじゃろ」

と、焦りがちな若者たちに、中村半次郎は言う。

「おいどんな、西郷どんを信じちょりもす」

彼が動かなければ、自分も動かなければいい。動け、といわれたら、そのとき命を懸けて行動する。それでいい。

山のごとく動かない、と、いまの西郷は、半次郎には見える。

〈これも、あンお人には、似合うてござす〉

そして、尊王攘夷〈義挙〉の火の手が、東の水戸で上がった。

この月、二十七日、水戸の尊攘派藤田小四郎らが、筑波山に挙兵。天狗党と称した。これはもっとも悲惨な水戸藩の〈内戦〉の始まりだった。

しかし、全国の尊攘派志士たちにとって、この時点で、力強い朗報だったことは間違いない。

慎太郎は、焦っている。

京の春も、もう過ぎようとしている。四月はいまの五月だから、初夏の樹木や草が、むせかえるような匂いとともに、陽光をまぶしい緑に染め上げている、その中を足早に行く慎太郎の顔も目玉も、吹き出す汗の粒も。

久しぶりに、玄瑞の隠れ家を訪ねた。

「象山先生が、京へ出てござるようですぃの」

玄瑞が、微かに笑いを含んだ顔で、言う。

「ほう、やはり、幕府が」

「海陸御備向、御雇として、京へお召しとか」

二人は、二年前の暮、冬の信濃路を思い出している。

松代で、佐久間象山の怪気炎に圧倒された後、同行の山県半蔵が、象山の胸を推理した。彼が待っているのは幕府の招きだろう、と。

――その通りになったわけだ。

しかし、いまの玄瑞に、佐久間象山の動向は、さして興味の持てる話題でないらしい。それは、慎太郎もおなじだ。

ひろ、と聞いた玄瑞の女が、寂しい顔だちはそのままに、やはりすこし肉付きが増したようだ。慎太郎には、それも眩《まぶ》しい。

すぐに、現在の話題にした。

水戸天狗党は、これまでの大和五条の変（天誅組）や生野の挙兵のように、短時日に鎮圧され切ってはいない。粘り強い抵抗を続けている、と見える。これを見捨てていいのか。孤立させてしまったままでいいのか。

「むろん、よかろうはずが、ありますまい」

と、玄瑞は盃を口にはこびながら、池の水面に木の葉がふいと浮いたほどの静かさで、言う。

「久坂君は」

と慎太郎は、どうも玄瑞を呼び捨てにできない。年下だが、玄瑞は頼り甲斐のある兄のようだ。

「全国の草莽の士を結んで、大きな力にしよう、という論ですろう」

玄瑞が、かすかに頷く。

慎太郎は続ける。

「志さえあれば……そがい言われたですのう」

玄瑞は、またかすかに頷く。微笑は消えている。

彼の主張に応じて諸国から集まった尊攘派志士たちは、多く七卿に従って長州へ下り、いま遊撃隊として京へ攻め上る機会を待っている。いや、その一部はすでに、因州（鳥取）藩や対州（対馬《つしま》）藩などの屋敷にも分かれ潜んでいる。

それはまさしく、玄瑞の《草莽》路線の実現にちがいない。ただし、あくまで一部の、ごく部分的な。

玄瑞は、慎太郎が多く語らなくても、理解している。

ゆっくり盃を口に運ぶ、その静かな雰囲気を見ていると、慎太郎のほうも、なんだかもう、わかってもらえたような気がする――なにが？　そう、自分の焦燥が、この男の冷静さの中に、どれほどか吸い取られて行くような。

玄瑞が、逆に訊いてくる。

「中岡君の話を聞かせてつかさい。……土佐の同志の情勢は」

むろん、それを言いたくて来たところもある。

「土佐の、わしの生れ育った安芸郡に、独眼竜組ちゅうがありましての」

「ほう、独眼竜」

「清岡道之助いうて、わしより五歳上の先輩じゃが、片目が瞑《つむ》りゆうがごとく見ゆるキニ、独眼竜と」

「なるほど」

「学も志も十分な、わしには大事な同志じゃけんど、土佐勤王党結成のとき、趣旨は賛成じゃがちゅうて、加わろうとせんかったのです」

「ふむ、それはなぜ」

「人の下につくことが嫌いじゃち、まっこと、いごっそうな」

玄瑞は頷く。「そのお人が、加《かた》ったのですな、このたび」

慎太郎は、玄瑞の聡《さと》いことには驚かない。

安芸郡のお山の大将ともいうべき独眼竜清岡道之助とその一党は、武市半平太らの投獄によって、目が覚めたように活動をはじめた。

藩政府に建白し、勤王党同志の赦免を願うが、最高権力者山内容堂に妥協の意思はない。参政吉田東洋を暗殺した一派を洗い出し、黒幕が武市である証拠を摑むまで退かない構えだ。

容堂は、東洋を愛してもいたろう。しかし、許せないのは、下の者が上士を討ったことである。下剋上である。

土佐には藩祖以来、上士に、郷士や軽輩を無礼討ちにする権限がある。何度もいうが、この時代、藩は独立国である。それぞれの法があり、掟がある。なればこそ、土佐は土佐であった。

容堂にとって、東洋暗殺を看過することは、土佐が土佐でなくなることだった。

清岡道之助はほんらい過激な気質だ。牢を襲撃して破り、武市たちを救い出そう、とまで言い募ったが、これは皆が諫めた。

〈牢を破っても、武市さんは出るまい〉

ありそうなことだ、と独眼竜も理解した。武市なら、そうかもしれない。

土佐七郡の同志によびかけて、連絡網を作ろう、と方針を変えた。

慎太郎の話を聞いていた玄瑞が、口をはさむ。

「それは、いや、違うたら堪忍じゃが……もしや、中岡君の案」

「いや、わしゃ、遠い京から、手紙のやりとりばぁですキニ」

玄瑞は微笑んで、この無骨な友人の顔を、見つめながら、

「連絡《つなぎ》の網が、張れそうですかいの、土佐に」

「やろうとしちょる、いうところですろう。まだ、なかなか……」

玄瑞は、何度も頷いている。慎太郎は続ける。

「役所に、一度に大勢で押しかけちゃいかん、と手紙に書いてやりました。容堂侯は、それを一番嫌われるキニ……いまは、陳情嘆願によってでも、まず同志たちを救い出さねば」

「ああ、それは、志を遂ぐるには」

と、玄瑞は、ほとんど明るいと感じられるような声音で、言う。

「それぞれの場合に、それぞれの、いろいろの道がある……ちゅうことでしょうのう」

慎太郎は、額に滲んだ汗をぬぐう。

「久坂君。わしにゃ土佐は生れ故郷じゃ。すぐにも飛んで帰りたい。しかしそれが」

「土佐は、脱藩者に、もっとも厳しいと聞いちょります……」

玄瑞は、徳利を向けている。

慎太郎は、吸い物碗の蓋に受けて、干す。

行灯に灯が入って、ひろと呼ばれた女が、三味線を弾く。
玄瑞は、世に聞こえた喉で、戯れ歌を歌う。
　龍田川　無理に渡れば　紅葉が散るし
渡らにゃ　聞こえぬ　鹿の声

小さな老婆が音もなく来て、目としぐさでひろに三味線を続けるように命じ、それからしゃがれた小声で男たちに言う。

「外に、浅葱の羽織」

新撰組の見回りのことだ。

頷いて、玄瑞は音もなく立つ。ひろは心得て、三味線を続ける。

玄瑞が襖を開けると、隠れ梯子で、上がれば屋根の物干し。慎太郎も続く。

――もう、この家は使えんな。

彼女の身が立つようにしてやらなければ、と玄瑞は思いながら、足を忍ばせて屋根瓦を渡る。

三味線の音はまだ聞こえている。

屋根伝いに、隣家から隣家、そして寺の境内をいくつか抜ければ、藩邸は近い。


ここまで来れば、と見極めがついたところで、玄瑞が言う。

「ええお供を、持っちょられますのう」

一瞬、なにかわからなかった。

「え？」

「心利いた……あれは、男でありましょう」

では、いま注進に来た老婆。――慎太郎は、ひろの家の使用人だと思っていた。

玄瑞には、慎太郎の供と見えたらしい。

それにしても、誰。……猫の半兵衛か、それとも、まさか。

とりあえず、答えた。

「さあ……どっちでしょうかのう」

玄瑞は、慎太郎がとぼけたと見て、爽やかに笑った。もう長州屋敷だ。

5

四月の十一日に、賢侯の一人伊達宗城は京を発して帰国の途についた。十八日、島津久光も京を離れて国に向かった。十九日、松平春嶽も、帰国の途につく。五月に入って、将軍家茂が、大坂を経て、十九日に江戸に帰った。

京は手薄になる。

いまこそ機会ではないか、と考えたのは、慎太郎ばかりではない。それは誘いの隙ではないか、と慎重に判断した人びとも、また多い。

慎太郎にとって、問題は、自分が何一つ事をなしていない、と、思えることだった。

彼は働くことに慣れている。当然、荒れている。長州藩邸は、表向き閉じていることになっているから、中間小者の類はいない。それを慎太郎は、せっせと汗して手入れをして、最低の住みやすさを保とうとしている。

長州者は恐縮するし、迷惑げな連中の目も承知だが、なにより、彼はいかに同志の好意であるにせよ、働かないで飯を食うことに馴れていない。だから、せっせと体を動かす。拭き掃除をし、薪を割る。飯炊きの手伝いもする。厠の掃除も。

——わしゃ、武士じゃないキニ。

そんな思いが胸をよぎることがある。むろん、それをとくべつ悪いと思っていない。

藩邸に、入江九一《くいち》や吉田稔麿《としまろ》が顔を見せると、しつこく質問して悩ませる。

入江は高杉が下関で奇兵隊を結成したときその場にいたし、稔麿は被差別部落の人々に呼びかけて屠勇隊を結成した。高杉・久坂にこの二人をあわせて松門の四天王という。

だが、二人とも、

〈いまは、それどころじゃない〉

という状態で、深く話す暇がとれない。

稔麿は、但馬に農民一揆が起きたと聞いて飛んで行ったが、いろいろ食い違いがあり、空しく引き上げて京の藩邸に立ち寄ったところだ。

慎太郎は、いまここに自分がいるのは、大勢の人びとのおかげだと思っている。自分は、自分ひとりの才覚や分別でここにいるのではない。――なのに、なにひとつ、自分は出来ていないではないか。それが恥ずかしい。

慎太郎は、松門の人々と、松陰の言葉たちについて話したかった。

〈時を待つと言うも色々あり。一身の時あり、天下の時あり。きっと見込みさえあれば、待つにしかず。しかし天下の事は待ちがたし〉

〈わが輩みなに先駆けて死んで見せたら、観念して起るものもあらん。それがなき程では、なんぼう時を待ちたりとて、時は来ぬなり〉

六月、と、慎太郎は見込みをつけた。

土佐の同志たちに、立ち上がらせよう。土佐の東部には、清岡道之助ら独眼竜組がいる。城下にも、また西部にも、同志はいる。

藩政府は反対するだろう。脱藩すればいい。そして、防長二国から攻め上ってくるだろう浪人隊をふくむ長州勢と合体する。

むろん皮算用である。しかし、何もしないでいて、いいのか。しないでいることができるか。

自分のようなものでも先駆けて死んだら、せめて何かになるかもしれない。ただ待っていても、時は来ない。


そして、いま五月なかば、慎太郎は、西へ向かって旅をしている。

梅雨の季節だ。湿気を含んだ風に乗って、耳元で、声がする。

「お国へ、帰るつもりね」

――むろん、帰りたい、帰れるものなら。

だが、いまはともかく三田尻へ向かい、七卿と招賢閣の同志たちに京の情勢を報告しなければならない。

足を止めて、見回す。松並木、葦簾張りの茶屋。行き交う人びとも、雨もよいだから多く笠に合羽で、声の主のありかは見当もつかない。

「おふう」

当てずっぽうに呼びかけた。

「姿を見せろ」

すぐには答えがない。やがて、やはり耳元の声が、

「なぜ」

「なぜでも、ええ。話をしたい」

「してるじゃない」

「てんごう、いうな。……顔を見たい」

「見て、どうするの」

「ともかく……会いたいキニ」

ちょっと間があった。

「……ほんと？」

ふいに、耳に生あたたかい息を感じた。

「会ったら……抱いてくれる？」

慎太郎は真っ赤になった。思わず大きな声で、

「ば、ばかなことばぁ、言うな」

叱りつけるように言うと、街道を行く旅人たちが妙な顔をする。彼が独り言を言っているとしか見えないから、しかたがない。

「馬鹿じゃないよ」

首筋に、熱い息を感じる。そして匂い。

「おい、よせっ」

「いやだ。よさない」

立ち止まって、不思議そうに見る人もいる。

「ひ、人が、見ちょる」

「見えないよ、誰にも、あんた一人しか」

一人でタコ踊りの工夫をしているのか、と見えたかもしれない。

「いかん、君子《くんし》、君子は」

「なに、何だっていうの。だれ、クンシって」

「ひ、独《ひと》りを慎む、という」

「ふうん……だから、あんた、いつもひとり」クク、と笑い声。

熱いものを背中におぶっているようで、全身が火だ。

蹲まってしまった慎太郎に、急病かと、おそるおそる近づきかけている旅人もいる。

「おふう……頼む、勘弁じゃ」

するとふっと背の熱さが去った。匂いも。

「いいよ……じゃ、またね」

その声がすうっと遠くなる。

「おい……おふう……」

答えはない。親切な旅人が声をかけてくれる。

「腹痛《はらいた》やったら、ええ薬、おまっせ」

いや、大丈夫、もう何でも、げに、まっこと——と、ぺこぺこ頭を下げながら、慎太郎は、夢のように消え去ってしまった女の温かさと匂いが、ただ惜しい、悔しい。

——あいつ、どんな目眩ましの術を、いったい。

雨がぽつぽつと来た。人々の足が早くなる。おふうの気配は、もうあとかたもない。

ただ、慎太郎の熱くなった身体だけが残って、細かな雨粒に湯気を立てている。

6

六月五日、三条河原町の旅宿池田屋に集まった尊攘派志士たちが、襲撃された。宮部鼎蔵、吉田稔麿、北添佶摩、望月亀弥太らが仆れ、多数の死傷者を出した。これによって、襲撃した新撰組の勇名が、一気に轟いた。

〈池田屋事件〉について『京都守護職始末』（旧会津藩老臣の手記、東洋文庫）の記述は、大意次のよう。

〈この頃、都に流説があって、浮浪の徒があちこちに潜んで謀叛の企てがあるとのこと。公（松平容保）は新撰組に命じて探索させ、四日夜、古高《こだか》俊太郎（枡屋喜右衛門）を捕えた。家を探すと、武器・弾薬が多く蓄えられていた〉

ここまでは、いいとしよう。

〈「会」の印のある提灯数個があった。会はわが藩の印である〉

これを、陰謀の「計画性」の証拠と見たようだが、そうだろうか。

簡単には入手できない筈の会津の印つきの提灯があったとは、よほどの準備と計画あってのこと、というわけだが、そんな提灯をすぐ手に入れ得る人びとがいて、それは新撰組である。新撰組は会津の支配下である。

さらに、

〈長州藩士やその他の浪士との往復の書簡が数通出て来たので〉

これも粗忽なことで、「計画性」とは馴染まない。

〈問いただして見ると、風の烈しい夜を待って御所に火を放ち、その騒動にまぎれて、中川宮とわが公（容保）の参内を途中で要撃し、昨年八月十八日の復讐を企んでいたことがわかった〉

風の烈しい夜、とは、古来こうした場合の決まり文句だが、それだけ浪士たちの間で実際に語られていた可能性は、じゅうぶんにある。が、先へ進む。

〈共謀者の氏名や潜伏の場所も自白したので、翌五日の夜、わが藩士、所司代、町奉行の配下および新撰組を手分けして、厳にこれを捕えさせた〉

〈浮浪の徒らは、古高が捕えられたと聞いて、今は事が洩れたから、早々京を離れて再挙をはかるにしかずと、この夜、三条小橋の袂の旅宿池田屋に会した〉

このへんも雑な記述だ。〈浮浪の徒〉が、古高俊太郎を奪還に壬生の新撰組屯所を襲おう、といきり立っていた、という証言もある。

乱闘についても『守護職始末』は、

〈わが士卒が入って行くと、抜刀して立ち向かって来た〉

いつの世も、取締り当局側の記述は、犯人側がさきに手を出した、という。

池田屋に集った尊攘派志士たちが、両刀を帯していたことは間違いないが、この時代、丸腰の武士はそのほうが怪しまれるだろう。つまり、彼らは今宵これから蜂起しようと準備していたわけでは、ない。――折から祇園囃子の笛や太鼓がのんびりと聞こえている。烈しい風の夜、とは、だいぶ様子が違う。

対して、取締り側は、いわば合同大一座で、三千余人という圧倒的多数をもって周辺の道路を固めた。それぞれ武装して、銃器もある。

新撰組は藤堂平助が先頭だったようだ。長州の吉田稔麿が最初に襲撃に気づいた。肥後の宮部鼎蔵、土佐の北添佶摩《きたぞえきつま》らが抜刀して応戦、近藤勇や山南《やまなみ》敬助も続いて二階に上り、激闘となった。

永倉新八の刀は折れ、沖田総司の刀は先が欠け、藤堂のは刃がささらのようになったという。志士側が短刀か脇差で戦ったのは、狭い二階で夜間大勢の乱闘だから、戦いやすいほうを選んだと見ることもできる。

しかし、しょせん多勢に無勢だった。それでも抵抗がすべて終るまでに一刻（二時間）を要した。（『新選組始末記』他）

古高俊太郎の自白について。

具体的な内容に乏しくはないか。〈風の烈しい夜、御所に〉だけで、計画の名に値するだろうか。事件後六月十日に出た幕府の布告にも、

〈風を待って御所向きを焼払い申すべしと相巧み、同類ども相通じ申し候証書類もこれあり、片時も捨ておき難きに付き〉

とあるが、なぜ〈片時も〉か。今宵夜半に烈風が吹く、と天気予報があったたか。

浪士たちは、いつも十数人、古高の家に集まって議論していたという。慎太郎もまた、古高と親しい一人だった。古高は、浪士たちのリーダーではないが、情報は知り得た。それなのに、古高自白による〈蜂起計画〉には、説得力がない。

おそらく真相は、六月四日の段階で、浪士たちの計画そのものが、まだ煮詰まっていなかったのではないか。

＊

筆者は以前、幸徳秋水らの「大逆事件」予審調書などを読んだことがある。

宮下太吉、新村忠雄、管野スガら少数の明治帝暗殺計画が、これを機に無政府主義者・社会主義者を一掃しようとする明治政府の決意で、多数が逮捕され、処刑された。その調書類を読むと、たとえば弾圧され鬱屈している主義者たちが、これは自由民権運動の時代からのことらしいが、しばしば、

〈一夜にして天下をとる法〉

という類の会話を、ほとんど夢のような笑い話として交わしていたことがあり、それらがすべて〈大逆〉につながる証拠として、当局によって組み立てられた。

まず深川の米倉を襲い、窮民に米を分かち、三越呉服店に押しかけ衣服や品物を分ける、別動隊が登記所を焼く。そして二重橋へ行って宮城を背にすれば、鉄砲や大砲を撃ちかけられる心配がない、撃ってくれれば向こうが賊軍だ。――そんな類の話だ。

〈颪の烈しい夜に〉うんぬんの古高自白に、同種のもの（現実性の不足）を感じてしまうのは、筆者の偏見だろうか。

＊

浪士たちの側に、蜂起の計画がなかったか、といえば、それが存在したことは、すでに中岡慎太郎について述べた。

おそらく浪士たちの中では、まだ議論百出の状態だった。御所に放火うんぬんも、繰り返し登

場するお馴染みの話の一つだった。――ただし、それをまだ「話」として聞いている人物もいれば、また、すぐにも実行可能と信じている部分も、あったにちがいない。

土佐の高岡郡の庄屋で、龍馬と同年の北添佶摩。剛勇の士でかつ白皙の美男子だったようだが、これも別種の〈いごっそう〉で、慎太郎が基本的に玄瑞の《全国志士の横断的結合》路線に近いのに対して、〈一点突破の全面展開〉型の蜂起路線ではなかったか。諸書が謀議の内容とする中川宮・松平容保らの暗殺も、北添の計画には含まれていたかもしれない。ただ、行動の意見は一致しないが、慎太郎は長州や七卿とつながりが深いので、無視はできない。北添はこの時点で、慎太郎の帰京報告を待っていたのではないか。

北添にかぎらず、この路線には剛勇の腕自慢が多い。壬生の新撰組屯所に斬りこんで古高俊太郎を奪回しようというのは、本気だったかもしれない。

桂小五郎は、それを心配していた。長州の古高奪回派を懸命に制止している。桂は江戸で三剣客の一人斎藤弥九郎道場の塾頭までつとめた。彼の自重論には説得力があるが、抑えきれない。

桂は、久坂玄瑞がいてほしかったのだと思う。このとき、

〈久坂さえいたら〉

と慨嘆したと『維新土佐勤王史』にある。

久坂玄瑞はいなかった。来島又兵衛とともに、山口に戻っていた。

そして、慎太郎もいなかった。長州の湯田で三条実美卿らと会っていた。

玄瑞と慎太郎がいたら、どうだったか。池田屋事件は起きなかったろう、などとは、もちろん、いえない。二人とも犠牲になったかもしれない。

だが、彼ら二人がいなかったことは、当夜、浪士たちの蜂起計画がまだ十分に煮詰まっていな

かったことの証明になりはしないか。

慎太郎が、土佐に入れる可能性はまったくなかった。諦めて、三田尻から京へ向かって帰途についたのは、六月七日。事件の翌々日だが、当然、知るよしもない。

7

街道に、小柄な影が待っている。

「旦那」

「半兵衛さんか」

慎太郎が微笑むと、半兵衛の顔は、固い。

「いい話じゃねぇんですがね」

半兵衛は池田屋の一件を話した。

この連中は、足も耳も早い。特殊な伝達方法を持っているようで、それらの技術を売ろうと思えば簡単だが、それをしない。金のために動かないし、どんな好条件でも、人の下につかない。

慎太郎には、彼らのもたらす情報を疑えない。それだけ、信ずるに値する具体性に満ちている。

慎太郎は、呆然とするしかない。

肥後出身の宮部鼎蔵は、三田尻招賢閣で慎太郎に注目してくれた。吉田松陰と東北遊歴の旅をともにしたこともあるこの人は、彼にとっても特別の存在だった。

北添佶摩ら土佐の仲間たちの死には、とりわけ衝撃を受けた。望月亀弥太は五十人組以来の同志だ。

——なぜ、俺はその場にいられなかったのか。

理由はいろいろある。しかし、死に後《おく》れた、という感情がわき起こるのを、どうにも止められない。

半兵衛は、吉田稔麿のことを話した。

「あの人は、強かった。二階から庭へ飛び下りて、見張っていた侍たちを二人斬り倒し、長州屋敷まで囲みを斬り抜けて走った」

三条小橋の池田屋と、長州屋敷は、近い。自分も深手を負って藩邸へ走った稔麿は、すぐ自分に続いて、新撰組や、提灯を掲げた幕府の役人たちが追って来るのを知った。

長州藩邸は、むろん門を閉じていた。

「中の人がね、吉田さんを助けようと門を開けかけたんでさ、すると吉田って人は、戸に背をもたせて、

〈開けるなっ〉

怒鳴ったんです。

〈わしゃ、ここで死ぬ〉

そして、彼は門戸にわが身体を閂《かんぬき》のようにして、自刃した。

「たしかに、あのとき門の戸を開けたら、どっと新撰組たちが長州屋敷になだれこんだかもしれねえ。お仲間がなかにゃ大勢いたんでしょう。……だから、いいんでしょうねぇ、あれで」

半兵衛の声が、柄になく、湿っている。

慎太郎は、ついに深くは話し合えなかった稔麿のことを思う。松門の四天王の一人と呼ばれた彼は、「奇兵隊」に続く諸隊の一つとして、のちにいう未解放部落民を組織して「屠勇隊」を結

成した。但馬に百姓一揆が起きたと聞くと、すぐに飛んで行った。

〈百姓一揆へ付込み奇策あるべきか〉

松陰の言葉が、慎太郎の耳に響いている。

「桂さんは」

当然、留守中の京の指導者ともいうべき桂小五郎のことが気になる。

桂はいったん池田屋に姿を見せたが、人が揃っていないので、親しい同志のいる対州藩邸を訪ねて、友人と酒亭で飲んだ。戻ろうとしたときには、もう池田屋の周辺は人垣で、どうにもならない。

「あの人は、女に人気があるから」と、半兵衛は言う。

「ああ……」それは、皆が知っている。

「実を尽すからでさ」

が、それがどう関係があるのか、慎太郎にはわからない。

「飲んでいれば、三本木から幾松さんが来やす」

三本木の色街も遠くはない。幾松は、後年の桂改め木戸孝允の正妻松子。

「すぐ聞こえるんでさ、女たちの中では、あっ、てぇ間に」

「おい……すると、もしや女たちが危険を勘づいて、桂さんを」

「さあ、あっしは、知らねぇ」

半兵衛は、それ以上聞くな、という顔になる。

ふと、慎太郎は気になった。まさか、と思いながら、

「半兵衛さん……もしや、俺が、このころ京にいないように、仕組んだ誰かが、いるんじゃない

だろうな？」

半兵衛は、即座に首を振った。

「とんでもねえ。……もしも俺たちの誰かが、そんな余計なことをしたら、俺たちは俺たちでなくなっちまう。……運がよかっただけですよ、旦那は」

慎太郎は、頷くしかない。

おふうのことを聞きたかったが、聞けない。

「旦那、どっちへ行こうてんで、そっちは、京だ」

とりあえず、京へ入って、と慎太郎は思った。

半兵衛は首を横に振る。

「いまは、無理ですよ。長州にゆかりの者ぁ、小者でもお縄だ」

「俺は、土佐者だ」

「ですけどね、旦那が長州屋敷にいて、長州者と出入りしてた事ぁ、とっくに調べがついてまさ。役人たちを甘く見ちゃあいけねぇ」

——どうすりゃいいんだ。

半兵衛の情報以上のことが、京で摑めようはずもない。

とにかく、久坂玄瑞たちに合流しよう、と思った。

# 燃える都

## 1

池田屋事件について、朝廷では、

〈このことで列藩に疑惑を抱くものがあろうかと慮《おもんばか》り〉

六月八日、勅令を出した。

〈……先だって仰せいだされ候通り、一切幕府に御委任あそばされ、政令は一途に出で候ようにとの御趣意に候あいだ、列藩においては先前のごとく幕府の指揮に従うべき旨、御沙汰候事〉

（『京都守護職始末』）

列藩には疑惑を抱くものがあろうかと、という節の主語は「朝廷」になっている。京の噂はかしましい。事件の始末について説得力が足りない、と取締り当局が自ら認めたような形だ。

そして、事件後の取締りも峻厳をきわめた。池田屋旅館の主人惣兵衛は捕縛されて、拷問を受け、そのまま死んだ。

藩邸に近い池田屋を長州人が常用しているので、惣兵衛がかなり知っている、と睨んだにせよ、知っていることを吐かせるための拷問の域をこえて、殺してしまうつもりで、見せしめのために与えた責め苦だったのではないか。

幕府は、長州系浮浪の徒を根絶やしにしよう、という断乎たる決意を示そうとした。彼らに協力するとこうなるのだぞ、という庶民に対する威嚇である。

戦時においては、珍しいことではない。すると、ここで、幕府側は実質的に戦争を決意し、それを朝廷も認めた、と見ることが可能だ。すくなくとも、その勢いにあったことは否めないだろう。


事件の前日、長州藩では世子定広の嘆願上京を決めている。藩兵を率いるのは、薩摩の久光の前例に倣《なら》った。情況はすでに発火寸前だった。

事件が十四日に長州に伝わると、すぐさま来島又兵衛と遊撃隊が出発した。堪えに堪えていた憤懣が、一気に爆発した、とこのグループに関しては言えるだろう。

諸隊もあとに続いた。忠勇隊をはじめ、集義隊、八幡隊、義勇隊、宣徳隊、尚義隊。

重臣福原越後の率いる正規軍の隊三百は、江戸へ向かう予定が、騒擾のため京の近くに止まり、諸隊の暴発を抑える、という姿勢をとったが、たぶん口実に過ぎない——と、後の結果から見れば、そう見えるが、情勢の成行しだいで、実際に過激派の強い諸隊を、鎮撫する役割を果そうともしたようだ。つまり、長州勢の方針も、まだ一致しているわけではなかった。

諸隊では、忠勇隊が、三田尻招賢閣に集まった有志（浪士）を中心としている。統率は〈今楠公〉とうたわれる久留米の神官、真木和泉。彼は「軍議総裁」の任を帯び、「諸隊総督」とも称された。

そばに久坂玄瑞がついている。玄瑞も理想家だが、真木和泉のような空想家ではない。このとき事態は真木和泉の図面通りに進行しつつあったにせよ、なお玄瑞は、願望と現実をたやすく混同したりはしない。

「中岡君は、京に入ってくれませんか」

と、玄瑞は慎太郎に言う。

「情勢は、刻々変るでありましょう。それについての知識がほしい……朝廷と、それに諸藩の動静……噂でもええ、京雀たちの噂話は、ときに、驚くほど的を射ちょる」

――しかし、俺も京を歩くのは危ない。

玄瑞には、それがわからないのか、と思った。

すると、疲労を濃く顔に滲ませていても、なお目の涼しいこの青年は、

「君には、われらに出来んことが、出来そうじゃけぇ」

と言って、慎太郎を見つめる。

――買いかぶられたな、
と、思いながらも、慎太郎は、猫の半兵衛たちのことを思い出している。

――しかし、俺が京に入るのを止めたのは、半兵衛なんだがな。


六月二十四日には、忠勇隊ほか三百は、京の西南、山崎に。福原越後の兵は伏見にと、順調に進出した。二十六日夜、京の藩邸に潜んでいた浪士たちが、すべて嵯峨の天竜寺に集結。翌二十七日には、来島又兵衛の遊撃隊ほかが、彼らの鎮撫のためと称えて、嵯峨に移動した。

来島の気性を考えると、計画的な行動を見えすいた口実のもとに行うのは、あまり、らしくない。が、一番槍の功名をとられたくなかった、と考えると、もっともな気もする。一般に、過激な人物は、自分より過激で無謀な連中に先んじられるのを好まない。又兵衛は純粋に純情だから、

こんなところもあったかもしれない。

京の人びとは、山崎や伏見のような郊外だけでなく、すぐ西の嵯峨に長州勢が布陣したことに震えあがった。天竜寺は御所の西、太秦をこえてすぐ先だ。すぐにも、長州勢が押し込んでくるのではないか、と心配が噂になり流言になって飛び交う。

守護職松平肥後守容保は、急いで参内した。病気中だったので、輿に乗り、そのまま御台所門から武家玄関まで乗り付けた。これが公卿たちの一部から非難の的になった。

二十七日の朝議では、長州藩は冤罪を雪ぎたい一心なのだから、毛利敬親・定広父子の勅勘を赦免すれば、事は平穏におさまるだろう、と正親町三条実愛が主張、ほぼ、これに決まる形勢だった。

が、夜になると、一橋慶喜が参内、強硬論を唱えた。毛利父子を許すなら、自分も容保も辞任すると言い切り、確信のない公卿たちはたちまち動揺する。

近衛忠房は、薩摩藩の意見を徴した。久光は京にいない。軍賦役の西郷吉之助が責任者である。召された西郷は、慶喜に賛成した。

## 2

二十九日に、朝廷は一橋慶喜にすべての処置を任せると決した。逆転である。

勅命が下る。

〈昨年八月十八日の件、またその後の勅は、けっして関白らが朕の所存を偽ったのではない。守護職松平容保の忠誠、深く感じ入っている。けっして会津の私情ではない。長州人の入京は決し

て宜しくない〉
長州の嘆願に対する明瞭な回答である。
慶喜は使い番を伏見へ送り、福原越後に朝旨を伝えた。
しかし、真木和泉たちは、それが天皇の真意であるとは決して信じない。

「一橋の殿様ってのは、なかなかの玉ですぜ」

と、半兵衛が慎太郎に報告している。ここは鴨川の河原だ。夜。

「なんせ、穏健に収めようてェ臆病な公卿さんたちの議論を、あってぇ間に引っ繰り返したからね、真反対に」

一橋慶喜の英明については、つとに聞こえている。どうやら辣腕でもある。

しかし慎太郎は、別のことを聞いた。

「西郷ちゅう男、どんな男じゃ」

「さあ」と、半兵衛が言葉を濁す。「あの男、何もしゃべりやせんからね」

「ふむ。肚が見えんか、半兵衛さんにも」

「身体は、でかいね」

「そうらしいの」

「肚んなかも、図体みてぇにでけぇか……それとも」

「それとも?」

「何も、ねえか」

慎太郎は、苦笑する。

「そらあ、何もないちゅうことは、なかろう。あれだけ、人に慕わるる仁が」

彼は、中村半次郎のことを思い浮かべている。

「あ、いや」と、半兵衛は手を横に振った。「つまり……うん、きっとこうだ。あのお人にゃ、いま決めてることが、まだ、何もねえから……だから」

——決めてることが、まだない。……なんだ、それじゃ俺とおなじだ、まるで。

と、一瞬、慎太郎は思った。が、思い返す。

——薩摩の西郷ともあろうものが、まさか。

半兵衛は、また、ぶつぶつと呟いている。

「あっしゃ、あの〈お上〉てぇ御かたが、なんてぇか、気の毒になった」

「ほう」

慎太郎には、半兵衛の観察を疑う気がない。

「ねえ、ここんとこ起きてる騒動の、一つの火ダネは、あの〈お上〉のお気持が、どっちに転ぶか——って、まあ、こったよね。違ぇやすか」

慎太郎は、とりあえず頷く。「そがいな面も、あるろう」

「お上は、外国嫌ぇで、つまり攘夷だ。しかし、江戸の公方《くぼう》さん（将軍家）とは、うまくやって行きてえ」

「そうだろうな」と、慎太郎もいまはわかっている。

「で、旦那のほうは」と、半兵衛は慎太郎の鼻を指す。「何です？」

慎太郎は、大きく息をついた。「さあ、何だろうのう」

半兵衛は、珍しく追及する。「尊王攘夷から、攘夷をとったら、残るなぁ何です」

むろん尊王の二文字になる。

「旦那、会ったこともねぇあの〈お上〉が、好きなんですか、命を懸けるくれぇに……そのために死んでもいいと……掛値なしに、正真」

むろん、答えられない。

「違うでしょう。旦那の〈尊王〉は、〈尊王〉てぇ言葉を軸に、世の中をぐるりと変えてぇんでしょう。……言葉ぁ、どうでもいいんだ、旦那ぁ世の中を引っ繰り返してぇ。そうでしょう」

慎太郎は、黙っていた。すぐに答える言葉を見つけるほど、器用でない。

彼もいまは〈先師〉と呼んでいる吉田松陰の言葉群のうちから、ふいと、

〈なにとぞ、乱麻となれかし〉

という言葉が浮かんだ。しかし、それを半兵衛に言う気はなかった。


夏の夜風が、鴨川を渡って行く。

ここでも、河原にはところどころに筵掛けの小屋がある。そのあるものは、よく見れば立木の枝を利用して、弓なりに撓めて梁にした、一種のテントに似通っている。

半兵衛が、ぼそりと言う。

「やるなら……いまなんだがねえ」

「なに?……何といった、半兵衛さん」

半兵衛の目が、悪戯小僧のように、輝く。

「たとえば今夜さ、嵯峨の天竜寺の連中がこっそり動いて、すうっと御所の中へ」

「ああ……」

「九つの門を中から外から、しっかり抑えちめぇばいい。伏見や山崎の軍勢があとから来て、角かどを固める。……去年、会津と薩摩がやったようにね」

——いまなら出来るかもしれない。幕府側の守備は、まだ薄い。

しかし、慎太郎には、たとえば玄瑞が言うだろう言葉が、想像できた。

〈その策、名分がない、志がない……天下は盗むものじゃない〉

心を読んだように、半兵衛が言う。

「あのね、まだ天下を抑えてるのは、向こう様なんだ。ときが経つと、ときが過ぎる……ま、俺たちの知ったことじゃねえが」

横を向いて、月の光を照り返す水の流れに目をやる。

テント風の小屋の陰から、おふうが姿を見せた。食物の椀を乗せた盆を手にして、慎太郎に笑いかける。

慎太郎は、ふいと目を逸らして、そっぽを向いた。笑顔に吸い込まれそうになったからだ。

——おふうが怒るだろうな。

と、彼は思っている。が、どうにも目を彼女の姿態に戻せない。

彼女は泣きだしそうな顔になっている。

そのことの意味も、まだ慎太郎にはわかっていない。

3

七月になった。

英国へ行っていた長州の井上聞多（のち馨）と伊藤俊輔（のち博文）が、帰って来て、六月二十四日に山口に着き、二十六日に藩主にも会って、攘夷不可能を説いた。が、御進発で沸き返っている藩内は、誰も相手にしてくれない。

その日、若い家老国司《くにし》信濃が兵五百を率いて京へ向かって進発した。桂小五郎が彼らの話を頷きながら聞いてくれたが、そのまま桂は国司に従って京へ向かってしまった。

「周布どのは、高杉は」

二人とも、罪を得て萩に謹慎している。

三条実美付きの土方楠左衛門も、話は熱心に聞いたが、実美や五卿に取り次ごうともしてくれない。公卿たちは、いよいよ京に戻れるという期待で、それどころではない。

井上と伊藤は、連合艦隊が長州に来襲すると聞いて、決死の覚悟で帰って来た。が、これでは、どうにもならない。それに、衣服と両刀は整えたものの、髪は洋風で、髷を結っていない。中国人に間違われたのはいいほうで、うかうかすると、攘夷の恰好の血祭りにされてしまう。

この時点で彼らの主張はほとんど問題にされなかった。しかし、もたらした情報は、みごとに利用された。ただし、二人の意図とは逆に。

〈わが藩の志道（井上）聞多ら英国より帰国、来襲する四国連合艦隊は下関海峡より、すぐさま瀬戸内海を大阪・京へ侵攻の謀略が判明、まことに以て皇国の危機。攘夷の方針を国是として打ち立てることが急務である〉

大意、右のような趣意を長州藩は近隣の列藩に送り、また諸隊に対しても、世子上京の目的として通達した。

〈夷狄《いてき》が王城の地に迫ろうとしている。われらは身を賭して護らんがために、断平行くのだ〉

世子定広は、七月十三日に、五卿とともに山口を進発した。総勢五万と称したのは、相手方に畏怖を与える策略にすぎなかったようだが、ともあれ、陸路も海路も、続々と長州勢で埋めつくされる異様な雰囲気だった。


京の夏は、ときに耐えがたく暑い。

木屋町を不思議な風体の騎馬が行く。洋風の馬具をつけ、自分も洋服に身を固めた馬上の男は、松代の佐久間象山である。

慎太郎は、彼に会うつもりだった。ぜひ質したいことがある。仮にも一面識のある自分になら、象山も何か言うのではないか、と思った。

幕府側の会津藩松平容保が孝明帝を叡山に、さらに彦根に移すことを企てている、それについて動いているのは佐久間修理（象山）だ、と公卿たちの邸に投書があり、噂が拡がっていた。

駒音が近づいて来る。慎太郎は警戒されないように気楽な態度で、ぶらりと道へ出ようとした。

「あぶないっ」耳元で、声だ。

いきなり腕をつかまれ、狭い小路へ引っ張りこまれた。

「何をする、おふう」

白粉の匂いが、鼻をついた。たしかにおふうだが、今日は、色街の芸者の下地っ子といった扮《な》装《り》だ。後ろに、はっとするような美しい芸妓姿の女がいる。

「幾松姐さん」と、おふうが囁く。

美しい芸妓が、会釈をする。

——では、これが桂さんの。

慎太郎も、わずかながら会釈を返すうちに、蹄の音高く洋風馬具の馬と馬上の人は通りすぎて行く。

すぐに後を追おうとした慎太郎を、驚くほど強い力で、すがりつくようにおふうが止めた。

「だめ」

「おふう、どうして、おンし……ここへ、なぜ」

「しっ」

とたんに、乱れた駒足、空気を切り裂くような鋭い気合、そして人の絶叫などが入り交じって聞こえた。

木屋町三条の角で、馬が棹立ちになって嘶き、馬上の人がどっと血を噴きだし、地にどさっと落ちた。その象山に二人の武士が何度も刀を振るう。

武士の一人が首を取ろうとするような気配を見せた。が、もう一人が止めたのは、飛び出した慎太郎の姿や、通りがかりの女の悲鳴などのせいだったかもしれない。

すぐ三条通りを折れて立ち去って行く武士たちの一人に、慎太郎は見覚えがあった。

——あれは、河上彦斎、肥後の。

彼もこの時代の、人斬りと名が立った一人だ。天保五年生れ。つい一年半前には、東山の翠紅館で、久坂玄瑞の描く《全国志士の横断的結合》路線の象徴のような会合に、同藩の宮部鼎蔵とともに出席していた。その宮部も、先月、池田屋で死んだ。

佐久間象山は「海陸御備向御雇」として幕府に呼ばれて、まだ三ヵ月余。暗殺理由の真相は、いまも不明。五十四歳。

慎太郎は、つい三間ほど先の、血だまりの中で動かない象山に近づきたかった。が、おふうが固く腕をとらえている。それより、幾松の厳しい目が、彼の行動を制した。

「早う、この場を離れんと、あきまへんえ」

慎太郎は、素直に頷く。幾松が要領よく指示する。

「ここの家を抜けてお行きやす。あ、走らんと、ゆっくり、急いで」

言葉に従いながら、姉のようだな、と慎太郎は思う。おふうは離れようとしない。

これが、七月十一日のこと。


禁門の変勃発までの動きは、ほぼ半兵衛の予測どおりに展開したといっていい。十二日に薩摩の大兵が到着したし、近隣諸藩の軍勢も動員され、手配の部署についた。伏見方面は大垣・彦根、そして会津・桑名が九条河原に。山崎・八幡山方面は、宮津・郡山。天竜寺方面は薩摩・膳所・越前・小田原の諸藩。

まず万全の布陣である。

朝廷の中は依然として一致しない。長州は嘆願に来ているのだから宥恕《ゆうじょ》を、という長州同情派と、嘆願なら武力はいらないはずだ、断乎討伐せよ、という会津派。そして、これは会津と長州の私闘だから朝廷は関わるまい、という論の人びと。

会津の硬論にすぐには慶喜が同調せず、ために優柔不断の声があがるなどあって、多少の日時が移った。諸藩（薩摩・土佐）から長州藩討伐の建議があり、十七日の朝議は、深夜に及んだが、なかなか結論が出ない。

長州勢も、一枚岩からは遠かった。そのありさまを詳しく見る必要はないだろう。

十七日の早い午後に、男山石清水八幡社務所の、家老益田右衛門介隊本営で、最後の軍議が開かれた。

「進軍の用意は整ったか」

と、まず来島又兵衛が、一同に浴びせた。

誰も、すぐには答えない。それに来島はカッと来たらしい。

「なぜだ。なにを躊躇《ためら》っちょる」

久坂玄瑞が、やおら答えた。

「世子公（定広）のお着きを待ちましょう」

「なにっ」と来島。

「そもそも恥を雪ぐとは、嘆願に嘆願を重ねた上のこと、われらより先に戦いをしかけては、本来の素志に反しましょう。ここはひとたび兵庫に退いて」

「臆病者っ」と鬼来島は一喝する。なにしろ、

〈貴様ら、本など読むからいかん〉

と言い放った男だ。そのときの相手は高杉晋作だった。

「こ、この、医者坊主が……」むろん玄瑞のこと。

玄瑞も譲らない。「いま出撃しても、後詰めの軍がない。必勝の計画なしに突進するのは、無謀であります」

「卑怯者っ」と、また怒鳴った。「貴様ら、戦ちゅうものを知らん」

それはそうだ。大軍が真っ向から激突する戦闘は、この時代誰にも経験がない。来島だって書物による軍学が基礎だ、ということができる。

来島は、立ち上がって一同を睨みまわした。

「命が惜しければ、来んでえぇ。東寺の塔に登って、この来島が鉄扇をもって敵軍を粉砕するのを、よう見ちょれ」

そして、席を蹴って外へ出て行った。彼は四十九歳。

この席にいて後まで生き残った人びとの回想では、皆士気が高まっていたから、おのずと勇壮な意見が大勢を制した、という。

玄瑞は、向き直って最長老の〈今楠公〉真木和泉に言った。

「先生は、いかが思われますか」

真木は、端然として答えた。時に五十二歳。

「来島君の意見に、同意します」

これで、一決した。

あとは、出撃の時間など、具体的な手配りだけだ。

明十八日夕刻、山崎天王山の組が行動を起す。伏見の組は午後十時に出る。一番近い天竜寺組は、子の刻、深夜零時に出陣する。


久坂玄瑞と入江九一、寺島忠三郎は、そのあと黙りこくったまま、宝寺の宿営に向かった。

慎太郎が、追いついて来た。

「どがいするつもりぞ、久坂君」

玄瑞は、道の端に積んであった材木に腰を下ろした。入江と寺島は、心得てすこし離れて待つ姿勢になった。

慎太郎は言う。

「なぜ、負けるとわかっちょる喧嘩をする。……何の、誰のために」

玄瑞は、ちらと目を上げた。どす黒い疲労が、拭いがたく彼の顔を彩っている。

「〈お上〉の気持は、はっきりしちょるんぜよ」

慎太郎は続ける。「勅命は、偽勅じゃない。お上は、向こうを選んだ」

離れた位置の入江と寺島も、聞き耳を立てていることがわかる。

玄瑞は微笑んだ。「わかっちょる」

「なんじゃと?」と慎太郎。「なら、なして」

「中岡君には、感謝しちょる……けんど、お上のお気持についちゃ、うすうすじゃが、わかりよったんじゃ。……のう」と、入江たちにも振った。

入江と寺島は、動かない。話には加わらないつもりのようだ。

「中岡」と、不意に君をつけずに、玄瑞は言う。

「わしゃ、全国の志ある者を、藩や身分の境を越えて団結させようて願うて……」

「うむ」慎太郎は、頷く。

「説いて、話して、論じて、宥めて、耐えて、忍んで……諦めちゃいかん、そればかり、胸に」

その玄瑞の熱意が、浪士たちを動かした。これだけの数を、ここまで。――いまの事態は、玄瑞がもたらしたとも言える。

「中岡、いつぞや晋作の奴が、勤王のシシより神社の狛犬のほうが増しじゃち、言いよった」

「おぼえちょる」と慎太郎。

「そりゃ、阿呆もおる、多い。狂人同然のものもおる。今の世に、まともに生きにくいものが志ちゅう、おかしな、ときにゃ余計なものを持つんじゃ、それが志士ぞ」

慎太郎には、話がどこへ行くか、見えない。

玄瑞は続ける。

「彼奴らといっしょに泣き、いっしょに笑うて……のう、肚を割って話し合うちゅうことは、自分と相手が、どれだけか、ごちゃまぜになる、ちゅうことぞ。……相手がわしに同《どう》じてくれる、変る、それはすなわちわし自身も、気づかぬうちに、どれだけか、相手に変えられ、変る、ちゅうことぞ……」

慎太郎は、玄瑞の激情を、初めて見た気がする。

「この山には」と玄瑞は立ち上がって、手をひろげて円を描くようにした。「そねぇな仲間ばかりじゃ、みんな、わしの友じゃ……中岡、わしゃ、皆といっしょに死ぬる……」

嗚咽が聞こえる。入江か、もっと若い寺島忠三郎か。

玄瑞は、手の大刀を腰に差し直して、言う。

「君は行け、自分の死に場所を、自分で見つけたらええ」

驚くほど近くで鐘が鳴った。

そうだ、ここは寺院の傍なのだ、と慎太郎は思った。

もう背を見せている玄瑞に、呼びかけた。

「久坂」

君、はつけなかった。

「なに」と玄瑞がふりむく。

「おれは、君の、友達か」

玄瑞は爽やかな笑顔に戻って、頷いた。

「友だ」

4

次の日、十八日も、慎太郎は情報の収集につとめた。

御所では、昨夜から徹夜の議論が決着したのは、十八日の午前十時に近かったという。遂に朝旨をもって長州に、必ず今日中に撤兵せよと命じた。従わなければ討つ、という姿勢である。

その日夕刻、すべての原因は守護職の松平容保にあり、これを誅伐するのが朝廷に対する忠義である、という趣旨の書が、公卿や各藩邸に投じられた。署名は長門国浪士浜忠太郎とあって、真木和泉の手になるものだった。宣戦布告である。


嵯峨の天竜寺に、慎太郎はいた。そろそろ日が落ちる。

小さな体に長い影を引きながら、ぶらぶらと半兵衛がやって来た。この男は、自分自身がそれほど走り回っているとは見えないのに、何でも知っている。

「迷ってなさるね、旦那」

慎太郎は、答えない。

「お前らにゃわからん、てんでしょ、へっへ。そいつぁ、わかる」

「そうじゃない」

と、思わず語気が強くなった。

「そんな、武士だからどうの、町人だから、とか、そがぁなことじゃない」

「へへえ」先を続けろ、という相槌だ。

「知ってのとおり、わしゃ村役《むらやく》の伜じゃ、刀さしちゃおるが、根は百姓じゃ。この天竜寺にも、山崎にも、わしの仲間は大勢おる……」

そしてまた、黙り込んだ。

「で?」と、半兵衛が促す。

「つまらんのう」と、ふいに慎太郎は大きな声を出した。「みんな、これで仕舞いか、終りかと思うたら、しみじみ、つまらん、面白うない、ち思うたがじゃ。あっはは」

と、最後は国訛りで言って、笑った。

半兵衛が、嫌な顔をした。

「旦那、行く気だね、明日」

慎太郎は首を振る。が、半兵衛は信じない顔だ。

「そんなに死にてえかね。おもしれえことが、この世にゃねえのかね」

慎太郎は答えない。

「中岡君」

と、若い声が呼びかけて来る。

「おう」と答えた。

同郷の千屋金策と安岡金馬。二人とも安芸郡の庄屋の息子で、そろって次男坊だ。

千屋は五十人組以来の同志。安岡は坂本龍馬の勧めで神戸の海軍操練所にいたが、脱走して忠勇隊に身を投じた。塾長の勝海舟にはすべてを打ち明けてのことという。金策が二十二歳、金馬は二十一歳。

慎太郎は、若い彼らにせがまれて、色里へ繰り出す約束になっている。明日はあっても、明後日はないかもしれない。こうした場合、この時代の若者の通常の反応だろう。

主な神社仏閣の近場には、隠れ色里があるのが普通だが、慎太郎はその辺には無知な男だ。半兵衛に相談したかったたが、振り向けば、予想の通り、もう姿がない。


その店で、敵娼《あいかた》は三人。決りの通り酒が出て、慎太郎は、若い二人に好みの相手を選ばせて、自分はただ飲んだ。残った女の顔を、ろくに見もせず、やがて女が急《せ》かすままに導かれて、女の部屋の床に入った。顔の大きな、いわゆる盤台面の女だったような気がする。

障子の外から、女を呼ぶ低い声がした。

「なんやのん、いまどき……」

ぶつくさ言いながら、女は出て行く。


慎太郎は、うとうとしたかもしれない。

女が戻って来た。気配がして、床にもぐりこむ。慎太郎の背に体を寄せる。

その温かさ、というより熱さに、慎太郎は覚えがあった。

「おふう」

振り向くと、彼女だった。

「死なないで」と、囁く。いや、口は動いていなくとも、耳元でその声が聞こえる。

「ああ……誰も、死のうと思うとりゃ、せん」

「でも、死んでもいい、と思ってるでしょ」

慎太郎は、すこし笑う。

「そらぁ、成行じゃ」

「なに、なりゆき、って」

「うむ……ほれ、風が吹いて雲が流れるろう」と、苦し紛れの説明をする。

実は、おふうの温かさと匂いに、自分の体が熱く、息苦しい。

「そいで」と、おふうは身を寄せる。

「川の水は流れて、やがて海へ行くか……空へ消えるか」

「でも、なんのために」

慎太郎はおふうの体に手をかけて、自分から引離すようにした。彼女の体が、柔らかく撓《しな》う。

「熱い……あついキニ、お前《ま》ン」

おふうは、はじかれたように離れて、床の上に身を起こす。

「いいよ……話をして、私にわかるように」

行灯の灯を、かき立てる。光に裸身が浮かぶ。引締まって、なお豊かな乳房や腰が、どこか異国の、慎太郎は見たことがないはずの景色や空を、なぜか思わせた。

——これが、傀儡《くぐつ》の女か。

「おい」と、脱ぎ捨てられた浴衣をほうる。

無造作にそれを肩に羽織って、おふうは、言う。

「……いちばん欲しいものは、何なの？」

慎太郎には、われながら情けないことに、答えられない。

浴衣からこぼれている乳房に、胸が早鐘を打っている。おふうが、そのさきを、いつもの調子でせき立てないことが、嬉しかった。

彼は、いきなりおふうの浴衣を引きむしるようにして剝いで、その裸身を抱いた。


やがて七月十九日を迎えるこの夜は、暑かったことで知られている。

全身が汗みずくになった二人は、汗にまみれること自体が楽しい遊びに耽る子供たちのように、絡み合いつづけた。

「け、この暑いのに……」

どこかで、誰かが呟いたようだ。

おふうには、聞こえたのかもしれない。

「ね、答えて」と、息をはずませながら、おふう。

おふうを抱きながら、慎太郎は思う、――どう答えたらいいんだ、俺自身にもわからぬことを。

「あなたの、たいせつなことって、なに?――そのために、死んでもいいことって?」

そして、続けて、

「そんなに、面白くないの?――生きていて、たのしいことがないの?」

やがて、頭の中が、しんと静まったような気がして、慎太郎はおふうの投げた問いのうちの一つを、答えた。

「ひと、かのう……」

「ひと?……それ、なに?……誰のこと?」

夜が更けて、みな寝静まってしまったか、ようやく風が通るのを感じる。千屋や安岡は、それぞれに屯所に戻ったのだろうか。出発の時刻は、子《ね》の刻(零時)だ。

「生きとし生けるもの、ちゅうてもええんじゃ……わしゃ、百姓じゃキニ」

「何でもいいんだよ、そんなこと、あんたは、あんた」

「鳥でも、獣でも」

「いいよ、獣でも」

おふうが、彼に歯を当てる。ほんとうに噛みつくのかと、一瞬思う。別に、それでもいい。

慎太郎は、素直な気持のまま、言う。

「わしゃ、弱いからかもしれんの」

「弱い？　あんたが」

「うむ。いつのころからか、思うちょる。いつのまにか、思うようになっちょる」

「なんて？」

「笑うなよ、おふう」

「いいよ」

「わしゃ、人のために、何かをしたい……笑わんのか」

「おかしくないもの」

「あるときから、わしゃ……人のため、ちゅうは、何とすばらしいことかと、そがい思うようになってしもうたんじゃ……二十《はたち》の次の年じゃ。わしゃ、鈍じゃキニ」

おふうが、ククク、と笑い声を立てた。

「ほれ、笑うた」

「あのときの、あんた……埃と汗で、真っ黒、目ばかしギロついて、ふふ」

そうだった。北川郷の三ヵ村が飢饉に苦しんで、自分が権限を越えて藩の非常倉を開けたとき、この少女は居たんだ。家老桐間蔵人邸の前の高い杉の木。

……六年の時間が流れている、あれから。

「ええ子じゃのう、おふうは」とだけ、言った。

おふうは、気にいらない、という顔になる。

「子じゃないよ、まだ、わからない？」

「お、わかった、わかった」

「もっと、わからせたい。わからせてやる」

「ま、待て」

5

続く時間。

慎太郎とおふうは、たがいの体に手をのばしたまま、天井を仰いでいる。

「ね、どうしたら、勝てるの？」

「明日のいくさにか。むずかしいな……だが、ひとつ」

「なに」

「薩摩が、どう動くか」

因州など、藩内に同志のいる藩は、多い。いくつもの藩に、桂小五郎や久坂玄瑞は協力をよびかけている。しかし、問題は、薩摩だ、と慎太郎はなぜか思っている。

「なぜ、薩摩なの」

「西郷がいる。……西郷吉之助ちゅう人は、わしらの心がわかる男じゃないか、と、そがいな気がして、ならん」

　それは自分の単なる思い込みかもしれない、と思う。しかし、慎太郎は、これも「人斬り」と綽名されている中村半次郎という人間を、どこかで信じている。

　――あいつが、あれだけ信じているんだ、西郷を。

「何かないの、ほかに」

と、おふうが、また身を寄せて、言う。

「ないなあ……〈お上〉が御心を変えたりなされば、べつだが」


　鐘の音が聞こえた。時の鐘だ。

　慎太郎は、捨て鐘のあとの数をかぞえていて、

「四つ（午後十時）か」と、身体を起した。

「行くの」おふうが、怯えた声を出す。

「いまから天竜寺に戻れば、ちょうどええ」

　遊撃隊出発の刻限は、九つ（午前零時）の約束。まだ一刻（二時間）もある。

「行かないで……なんだか、どうしても嫌な気がする……やっぱり、あんたが死んじまうみたいな……やめて」

「そうは行かん」

「なぜ？　約束したから？　だれと？」

　慎太郎は首を振る。

「そうじゃない……ただ、残れない、という気がするんじゃ。やつらが皆、行ってしもうて、わし一人が、あとに」

「なぜ、なんのため？」おふうは、慎太郎の首に縋る。

「もう、言うたぜよ、おふう」

「いや、だめ。……人のためって言ったよね、その〈ひと〉のなかに、私はいないの？……その〈ひと〉が私じゃ、なぜいけないの？……なぜ？」

答えようがない。「……わからん」

「わかるように、してやる」おふうは行灯の灯を吹き消した。

「言ったよね、あたいたちの、祖先からずっと継いで、守ってるだいじな仕事の一つが……客と寝ることなんだ」

「おふう」しかし、口を口で塞がれた。

舌が冷たい炎のように動きまわる、まるで、熟練しきった子供の遊戯のように。だから、彼は口をきけない。が、彼女の声は、耳元で囁きつづける、呪文のように。

「あんたは、行かない、あんたは、忘れる……あたいなしでは、もう生きられない……」


しかし、おふうは忘れていた。誇り高い彼女らの一族が持つ超絶的な技巧は、しょせん人と人との間に働く技術なのだ、ということを。人間同士の戦いが、つねに相手が傷つけばどれだけか自分も傷つかないではいないように、おふうが慎太郎のために自分の身体で施す技能は、自分にも強烈に作用し影響しないではいない。

おふうは、固く結んだ唇と食いしばった歯の間から、長く深い吐息を、笛の調べのように、

「ああ……」

と、終わらない曲のように、奏でた。

それから、おふうは、何度も泣きじゃくり、哭《な》き、幾たびも叫んだ。

鐘の音が、繰り返し続いている。捨て鐘のあと、八つ打った。

「おふう」

その声は、半兵衛。

おふうが愕然と身を起こすと、側に慎太郎の姿はない。刀もない。

ふわりと半兵衛が天井から降りる。

「なんてえざまだ……」

「あの人は？……あ、あの鐘」

「丑の刻（午前二時）だ。いまごろは、お仲間の軍勢に追いついてるだろうよ、あいつの足なら」

おふうは、跳ね起きた。わずかに、ひょろりとする。

半兵衛が苦い顔で、

「手前、それでも傀儡女《くぐつめ》か」

「だって、どうにもならなかったんだよ、猫の兄さん……」

おふうは、浴衣を片手に抱えると、一瞬息をつめて、天井に跳んだ。

消え際の、無邪気とも見えるような微笑を、あとに残して。

半兵衛が、大きく息をつく。

## 6

十九日深夜からの長州勢出発は、最初の予定よりはどの組も遅れた。当時のことで、各組間の連絡がとりにくかったのは、しかたがない。嵯峨天竜寺組についていえば、その勢およそ八百、丑の刻（午前二時）になって動きだした。慎太郎は、楽に間に合った。

久坂玄瑞や入江九一、寺島忠三郎らは、真木和泉とともに山崎の組（忠勇隊ほか）だが、これが結果としてはもっとも遅れた。大砲をごろごろ引っ張って行くためには、あまりに道筋の調査不足だったのではないか、と指摘されている。

しかし、御所にもっとも近い嵯峨組についていうなら、夜襲を非とする心情が、猛将来島又兵衛らにあったとする意見に、説得性がある。

伏見の、福原越後指揮する長州勢は、子の刻（零時）から行動を起こし、やがて大垣藩の藩兵と衝突した。

その知らせは早馬で御所に届いた。急遽参内の一橋慶喜に対し、

〈速やかに誅伐すべし〉

と親しく勅語があり、やがて御沙汰書が下る。

〈在京の諸藩兵力を尽して征伐し、いよいよ朝権を輝かすべし〉と。

伏見の長州勢は、指揮者の福原越後が銃撃されて、頬を撃たれた。それが結果として最大原因となり、一時は盛り返したものの、やがて総崩れに崩れた。

天竜寺の遊撃隊を中心とする来島又兵衛指揮の隊は、もっとも勇猛だった。幕府側の諸兵を蹴散らして、御所の北西、烏丸通りと今出川の交差する地点から、一気に南下、御所の真西にあたる中立売御門と、そのすぐ南の、蛤御門の敵兵に打ちかかった。

御所はいわば二重の壁に守られていて、その外側の囲いが南の堺町御門や北の今出川御門など九つの門に守られている。その九門のうち、西側の烏丸通りに面した中立売御門、蛤御門が、激戦の場となった。だからこれを〈蛤御門の変〉ともいう。

中立売御門と蛤御門の間に、勧修寺家と日野家がある。この二つの大きな公家屋敷の中を抜けると、目の前が御所の内側の囲い（築地）の門、公卿門（宜秋門）である。ここを突破すれば、もう帝の住む禁裏である。

まさに、ここに浪士を中心とする遊撃隊は、会津、桑名の藩兵を打破って近づきつつあった。

このときの戦闘は、刀や槍で打合うのがすべてではない。双方ともに大砲もある。砲撃には、生身の身体ではかなわない。が、砲撃の煙が晴れると、その中から刀や槍を振るった人々がわーっと突進してくる。それを、両側の公卿屋敷や町家の塀や屋根から、小銃隊が銃撃する。

慎太郎は、具足の類を身につけず、軽装である。そのとき、そんなことを考えたのが何故か、よく分からない。彼は中立売御門脇の石垣の上に増設された塀にとびつき、乗り越えようとした。おふうたちの影響で、自分にもそんなことが出来るような気が、そのとき、してしまったのかもしれない。

むろん軽々とはいかない。壁にとりついた蛙かヤモリのような、われながら無様な恰好になっているところを、銃撃された。道の反対側の町家からだ。幕府側の狙撃兵は、両側に潜んでいる。

身体の周囲に、雨あられと銃弾が降り注いでいるような気がする。その一発が、彼をとらえた。

慎太郎は、臀部のわずかに下の太股に、焼火箸を突き刺されたような衝撃と熱と痛みを覚えて、どっと落下した。

塀際の溝の中に転げ込んだ。そこにはすでに、敵方の負傷者が倒れ、折り重なっていた。慎太郎の意識が、急速に遠くなった。


暗い。どこだかわからない。

自分を呼ぶ声がきこえる。幼い子供のような。それがなぜか、おふうの声だ、と慎太郎には感じられている。

おふうの裸身が、自分の肌身に寄り添っている。

呪文のように、

〈あんたは、行かない……どこにも、行かない……私のそばのほかの、どこにも……〉

彼女の声が、耳に、いや、身体じゅうに鳴っている。

そうか、夕べの天竜寺近くの隠れ色里に、俺はまだいるのか、結局、おふうの言うがとおり、自分はすべてを捨てて、あいつと。

遊撃隊に加わって進軍などと、あれは夢だったのか。

いや、おれはたしかに隊列とともに歩んだ。先頭を騎馬で行く来島又兵衛の、逞しい戦国武者のような姿を見た。……千屋金策の、安岡金馬の顔を、松明の光で認めあって、笑い合った……

また、あの声が聞こえる。

〈あなたは、死なない……あたいを残して死んだりしない……死んじゃ、いや、だめ、勝手だよ、そんなの！……〉

誰だ……誰の声だ……

すべてが朦朧としている。

7

戦いの向背を決したのは、薩摩だった。

薩摩は、将軍後見職一橋慶喜の方針に賛成、とすでに西郷吉之助が明言している。が、これまで、あたかも中立を守って乾御門（このとき薩摩藩が守衛）から動かないかに見えた。

慎太郎も、半次郎の不器用な言葉を通じてではあるが、西郷の反幕府の心情を信じている。彼は島津久光とはちがう。いまや公武合体などに期待していない。

つまり、この場合も、幕府勢として出兵している薩摩藩の姿勢を、どこまでそのまま貫く気か、あるいは、最後の最後に、倒幕派という本質を示す行動に出るのではないか——という願望を捨ててはいなかった。

その慎太郎は、すでに中立売御門で銃弾に傷つき倒れて、この先の展開を知らない。

薩摩藩兵は、長州勢が日野邸、勧修寺邸を抜けて公卿門前に殺到、守兵の桑名勢が不利になると、西北の乾御門からどっと南下して乱射し、横から衝かれた長州勢はたちまち崩れ立った。

このとき、長州の小銃手たちは、公卿門の真ん前の日野邸から、味方を掩護する銃撃を浴びせた。それは当然にして、公卿門を越えて禁裏の庭に、銃弾を流れ込ませることになる。

この日野邸の門の隙や塀、屋根からの射撃を、まさしく禁裏（帝の在所）に対する攻撃と見て、なにより尊王を第一義とする西郷はついに断を下し、薩兵は朝敵誅伐の行動に踏み切ったのだ、という説もある。

こうしたときの、ことの順序は、よくわからない。誤認も錯覚も生じて、原因と結果が入り乱れる。

蛤御門の会津勢は、来島又兵衛指揮の長州勢に押されて後退、その応援に桑名勢が廻った、あるいは、廻りかけたところへ、中立売御門を攻撃した国司信濃の軍勢が、勧修寺家の裏門を破り庭を横切って、公卿門の前に出た。

長州勢の小銃は、それが味方を掩護のためであれ、筒先が御所の方角を向くなら、弾を放つべきでなかった、という意見も存在する。〈流れ弾〉が風に乗って（当時はじゅうぶんあり得る）ではあれ、御所の庭に飛び込む結果になることは、避けるべきだった、とこの論者（長州藩にもいた）は言う。

どんな戦争でも、どっちが先に手を出したのか、が、問題となる。

この場合は、

〈誰が最初に禁裏（御所）に向かって銃を放ったか〉

が、問題の焦点となる。

〈陛下の御座所に向けて銃を放てば、すなわち朝敵、逆賊〉

と、なるからだ。

その見地からの厳しい布令や通達、指令、あるいは教育が、浪人勢の多い長州勢には行き届いていなかったものか。不徹底や粗忽か。

いずれにせよ、この問題で長州勢を容疑の筆頭に挙げるのは、自然である。

が、この点がそれほど決定的に重要で、効果や影響のほどが絶大だ、と広く知られていたのなら、幕府側も、嫌疑の外とはかぎらない。

幕府側といえば、この場合、会津、桑名、薩摩などの藩兵や、一橋慶喜が水戸から呼んだ衛兵の部隊、京都守護職支配下の新撰組、所司代、町奉行など、実に多い。――その中のあるものが、配下の銃手に命じて、御所に向かって銃撃させる、という策を取ったかもしれない。

この状況では、銃弾がどこから飛来したか、正確に判断することは容易ではない。また、その点で確実を期するなら、長州勢にまぎれて射撃すればいい。

ともあれ、禁裏に対して銃撃があった。それを理由として寄手（長州勢）を一気に〈朝敵〉とすることができる。簡単でかつ抜群に有効だ――と、考えたものが、もし幕府側に一人もいなかったとしたら、そのほうがよほど不思議な気がする。

しょせん後世からの推理・想像だが、さらにいうなら、この〈最初の銃撃、あるいは流れ弾丸〉については、長州勢と幕府方のほかにも、嫌疑の対象になりうる立場のものが、あり得た。

ちょっと待て、そんなに簡単に敵方にもぐり込んだりできるものか？　旗指物や陣笠の色など、区別の標識ははっきりしていた筈だ――という反論については、逆に、それなら陣笠の色一つで、簡単に敵勢にまぎれこめたわけだ――ということもできる。

それに、この大騒ぎの最中に、桂小五郎と少数の長州藩士が、肩に因州藩何某と記した布をつけて走り回っていた、という事実がある。

# 8

桂小五郎は、因州藩の有志と密約を交していた。

御所の北のやや東寄り、朔平門を出るとすぐ目の前が有栖川宮邸で、ここの守衛が因州藩の役割だった。そこで、戦端が開かれたら、因州兵と因州兵に扮した長州兵たちによって、有栖川宮を奉じて〈お上〉をまず有栖川宮邸に御動座願い、さらに叡山に移し参らせる、という策である。帝の御心は変えることができる、と桂たちは信じていたのか。自分たちの説得力を過信していたのかもしれない。

この策が成功すれば、会津・薩摩など幕府勢は、帝のいない御所を守って戦うことになる。大逆転である。

桂小五郎は、この策に賭けていた。が、おそらく前日から因州藩の有志たちは動揺していたものだろう。

それはそうだ。賭けに勝てばすべてが許される。が、もし負ければ、因幡の国の命運にかかわる。はじめは宮中に、長州同情派が強かった。それがいまは逆転している。戦力的にも、勝てそうもない。

十九日の戦闘が開始され、砲声が轟き銃弾が飛び交う中を、桂たちが有栖川宮邸に到達したとき、密約を交していた因州藩の有志（河田佐久馬らの名が伝えられている）は、態度を変えていた。

彼らは桂に向かって、怒気をあらわにして言った。

〈貴公たちは、何をしでかしたのだ〉

「なにを、とは」と、桂。

因州藩士は、声を高くした。

〈銃弾が御所の庭にも飛んで来ている。このありさまでは到底、約束の実行など出来ようはずがない。この上、何をしようというのだ〉

ここでも〈弾丸が禁裏に及んでいる〉ことが、理由になった。

いまになって裏切るのか、と激昂する配下を抑えて、桂は言ったという。

「左様でありますか、それでは、これまででありますと」

〈あります〉は長州弁だが、このときの桂の言葉が、いかにも長州人であり、また桂小五郎らしい、という気がする。

ここで、この〈因州藩有志〉関係者が、裏切りの正当化などの理由で〈御所への銃撃、あるいは流れ弾〉策を企てた可能性も、論理的に公平を期するなら、否定できないだろう。この時代の武士にとって、裏切りはなお恥だ、しかし政治的判断は別だ。

心理的に彼らを容疑の外におくことは難しい。とにかく、有栖川宮邸は御所にあまりにも近接している。

有栖川宮邸と御所の北北東の塀は近い上に、当時の絵図（「文久改正　新増細見京絵図大全」他）によれば、その部分だけ御所の塀は鍵の手に二度屈曲している。地形的には、有栖川宮邸から誰にも見られずに、御所の庭に石を投げ込むことも可能だ。その日、御所の東側に長州勢は寄せていない。

むろん、可能だ、というに過ぎない。

蛤御門を破った来島又兵衛の隊は、勇猛だった。

嵯峨天竜寺からの長州勢は、烏丸通りを南下、二手に分かれ、国司信濃の指揮する隊が中立売御門に、来島の隊は蛤御門の会津勢を圧倒して押し破り、御所の内郭に入った。

国司の隊を横合いから襲って崩した薩摩勢も、蛤御門からの来島隊を崩せない。砲撃と銃撃、そして乱戦。このとき西郷吉之助も、乾御門から馬上の姿を見せた。

勇戦する又兵衛の姿を見て、

〈あれを撃てば、勝てる〉

と進言し、狙撃させたのが川路利良、のち明治政府の警察機構を作った。川路は中村（桐野）半次郎らと並んで、西郷の信頼をもっとも受けたが、西南戦争では別の立場に立つことになる。

来島又兵衛は銃撃されて落馬、もう動けぬと判断して自刃したという。

これで最強の来島隊も崩れ立ち、日野、勧修寺両邸を通って敗走した。


一番遅れた山崎からの部隊は、桂川に出たとき夜が明けていた。京の町へ入れば、もう砲声銃声が轟き響いて、戦いはもう最中である。

「急げ、とにかく急げ」

と、玄瑞は叱咤し続けていたというから、この方面の隊の遅れを、彼の所為に帰することは出来ないだろう。その考察はおくとして、ともかく、遅すぎた。

堺町通りを押し上ったときは、もう中立売・蛤両御門は長州勢の敗色が明らかだった。御所の正面である堺町御門は、越前兵が幾重にも固めている。久坂玄瑞は正面から激突する道を選ばず、右折し回り込んで鷹司邸（堺町御門のすぐ右）の裏門から入った。暗いうちからこの広大な邸内には、長州兵が塀を越えて忍びこんでいたらしい。
玄瑞は、参内しようとしていた鷹司公の袖を捉えて、
〈どうか、お供を〉と、泣いて願ったという。

玄瑞は、どうするつもりだったのか。

おそらく、彼は鷹司公とともに御所内に入り、帝に拝顔し、かつ朝廷の人々を説得する最後の試みに、賭けたかったのではないか。

志はことごとに齟齬を来し、自分の望まなかった合戦に加わらざるを得ず、松下村塾系の多い忠勇隊の指揮をとって、ここまで来た。鋭敏な彼が、ここに至って甘い期待を抱いていたとは、思えない。


師、吉田松陰は、かつて安政の大獄で捉えられて、奉行の吟味を受け、

〈余、おもえらく、奉行また人心あり、われ欺かるるも可なりと〉

誠心を傾けて、変革の企ても夢も、すべてを吐露した。そのため、はじめ軽罪を予定されていた松陰は、死罪となった。

玄瑞は、あるいはそれがしたかったのではないか——というのは、わかりにくいかもしれない。

〈奉行また人心あり〉とは、あまりに人を信じすぎている。松陰自身も、自分には軽信の癖がある、と自覚している。しかし、いうまでもなく、松陰という人にとって、これは美徳である。

玄瑞は、師のようには生きてこられなかった。人を信じすぎては、組織などできない。人を信じすぎないことが、すぐれたオルガナイザーの資格かもしれない。

こと、ここに至って、玄瑞は師のように死にたかったのかもしれない。そう、ときに《狂挙》

を夢み、ときに愚かなまで《人の心》に信をおいた松陰のように。

禁裏に入って、たとえ遮られて帝の耳には届かなくても、せめて朝廷の公卿たち、また必ず詰めているだろう慶喜や、容保たちに対して、最後の弁舌をふるいたかったのではないか。

——あの人びとにもまた、心がある——われ、あざ笑われても可なり。

しかし、鷹司輔熙《すけひろ》は、玄瑞に捉えられた袖を払った。

玄瑞は、彼を捉えて人質として御所の奥に入ろうとはしなかった。鷹司輔熙は息子の若い輔政《すけまさ》とともに、長州人に便宜を図ってくれていたし、老齢の彼をこの上の危険に晒す気にはなれなかったのだろう。

鷹司公も〈その方たちの心、かならずお上に伝える、ここで待て〉ぐらいのことを言ったかもしれない。


この頃すでに中立売・蛤両御門の戦闘は、長州勢が敗れ去り、烏丸通りに残敵を追うほかの幕府勢は、鷹司邸を包囲する形になった。

鷹司邸は、堺町御門入って直ぐ右の大きな屋敷である。御所周辺の長州勢といっては、ここに立てこもった久坂玄瑞たち忠勇隊の一部だけになってしまった。

桂小五郎たちも、久坂たちや、ほかの隊と合流することができない。ともあれ因州藩との密約が破れたことを幹部たちに知らせたいが、御所の周辺はあまりにも多数の幕府勢がひしめいていて、雑踏状態だ。

時代を跳んだ連想で恐縮だが、広からぬ道を密集して進む警官隊の波に、報道の腕章をつけた記者やカメラマンが巻き込まれ、もみくちゃにされて離れ離れになってしまうように——このときの桂とその配下たちは〈因州藩何某〉と記した布を肩につけたまま、会津、桑名、薩摩、あとからは彦根などの藩兵が揉み合いへし合う渦の中に、たちまち散り散りに引き離されてしまったようだ。

鷹司邸の攻防は、どのくらい続いたものか、時刻についての記述は、どの資料も漠然としている上に矛盾も多い。

長州兵は西北隅の築地の上や、東殿町に面する路次門から射撃した。門から時折少数が姿を見せて匍匐前進、立ち上がったところを越前兵に狙撃されて倒れる。わっと突撃して来て斬り合いになっても、長くは続かずに門内に引き返す。

この時点で、被害を最小限に止める道はなかったものか。

宮中では、何度も和議説が提案された。負けて和するは恥辱でも、勝っての和睦だから、誅伐の勅を変改しても子細あるまい、うんぬん。

しかし、一時優柔不断と噂も立った一橋慶喜が、この日は機敏に行動し、かつ決断力を示した。

彼は激怒して、

〈禁裏に向かって発砲せる賊徒に、和睦などとは思いも寄らず〉

と拒み、〈すなわち命じて蛤、堺両門の裏手に兵を廻して、火を鷹司以下の諸邸にかけしむるに、折からの風力に見る見る炎上しければ、賊兵今は拠り所を失いて遁れ出る者無数〉(『徳川慶喜公伝』)

そのうち、越前藩の砲弾が、鷹司邸の屋根を破壊し、燃え上がりはじめた。「慶喜公伝」の記述と違うようだが、きっと両方とも真実だったのだろう。猛火は邸内の建物に類焼しはじめた。

久坂は入江九一に同志と連絡をとるよう命じ、入江は裏門から雑踏の群衆の中に出たが、槍で眼を突かれ（顔を突かれて眼が飛び出した、とも）て戻り、自刃。玄瑞と寺島忠三郎は刺し違えたとも、割腹とも伝えられる。寺島忠三郎は二十二歳、入江九一（杉蔵）二十八歳。

久坂玄瑞は二十五歳、今の数え方なら、実に二十四歳。屋敷が燃え尽きたあとには、焼け残りの骨しか残っていなかったという。

鷹司邸炎上の焔が、つぎつぎにひろがり、向かいの九条邸も燃え、それから町家に火が移り、寺町通りから烏丸通りまでこの日（七月十九日）のうちに燃えた。河原町の長州屋敷は留守居役の乃美織江が自ら火を放った。

二十日には清水、高台寺、粟田、鹿ケ谷に及び、焼失家屋二万八千余戸。

『維新土佐勤王史』は、「なお会津藩は長州兵の市内に潜匿せんことを恐れ、自ら火を各所に放ち、炎焔天に漲る。東は鴨川より、西堀川に至り、延々二里余、ことごとく焦土と化し」と記述する。

遊撃隊が拠った嵯峨の天竜寺には、二十一日朝になって薩摩の村田新八の隊三百が来て、住職滴水和尚と対した。和尚が地に膝をついて当寺を焼払うのだけはご勘弁をと願うと、〈賊徒が今もおるなら止むを得もはんが、でなければ軍例により、空砲を二三発、撃つだけごわす〉と、村田は答えた。

やれ安心と和尚が引き取ると、薩軍は諸荷物、軍糧など、残らず運び出した上で、大砲を撃ちかけた。空砲ではなかった。たちまち寺が猛火に包まれる中、和尚は走り込んでようやく本尊の仏像（真像）だけを持ち出すことが出来た、と同書は伝えている。

9

七月十九日に始まった火災は、二十一日にようやく鎮火した。

そのさなかの二十日夜、御所のうちに、奇怪な出来事があった、と『明治天皇紀』や慶喜の回想談、また『徳川慶喜公伝』は記録している。

事件二日目のことで、長州兵はもう御所の周囲にはいない。火災はなお盛りで、夜空は赤く焔に焦げている。

一橋慶喜は禁裏御守衛総督である。この夜、十津川郷士らが宮中に潜入、鳳輦《ほうれん》――天子の乗物、この場合は天子のこと――を奪わんとしているとの知らせを受け、驚いて参内すると、常御殿《つねのごてん》の内庭に、何者とも知れない人影が三百人ばかり、御縁側に板輿を一つ、その側に麻裃《かみしも》を着けた者、数十人がひざまずいていた。

慶喜は、常御殿におられた天皇と親王、准后を、まず御三の間までお移りねがい、さらに南の紫宸殿にお移しした。そして会津と桑名の兵を、御庭内に繰り込ませた。

すると、怪しの者共も〈事成らずとや思いけん、板輿を擁して出で去りけり、誠に危機一髪のところなりき……余の生涯に必死の覚悟を定めしこと、およそ三度、この度は実にその一度なりき〉とは、慶喜の後の談話である。

すぐ兵たちに命じて、怪しの者どもを追求させ、御所のうちを隈なく捜索させたが、一人の影も見当らない。

女官たちは、恐れ震え、声をあげて泣くものもあり、十三歳の親王（のちの明治天皇）は引きつけを起こして紫宸殿で卒倒したが、すぐ回復された。この最中に、大きな音がして、女官たちはソレ長州の大砲が、と悲鳴をあげて狼狽したが、下女が鉄漿壺を落しただけだった。

それにしても、夜を徹して御殿の押入れや床下まで捜索したものの、曲者どもの影もない。裏門の穴門と呼ばれる小さな潜り戸の錠が捩じ切られてあったが、とても大勢の人数が通れるような出入口ではなかった。

いったい何事が起きたのか。

京の都はなお燃えていて、空は赤い。こうしたとき、地上もおおむね昼のように明るい。当時の御所の庭を想像することもできないが、三百人と数十人という人数が、闇に溶け込むなどと考えられるだろうか?

中山忠能は、明治帝の外祖父であり、紫宸殿から常御殿に戻って床についた親王に召されて、絵本を読んで差し上げた。その彼は、怪しい人々を見ていない。

誰が、何を見たのか。

まず、一橋慶喜である。史料によって、三百人のほうは怪しいが、〈板輿の傍に跪く、数十人の麻裃〉を、たしかに見たという。

一面の赤い空。その下の影のないような、不思議な明るさ。

空は赤く、下は漆黒の闇、とは信じられない。空襲など大火の経験者には、わかってもらえるのではないか。

そこに、〈麻裃〉の人びと。奇怪な絵である。

裃は、江戸時代の通常の礼服である。非常の時の服装ではない。甚だしい場違いの印象を与える。輿を担ぐ舎人たちの通常の服装とも異なる。

いわば空襲の最中に、きちんとネクタイをしめたスーツの男たちが、しんと端座して押し並んでいるようなものだ。尋常ではない。不吉な夢のような幻影、まぼろしではないのか。

前節に、京が大火に至らないで済む可能性もあった、と述べた。

和睦の機会を峻拒した慶喜には、翌日も燃え続く都の、空の焔に、胸が痛む思いはなかったか。あったとすれば、その彼が見た幻影だった、という解釈も成り立つ。

ただし、慶喜以外の証言も、ないわけではない。たぶん〈麻裃の人びと〉は、複数の人によって目撃されている。


ここで、慶喜あるいは慶喜たちは、その幻影を自分の意志で〈見た〉のではなく、自分以外の人物の意志によって〈見せられた〉のではないか、と想像することが出来る。

その人物たちが、この幻影を見せようとした主要ターゲットは、やはり慶喜だろう。彼らは、おそらくこの「禁門の変」事件について、常人には知り得ない事柄を見聞きすることが可能だった者たちだろう。

タネがなくては〈目晦《めくら》まし〉の技はできない。おそらく、麻の裃を着用した武士に扮したのは、一人か二人、それを数十人のように見せた。

この物語の第一部（乱雲篇）で、大江匡房『傀儡子記』の一部を引いた。

〈木で作った人形を、生きている人のように動かしたり、魚や蛇のようにのたくらせたり……砂や石を金銭に変えたり、草や木を化して鳥や獣にする……〉

絵巻物には、牛や馬を飲みこんでしまう技も描かれているが、それは人の往来する都の大路で行われていた。つまり、複数の人びとに同じ幻覚を見せることも出来る。

では、傀儡また傀儡女と自ら言う猫の半兵衛やおふうの仕業か。

ことに、非常体制の宮中に、時ならぬ麻裃の人びとを現出させたのは、宮中とかの知識に疎いものの術とも思える。おふうの気配が濃い。

さらに、では半兵衛やおふうたちは、なぜ、こんなことをしたのか。

『傀儡子記』の先に、こうある。

〈彼らは一畝の田も耕さず、一枝の桑も採らない。ゆえに県官に属さず……上は王公を知らず……課役無きをもって、一生の楽となす……〉

半兵衛は言うだろう、へっ、ただの悪戯でさ、と。


（上巻　了）

本書は「野性時代」（一九七四年十一月号）に一挙掲載された
「草莽無頼なり　乱雲篇」約四〇〇枚を大幅に改稿し、
新たに「颶風篇」「光芒篇」約八〇〇枚を書き下ろし、加筆したものです。

題字　大蔵玉鴦
装幀　芦澤泰偉
編集協力　遊子堂

福田善之（ふくだ・よしゆき）
劇作家・演出家。1931年、東京生れ。東大仏文科卒。新聞記者を経て、劇作家木下順二に師事。代表作『真田風雲録』は62年初演、63年に加藤泰監督で映画化された。93年に『壁の中の妖精』が紀伊國屋演劇賞、94年に『私の下町—母の写真』が読売文学賞・文化庁芸術祭演劇部門大賞を受賞。

# 草莽《そうもう》無《ぶ》頼《らい》なり（上）

二〇一〇年十月三十日　第一刷発行

著　者　福田善之
発行者　島本脩二
発行所　朝日新聞出版
〒一〇四-八〇一一　東京都中央区築地五-三-二
電話　〇三-五五四一-八八三二（編集）
〇三-五五四〇-七七九三（販売）
印刷製本　株式会社　加藤文明社


ISBN978-4-02-250765-5
定価はカバーに表示してあります
落丁・乱丁の場合は弊社業務部（電話〇三-五五四〇-七八〇〇）へご連絡ください。
送料弊社負担にてお取り替えいたします。